HEYNE BÜCHER

SCIENCE FICTION

Herausgegeben
von Wolfgang Jeschke

Vom gleichen Autor erschienen außerdem
als Heyne-Taschenbücher

Der Mann von drüben · Band 3004
Geliebter Roboter · Band 3066
Der Tausendjahresplan · Band 3080
Alle Wege führen nach Trantor · Band 3084
Am Ende der Ewigkeit · Band 3088
SF-Kriminalgeschichten · Band 3135
Ich, der Robot · Band 3217
Lunatico · Band 5126
Die nackte Sonne · Band 3517
Der Zweihundertjährige · Band 3621
Isaac Asimovs Science Fiction Magazin 1. Folge · Band 3608
Isaac Asimovs Science Fiction Magazin 2. Folge · Band 3636
Isaac Asimovs Science Fiction Magazin 3. Folge · Band 3664
Isaac Asimovs Science Fiction Magazin 4. Folge · Band 3695
Isaac Asimovs Science Fiction Magazin 5. Folge · Band 3735
Isaac Asimovs Science Fiction Magazin 6. Folge · Band 3748
Isaac Asimovs Science Fiction Magazin 7. Folge · Band 3761

ISAAC ASIMOV

DER GALAKTISCHE GENERAL

Science Fiction-Roman

WILHELM HEYNE VERLAG
MÜNCHEN

HEYNE-BUCH Nr. 3082
im Wilhelm Heyne Verlag, München

Titel der amerikanischen Originalausgabe
FOUNDATION AND EMPIRE
Deutsche Übersetzung von Wulf H. Bergner

10. Auflage

Printed in Germany 1980
Umschlagzeichnung: C.A.M. Thole, Mailand
Umschlaggestaltung: Atelier Heinrichs, München
Gesamtherstellung: Presse-Druck Augsburg

ISBN 3-453-30031-9

Prolog

Das Galaktische Imperium zerfiel.

Es war ein gigantisches Imperium, das Millionen von Planeten umfaßte, die innerhalb der riesigen Doppelspirale lagen, die wir als Milchstraße kennen.

Der Zerfall war bereits seit Jahrhunderten im Gang, bevor endlich ein Mensch darauf aufmerksam wurde. Dieser Mann war Hari Seldon, der einzige Mann, der trotz der allgemeinen Dekadenz noch zu einer schöpferischen Tätigkeit fähig war. Er begründete die Psychohistorie, eine Wissenschaft, die unter ihm ihren absoluten Höhepunkt erreichte.

Die Psychohistorie befaßte sich nicht mit einzelnen Menschen, sondern ausschließlich mit Menschenmassen und der Analyse ihrer Reaktionen auf bestimmte äußere Einwirkungen. Auf diese Weise gelang es ihr, auch zukünftige Reaktionen mit Hilfe mathematischer Berechnungen genau vorherzusagen – allerdings nur die Reaktionen von Menschenmassen, die nach Milliarden zählten.

Hari Seldon zeichnete die sozialen und wirtschaftlichen Trends seiner Zeit auf, wertete seine Berechnungen aus und sagte den immer rascher fortschreitenden Niedergang der gegenwärtigen Zivilisation voraus. Er erkannte aber auch, daß es dreißigtausend Jahre lang dauern würde, bis ein neues Imperium aus den Ruinen auferstehen würde.

Der Niedergang ließ sich nicht mehr aufhalten, aber es war noch nicht zu spät, um diese Übergangszeit von dreißig Jahrtausenden zu verkürzen. Seldon gründete zwei Fundationen an ›entgegengesetzten Enden der Galaxis‹ und vertraute darauf, daß ihre Tätigkeit innerhalb eines kurzen Jahrtausends zu einem mächtigeren und dauerhafteren Zweiten Imperium führen würde.

Der Tausendjahresplan (Heyne-Taschenbuch Band 3080) berichtet von der Weiterentwicklung einer dieser beiden Fundationen während der ersten Jahrhunderte ihres Bestehens.

Sie begann als eine Ansiedlung von Wissenschaftlern auf Terminus, einem Planeten am äußersten Rand der Galaxis. Dort arbeiteten die Gelehrten unbeirrt von den politischen Wirren des Imperiums an der Zusammenstellung des gesamten menschlichen Wissens in der *Encyclopedia Galactica,* ohne sich darüber im klaren zu sein, daß der unterdessen verstorbene Seldon ihnen eine bedeutendere Rolle zugedacht hatte.

Als das Imperium allmählich zerfiel, gerieten die Planeten der Peripherie allmählich in die Hände unabhängiger ›Könige‹, die eine Bedrohung für die Fundation darstellten. Unter der Führung des ersten Bürgermeisters Salvor Hardin gelang es jedoch, einen Herrscher gegen den anderen auszuspielen, so daß die Fundation unabhängig blieb. Während die umliegenden Königreiche allmählich degenerierten und auf Öl oder Kohle als Energiequellen zurückgreifen mußten, entwickelte die Fundation die Nutzung der Atomenergie weiter und errang auf diese Weise sogar eine Art Vorherrschaft. Die Fundation wurde das ›religiöse‹ Zentrum der benachbarten Königreiche.

Im Laufe der Zeit entwickelte sich die Fundation zu einer Wirtschaftsmacht ersten Ranges, während die Zusammenstellung der Enzyklopädie in den Hintergrund trat. Die Händler vertrieben nukleare Geräte aller Art, die nicht einmal das mächtige Imperium in seiner besten Zeit hätte kopieren können, und drangen Hunderte von Lichtjahren weit in die Peripherie vor.

Unter Hober Mallow, dem ersten Handelsherrn der Fundation, entwickelten sich die Technik der wirtschaftlichen Kriegführung und besiegten die Republik Korell, obwohl dieser Planet von einer der äußeren Provinzen des noch immer bestehenden Imperiums unterstützt wurde.

Nach zwei Jahrhunderten war die Fundation neben den Überresten des Galaktischen Imperiums die einzige Großmacht – aber das Imperium im inneren Drittel der Milchstraße herrschte noch immer über drei Viertel der Bevölkerung und der Reichtümer des Universums.

Deshalb war es unausbleiblich, daß die Fundation sich auf eine letzte Auseinandersetzung mit dem zerfallenden Imperium vorbereiten mußte.

Erster Teil

Der General

BEL RIOSE ... *Im Laufe seiner relativ kurzen Karriere erwarb Riose sich den Ehrentitel ›Der letzte Getreue des Kaisers‹, den er mit Recht trug. Die kritische Betrachtung seiner Feldzüge zeigt deutlich, daß er Peurifoy an strategischer Begabung gleichwertig und im Umgang mit Menschen vielleicht sogar überlegen war. Da er in der Zeit des Niederganges des Imperiums geboren wurde, hatte er keine Gelegenheit, sich ähnlich wie Peurifoy als Eroberer hervorzutun. Trotzdem erhielt er seine große Chance, als er in seiner Eigenschaft als Kaiserlicher General den Kampf gegen die Fundation aufnahm ...* ENCYCLOPEDIA GALACTICA

Bel Riose reiste ohne jede Begleitung, was keineswegs den Bestimmungen entsprach, die selbst Oberbefehlshaber einer Flotte zu beachten haben, wenn sie innerhalb eines nicht völlig befriedeten Sternensystems Reisen unternehmen.

Aber Bel Riose war jung und energiegeladen – energisch genug, um so weit wie möglich von dem Kaiserlichen Hof entfernt stationiert zu werden – und zudem neugierig. Die unwahrscheinlichen Gerüchte, die von Hunderten wiederholt und von Tausenden geglaubt wurden, reizten letztere Eigenschaft; die Möglichkeit eines militärischen Abenteuers reizte die beiden anderen. Diese Kombination war unwiderstehlich.

Er stieg aus der Limousine, die er für diesen Zweck requiriert hatte, ging auf die Tür der verfallenen Villa zu und wartete. Die Fotozelle vor dem Eingang funktionierte offenbar, aber die Tür wurde von Hand geöffnet.

Bel Riose lächelte den alten Mann an. »Ich bin Riose, General der ...«

»Richtig, ich erkenne Sie wieder.« Der Alte zeigte keine wahrnehmbare Überraschung, sondern blieb ruhig in der Tür stehen. »Sie wünschen?«

Riose trat einen Schritt zurück. »Ich komme in friedlicher Absicht. Wenn Sie Ducem Barr sind, bitte ich Sie um eine kurze Unterredung.«

Ducem Barr nickte und ging in sein Arbeitszimmer voraus. Der General folgte ihm und starrte überrascht die Wände an, die von innen heraus zu leuchten schienen. Er berührte die glatte Oberfläche mit den Fingern und wandte sich dann an den Alten. »Gibt es das nur auf Siwenna?«

Barr lächelte leicht. »Ja, soweit ich informiert bin. Ich repariere die Anlage selbst. Sie müssen entschuldigen, daß ich Sie vor der Tür habe warten lassen. Der Automat registriert zwar die Anwesenheit von Besuchern, öffnet aber die Tür nicht mehr.«

»Sind Ihre Reparaturen ungenügend?« In der Stimme des Generals schwang leiser Spott mit.

»Nein, aber es gibt keine Ersatzteile mehr. Setzen Sie sich doch, Sir. Trinken Sie Tee?«

»Auf Siwenna? Ich weiß ebensogut wie Sie, daß hier *jeder* Tee trinkt.«

Der alte Patrizier zog sich geräuschlos mit einer feierlichen Verbeugung zurück, die ein Überrest der vergangenen Zeiten war, in denen noch eine Aristokratie auf Siwenna herrschte.

Riose sah seinem Gastgeber nach und stellte fest, daß er sich in diesem alten Haus nicht ganz wohl fühlte. Das war allerdings kein Wunder, denn er hatte bisher nur auf militärischem Gebiet Erfahrungen gesammelt, nachdem er eine ausschließlich militärische Erziehung genossen hatte. Deshalb war es verständlich, daß der Befehlshaber der Zwanzigsten Flotte sich in dem Haus eines Privatmannes unbehaglich fühlte.

Der General wußte, daß die kleinen schwarzen Kassetten vor ihm an der Wand Bücher waren. Die eigenartige Maschine neben ihm mußte der Projektor sein, mit dessen Hilfe die Bücher in optische und akustische Eindrücke übertragen wurden. Riose hatte noch nie einen Projektor dieser Art in Betrieb gesehen, wußte aber, daß in früheren Zeiten neunzig Prozent aller Häuser mit diesen Maschinen ausgestattet gewesen waren.

Aber jetzt mußten vor allem die Grenzen bewacht werden; Bücher taugten nur für alte Männer. Außerdem war die Hälfte aller Berichte über die alte Zeit ohnehin erlogen. Mehr als die Hälfte.

Ducem Barr kehrte mit zwei Teetassen zurück und ließ sich Riose gegenüber nieder. Er hob seine Tasse. »Auf Ihr Wohl.«

»Danke. Auf das Ihre.«

Barr sah den General nachdenklich an. »Ich habe gehört, daß Sie noch sehr jung sind«, stellte er fest. »Fünfunddreißig?«

»Gut geschätzt. Vierunddreißig.«

»In diesem Fall möchte ich Ihnen lieber gleich mitteilen, daß ich zu meinem großen Bedauern nicht in der Lage bin, Ihnen zu einem Liebestrank zu verhelfen«, fuhr der Alte fort. »Ich bin keineswegs in der Lage, auf irgendeine junge Dame Einfluß zu nehmen, die vielleicht Ihre Aufmerksamkeit erregt hat.«

»In dieser Beziehung bin ich zum Glück nicht auf künstliche Hilfsmittel angewiesen, Sir«, versicherte der General ihm amüsiert. »Werden Sie oft mit solchen Wünschen belästigt?«

»Ja, leider. Unglücklicherweise verwechselt die ungebildete Öffentlichkeit Gelehrte oft mit Zauberern, und das Liebesleben scheint der menschliche Bereich zu sein, in dem die Leute besonders viel von Zaubersprüchen erwarten.«

»Das kann sein, aber ich bin anders. Für mich ist ein Gelehrter vor allem ein Mann, der schwierige Fragen beantwortet.«

Der Siwennaner runzelte die Stirn. »Vielleicht irren Sie sich ebenfalls!«

»Das stellt sich noch heraus.« Der General trank langsam einen Schluck Tee. »Sagen Sie mir, Patrizier, wer sind die Zauberer? Die wirklichen, meine ich.«

Barr sah auf, als der andere diesen längst veralteten Titel gebrauchte. »Es gibt keine«, antwortete er kurz.

»Aber das Volk spricht von ihnen, überall auf Siwenna werden sie in unzähligen Gerüchten erwähnt. Ich habe sogar gehört, daß einige Ihrer Landsleute, die noch immer von der guten alten Zeit der Autonomie träumen, diese Gerüchte besonders eifrig kolportieren. Vielleicht gefährden sie dadurch eines Tages sogar die Staatssicherheit.«

Der Alte schüttelte den Kopf. »Weshalb fragen Sie mich danach? Haben Sie vor einer Revolution Angst, an deren Spitze ich stehen könnte?«

Riose zuckte mit den Schultern. »Nein — obwohl der Gedanke nicht völlig abwegig wäre. Ihr Vater lebte im Exil; Sie selbst waren als glühender Patriot bekannt. Aber jetzt eine Verschwörung? Ich bezweifle es. Siwenna ist in den vergangenen drei Generationen sehr gefügig geworden.«

Barr schüttelte den Kopf. »Ich darf Sie daran erinnern, daß einer der Vizekönige der gleichen Meinung war. Dieser Vizekönig war schuld daran, daß mein Vater im Elend starb, während meine Brüder einen frühen Tod fanden. Und trotzdem wurde dieser mächtige Herr von den gefügigen Bewohnern unseres Planeten ermordet.«

»Richtig, aber Sie haben etwas vergessen. Seit drei Jahren ist der geheimnisvolle Tod des Vizekönigs kein Geheimnis mehr für mich. Ich denke dabei vor allem an einen jungen Soldaten in seiner Leibwache, der . . . Sie waren dieser junge Soldat, so daß ich mir weitere Details ersparen kann.«

»Was wollen Sie von mir?« fragte Barr nach einer längeren Pause.

»Eine Antwort auf meine Fragen.«

»Ich lasse mich nicht erpressen. Mein Leben bedeutet mir nicht mehr allzuviel.«

»Wir leben in schweren Zeiten«, antwortete Riose langsam, »und Sie haben Kinder und Freunde. Falls ich Gewalt anwenden müßte, würde ich bestimmt nicht nur an Sie denken.«

»Was wollen Sie von mir?« wiederholte Barr eisig.

»Hören Sie zu, Patrizier«, begann der General. »Wir leben in einer Zeit, die Soldaten nur noch als Marionetten im Gefolge des Kaisers ansieht. Ich dagegen bin ein Außenseiter – und werde einer bleiben, weil ich leidenschaftlich gern kämpfe.

Deshalb hat man mich auch hierher abgeschoben. Ich passe einfach nicht an den Kaiserhof, weil ich gegen die Etikette verstoße und die Hofschranzen beleidige. Anderseits bin ich aber militärisch so begabt, daß man mich nicht einfach beseitigt, sondern mich statt dessen nach Siwenna schickt.

Und hier draußen werde ich langsam, aber sicher alt. Hier gibt es keine Revolutionen niederzuschlagen, und die Vizekönige rebellieren nicht mehr, seit der letzte Kaiser an Mountel auf Paramay ein Exempel statuiert hat.«

»Ein mächtiger Herrscher«, murmelte Barr.

»Richtig, so müßten sie alle sein. Denken Sie immer daran, daß ich vor allem die Interessen meines Kaisers vertrete.«

Barr zuckte mit den Schultern. »Was hat das alles mit unserem vorherigen Thema zu tun?«

»Die Zauberer, die ich erwähnt habe, stammen offenbar aus dem Gebiet jenseits unserer Grenzen – aus der Peripherie, in der ich noch für meinen Kaiser kämpfen kann.«

»Wodurch Sie die kaiserlichen Interessen wahrnehmen und sich selbst das Vergnügen verschaffen, endlich wieder einmal kämpfen zu können.«

»Ganz recht. Aber ich muß wissen, gegen wen ich kämpfe; und dabei können Sie mir behilflich sein.«

»Woher wollen Sie das wissen?«

Riose griff nach einem Keks. »Weil ich seit über drei Jahren jedes Gerücht verfolgen lasse, das damit zusammenhängt. Nur zwei von ihnen stimmen völlig überein und sind deshalb wahr. Erstens – die Zauberer kommen aus der Peripherie jenseits von Siwenna; zweitens – Ihr Vater hat einmal den Besuch eines Zauberers erhalten.«

Als Barr schwieg, fuhr der General fort: »Erzählen Sie mir lieber freiwillig, was Sie ...«

»Vielleicht wäre das ganz interessant«, meinte Barr nachdenklich. »Sozusagen ein psychohistorisches Experiment in eigener Regie.«

»Was für ein Experiment?«

»Ein psychohistorisches«, antwortete der Alte und lächelte überlegen. »Gießen Sie sich lieber noch eine Tasse Tee ein. Ich möchte Ihnen nämlich einen längeren Vortrag halten.«

Der General hörte aufmerksam zu.

»Mein eigenes Wissen beruht auf zwei Zufällen«, begann Ducem Barr. »Ich bin der Sohn meines Vaters und wurde auf Siwenna geboren. Es beginnt vor über vierzig Jahren, als mein Vater nach dem großen Massaker ins Exil ging, während ich Soldat in der Flotte des Vizekönigs wurde. Übrigens des gleichen Vizekönigs, der später auf so grauenvolle Weise ermordet wurde. Mein Vater war Patrizier des Imperiums und Senator von Siwenna. Er hieß Onum Barr und ...«

Riose machte eine ungeduldige Handbewegung. »Ich bin mit den näheren Umständen seines Exils vertraut. Sie brauchen nicht mehr davon zu sprechen.«

Der Alte ignorierte ihn und fuhr unbeirrt fort. »In der Zeit seines Konzils wurde er von einem Wanderer aufgesucht, der ein Händler aus der Peripherie war; ein junger Mann, der einen seltsamen Dialekt sprach, nichts von der neueren Geschichte des Imperiums wußte und ein Kraftfeld zu seinem persönlichen Schutz trug.«

»Wirklich?« Riose lachte verächtlich. »Vermutlich hat er den Atomgenerator dazu auf einem Handkarren befördert, nicht wahr? Sie übertreiben, Barr!«

»Er war einer der ›Zauberer‹, von denen Sie gehört haben — und dieser Name ist nicht ohne weiteres zu verdienen. Er trug nur einen winzigen Generator bei sich, aber selbst Ihr größter Handstrahler hätte seinen Schutzschild nicht zerstört.«

»Ist das alles? Sind die Zauberer wirklich nur Märchengestalten aus den Träumen eines alten Mannes, der sich aus dem Exil in die Unwirklichkeit flüchtete?«

»Die ersten Berichte über diese Zauberer stammen aus einer Zeit, in der mein Vater noch ein Kind war, Sir. Außerdem gibt es für diese Behauptung auch Beweise. Nachdem der Händler meinen Vater verlassen hatte, besuchte er einen Tech-Mann in der Stadt, in die ihn mein Vater verwiesen hatte, und gab ihm einen Generator der gleichen Art. Als mein Vater nach der Ermordung des Vizekönigs in die Öffentlichkeit zurückkehren durfte, machte er dieses Exemplar mit großer Mühe ausfindig ... Der Generator hängt hinter Ihnen an der Wand, Sir. Er funktioniert schon lange nicht mehr; aber wenn Sie ihn genau betrachten, sehen Sie deutlich, daß er unmöglich aus dem Imperium stammen kann.«

Bel Riose griff nach der Kette aus Metallkugeln und betrachtete nachdenklich den etwa walnußgroßen Anhänger. »Das hier ...«, begann er.

Barr nickte. »Das ist der Generator — oder vielmehr war der Generator. Unsere Untersuchungen haben ergeben, daß er zu einem einzigen Klumpen Metall zerschmolzen ist, der keinen Hinweis auf den früheren Aufbau mehr gibt.«

»Dann ist Ihr angeblicher ›Beweis‹ also keineswegs von Tatsachen untermauert, sondern beruht ausschließlich auf Vermutungen.«

Barr zuckte mit den Schultern. »Sie wollten unbedingt hören, was ich weiß. Was bedeutet es mir, wenn Sie mir keinen Glauben schenken? Soll ich aufhören?«

»Sprechen Sie weiter!« sagte der General rasch.

»Nach dem Tode meines Vaters setzte ich seine Arbeit fort, wobei mir der zweite Zufall zu Hilfe kam, denn Hari Seldon kannte Siwenna recht gut.«

»Und wer ist dieser Hari Seldon?«

»Hari Seldon war ein Wissenschaftler zur Zeit Dalubens des Vierten. Er war Psychohistoriker; der letzte und größte Wissenschaftler auf seinem Gebiet. Als Siwenna noch ein reicher Planet war, hat er uns einmal besucht ...«

»Hmmm«, meinte Riose mürrisch. »Ich möchte endlich einmal einen heruntergekommenen Planeten sehen, der früher *nicht* reich war. In der guten alten Zeit . . .«

»Die gute alte Zeit, von der Sie sprechen, liegt in diesem Fall nur zwei Jahrhunderte zurück. Das war die Zeit, in der der Kaiser noch über die gesamte Galaxis herrschte; in der Siwenna noch ein Handelszentrum und nicht nur eine vernachlässigte Grenzprovinz war. Schon damals sah Hari Seldon den kommenden Niedergang des Kaiserreiches voraus und behauptete zudem, daß die gesamte Galaxis einen Rückfall in die Zeit der Barbarei erleben würde.«

Riose lachte plötzlich. »Hat er das vorausgesagt? Dann hat er sich aber gründlich geirrt! Das Imperium ist heute mächtiger als vor tausend Jahren. Sie wissen nur, wie es hier draußen zugeht – aber im Zentrum des Reiches stehen die Dinge anders!«

Der Alte schüttelte den Kopf. »Zerfallserscheinungen beginnen immer an den Rändern; das Zentrum existiert vielleicht noch einige Jahrhunderte lang. Aber es entgeht seinem Schicksal trotzdem nicht.«

»Und dieser Hari Seldon hat also die allgemeine Rückkehr zur Barbarei vorausgesagt«, wiederholte Riose gutgelaunt. »Was kommt dann?«

»Seldon gründete zwei Fundationen an entgegengesetzten Enden der Galaxis – Fundationen, in denen die Jüngsten, Stärksten und Besten überleben und sich weiterentwickeln würden. Er suchte die dafür bestimmten Planeten sorgfältig aus und bestimmte auch den Zeitpunkt der Gründung so, daß mit größter Wahrscheinlichkeit eine frühzeitige Trennung von dem restlichen Imperium eintreten mußte. Aus diesen beiden Fundationen entsteht eines Tages das Zweite Imperium – und das unvermeidbare barbarische Interregnum dauert nicht mehr dreißig Jahrtausende, sondern nur noch tausend Jahre.«

»Woher wissen Sie das alles? Sie scheinen über die Details recht gut Bescheid zu wissen.«

»Keineswegs«, antwortete der Patrizier ruhig. »Mein Wissen ist das Ergebnis langer Forschungsarbeit, die mein Vater begonnen hat, während ich sie fortgesetzt habe. Die Grundlagen sind dürftig, und der weitere Aufbau beruht zum größten Teil auf Vermutungen. Aber ich bin davon überzeugt, daß ich recht habe.«

»Sie sind also leicht zu überzeugen.«

»Glauben Sie? Die Nachforschungen haben vierzig Jahre gedauert.«

»Hmmm. Vierzig Jahre! Dabei läßt sich die Frage in vierzig Tagen lösen. Vielleicht versuche ich es sogar. Das wäre eine nette Abwechslung.«

»Und wie wollen Sie das anstellen?«

»Indem ich mich selbst von der Wahrheit überzeuge. Ich würde mich auf die Suche nach dieser Fundation machen und mich dort umsehen. Es gibt zwei, sagen Sie?«

»In den Berichten werden zwei erwähnt. Ich weiß nur von einer, was allerdings verständlich ist, denn die andere befindet sich irgendwo am entgegengesetzten Ende der Galaxis.«

»Schön, dann besuche ich eben die nähere.« Der General hatte sich erhoben.

»Wissen Sie denn, in welche Richtung Sie sich wenden müssen?« fragte Barr erstaunt.

»Ja. Die Aufzeichnungen des vorletzten Vizekönigs, den Sie ermordet haben, sind voll von Hinweisen auf die Existenz der Barbaren auf den äußeren Planeten. Er hat schließlich eine seiner Töchter einem der dortigen Fürsten zur Frau gegeben. Ich finde mich schon zurecht.«

Bel Riose streckte die Hand aus. »Ich danke Ihnen für Ihre Gastfreundschaft.«

Ducem Barr verbeugte sich zeremoniell. »Ihr Besuch war eine große Ehre für mich.«

»Die Informationen, die ich Ihnen verdanke, kann ich erst nach meiner Rückkehr würdigen«, fuhr der General fort. »Aber ich vergesse bestimmt nicht, daß Sie mir zu helfen versucht haben.«

Ducem Barr nickte wortlos und begleitete seinen Gast zur Tür. Dann sah er der davonfahrenden Limousine nach und murmelte leise: »*Falls* du jemals wieder zurückkommst ...«

2

FUNDATION ... *als die Expansion bereits über vierzig Jahre gedauert hatte, wurde die Fundation plötzlich von Bel Riose bedroht. Die große Zeit Hardins und Mallows war längst vergangen — und mit ihr auch der Wagemut und die Entschlossenheit der Führer ...*

ENCYCLOPEDIA GALACTICA

In dem schwerbewachten und für die Öffentlichkeit nicht zugänglichen Konferenzraum saßen sich vier Männer an einem runden Tisch gegenüber. Die Männer hatten sich nur mit einem kurzen Kopfnicken begrüßt und beschäftigten sich jetzt schweigend mit den Papieren, die vor ihnen auf dem Tisch lagen. Vor ihnen standen vier Wassergläser, aus denen bisher noch niemand getrunken hatte.

Und dann schlug plötzlich der Mann in der Nähe der Tür auf den Tisch. »Sollen wir hier ewig stumm wie Fische sitzen, meine Herren?« fragte er laut. »Ist es denn so wichtig, wer zuerst spricht?«

»Fangen Sie am besten gleich an«, antwortete sein Gegenüber. »Schließlich sind Sie auch der Mann, der sich am ehesten Sorgen machen müßte.«

Sennett Forell grinste ironisch. »Weil ich Ihrer Meinung nach der Reichste bin? Oder nur deshalb, weil ich endlich den Mund aufgemacht habe? Sie haben doch wahrscheinlich nicht vergessen, daß meine Handelsflotte den Zerstörer aufgebracht hat.«

»Sie besitzen die größte Flotte«, warf ein dritter ein, »und die besten Piloten; allein daraus kann man schließen, daß Sie der Reichste von uns sind. Die Aufbringung des feindlichen Schiffes war ein großes Risiko, aber für uns wäre es noch größer gewesen.«

Sennett Forell lachte. »Offenbar habe ich die Vorliebe für gewagte Unternehmen von meinem Vater geerbt. Jedenfalls gehe ich gern jedes Risiko ein, wenn das zu erwartende Ergebnis den Aufwand rechtfertigt. Als Beweis dafür möchte ich die Tatsache anführen, daß das feindliche Schiff ohne eigene Verluste gekapert wurde – und ohne daß es Gelegenheit hatte, andere Schiffe zu verständigen oder zu warnen.«

Daß Forell ein Verwandter des großen Hober Mallow war, wußte jedermann innerhalb der Fundation. Man hielt es sogar für möglich, daß er Mallows unehelicher Sohn war, obwohl niemand öffentlich darüber sprach.

Der vierte Mann kniff nachdenklich die Augen zusammen. »Dieser angebliche Triumph ist noch lange kein Grund zur Selbstzufriedenheit«, gab er zu bedenken. »Schließlich haben wir nur ein einziges kleines Schiff aufgebracht, was den bewußten jungen Mann vermutlich nur reizt.«

»Glauben Sie, daß er erst nach einem Anlaß sucht?« erkundigte Forell sich geringschätzig.

»Ja — und wir haben ihm damit einen gegeben, den er sonst erst hätte suchen müssen.« Der Sprecher schüttelte langsam den Kopf. »Hober Mallow wäre anders vorgegangen. Salvor Hardin ebenfalls. Sie überließen die Gewaltanwendung anderen, während sie selbst ruhig und sicher manövrierten.«

Forell zuckte mit den Schultern. »Das Schiff hat sich bereits als wertvoll erwiesen. Anlässe sind heutzutage billig zu haben, und wir haben diesen einen mit Gewinn an den Mann gebracht.« In seiner Stimme schwang die Zufriedenheit des geborenen Händlers über ein erfolgreiches Geschäft mit. Er fuhr fort: »Der junge Mann stammt aus dem alten Imperium.«

»Das wußten wir bereits«, warf der zweite Mann ein.

»Wir haben es vermutet«, verbesserte Forell ihn unbeirrt. »Wenn ein Mann hier mit mehreren Schiffen, angeblich freundlichen Absichten und einem vorbereiteten Handelsabkommen auftaucht, ist es nur sinnvoll, ihn nicht zu vergrämen, bevor wir sicher wissen, daß seine Vorschläge nicht ernst gemeint sind. Aber jetzt ...«

Als der dritte Mann sprach, machte er ein weinerliches Gesicht. »Wir könnten sogar noch vorsichtiger sein. Wir hätten alles schon viel früher herausbekommen können — bevor der junge Mann wieder abflog. Das wäre wirklich besser gewesen.«

»Darüber haben wir uns bereits genügend unterhalten«, antwortete Forell mit einer wegwerfenden Handbewegung.

»Die Regierung ist einfach zu nachgiebig«, klagte der dritte. »Vor allem der Bürgermeister ist ein Vollidiot, der ...«

Der vierte Mann sah die anderen nachdenklich an und drückte seine Zigarette aus, bevor er sprach. »Ich hoffe, daß mein Herr Vorredner sich nur aus Gewohnheit so geäußert hat«, meinte er sarkastisch. »Schließlich stellen *wir* die eigentliche Regierung dar.«

Die anderen murmelten zustimmend.

Der vierte Mann sah nicht auf. »Sprechen wir also nicht mehr über Politik. Dieser junge Mann ... der Fremde hätte ein potentieller Kunde sein können. Das ist nie ausgeschlossen. Sie haben alle versucht, mit ihm ein Vorabkommen zu treffen. Wir haben eine Vereinbarung — sozusagen unter Gentlemen — getroffen, die dergleichen Dinge ausschließt. Aber Sie haben es trotzdem versucht.«

»Sie aber auch«, knurrte der zweite Mann.

»Ich weiß«, antwortete der vierte Mann gelassen.

»Sprechen wir nicht davon, was wir hätten tun können«, warf

Forell ungeduldig ein, »sondern lieber davon, was wir jetzt unternehmen müssen. Was hätten wir überhaupt gewonnen, wenn wir ihn gefangengenommen oder gar umgebracht hätten? Wir wissen noch immer nicht, was er bei uns wollte — und das Imperium zerbricht nicht einfach, nur weil wir einen einzigen Mann ermorden.«

»Ganz richtig«, stimmte der vierte Mann zu. »Was haben Sie durch die Eroberung des Zerstörers erfahren? Ich bin zu alt, um mich noch mit diesem Geschwätz zu befassen.«

»Das läßt sich mit wenigen Worten erklären«, antwortete Forell. »Er ist einer der Generale des Kaisers, hat sich frühzeitig als brillanter Feldherr erwiesen und wird von seinen Männern geradezu vergöttert. Also eine ziemlich romantische Gestalt.«

»Woher wollen Sie das alles wissen?« fragte der zweite Mann.

»Von der Besatzung des Zerstörers. Ich habe die Aussagen aufnehmen lassen und stelle sie Ihnen später gern zur Verfügung. Sie können sich auch selbst mit den Leuten unterhalten, wenn Sie Lust dazu haben.«

»Wie haben Sie das alles herausgebracht? Woher wollen Sie wissen, daß man Sie nicht belogen hat?«

Forell runzelte die Stirn. »Sehe ich etwa wie ein harmloses Schäfchen aus, guter Freund? Ich habe alle bekannten Methoden angewandt — auch die Sonde. Jedes Wort ist wahr, darauf können Sie sich verlassen.«

»In der guten alten Zeit«, warf der dritte Mann plötzlich ein, »wäre das Verhör von einem Psychologen geführt worden. Eine schmerzlose und völlig sichere Methode, Forell.«

»In der guten alten Zeit war vieles anders«, antwortete Forell ungerührt. »Die Zeiten ändern sich eben.«

»Und was wollte dieser Wunderknabe hier?« fragte der vierte Mann hartnäckig.

Forell warf ihm einen scharfen Blick zu. »Glauben Sie im Ernst, daß er das seiner Besatzung erzählt? Die Leute hatten natürlich keine Ahnung, obwohl ich bestimmt nichts unversucht gelassen habe.«

»Das heißt also . . .«

»Daß wir selbst unsere Schlüsse ziehen müssen. Der junge Mann ist General des Imperiums, hat aber hier einen anderen Eindruck zu erwecken versucht. Diese Tatsache allein beweist, daß er etwas zu verbergen hatte. Sie werden sich daran erinnern, daß das Imperium bereits früher einmal einen Angriff auf uns unterstützt hat. Angesichts dieses Besuchs kann kaum ein Zweifel an den gegenwärtigen Absichten bestehen.«

»Wissen Sie wirklich nicht mehr?« fragte der vierte Mann vorsichtig. »Haben Sie uns alles erzählt?«

»Ich halte nichts zurück«, antwortete Forell aufrichtig. »In Zukunft müssen wir ohnehin alle an einem Strang ziehen, wenn wir nicht untergehen wollen.«

»Seit wann sind Sie Patriot?« wollte der dritte Mann spöttisch wissen.

»Den ganzen Patriotismus kann von mir aus der Teufel holen«, antwortete Forell aufgebracht. »Glauben Sie, daß ich mir wegen des Zweiten Imperiums Sorgen mache? Aber ich bezweifle, daß unser Handel aufblüht, wenn wir vom alten Imperium besiegt werden. Falls die andere Seite gewinnt, gibt es genügend Aasgeier, die sich auf die Überreste stürzen.«

»Und wir wären dann die Überreste«, stellte der vierte Mann trocken fest.

Der zweite Mann ergriff plötzlich das Wort. »Weshalb erwähnen wir diese Möglichkeit überhaupt? Schließlich steht fest, daß dieser komische General auf keinen Fall gewinnen kann. Seldon hat uns versichert, daß unsere Nachkommen eines Tages das Zweite Imperium gründen werden. Im Augenblick haben wir es nur mit einer weiteren Krise zu tun. Drei haben wir bereits hinter uns.«

»Richtig, eine weitere Krise!« bestätigte Forell übelgelaunt. »Aber während der beiden ersten wurde die Fundation von Salvor Hardin geführt; in der dritten erwies Hober Mallow sich als der Retter aus der Not. Wen haben wir jetzt?«

Er sah die anderen an und fuhr fort: »Seldons psychohistorische Voraussagen treffen nur unter der Bedingung ein, daß die Bevölkerung der Fundation kommenden Entwicklungen nicht tatenlos zusieht. Sie sind sich hoffentlich darüber im klaren, meine Herren, daß Seldon nur denen helfen kann, die sich selbst helfen!«

»Gelegenheit macht Diebe«, sagte der dritte Mann. »Sie sehen, daß auch andere Menschen schöne Sprichwörter kennen, Forell.«

»Jedenfalls dürfen wir uns nicht einfach darauf verlassen, daß im richtigen Augenblick der richtige Mann auftaucht«, sprach Forell weiter. »Falls wir jetzt tatsächlich vor der vierten Krise stehen, hat Seldon sie vorhergesehen. Hat er sie aber vorausgesagt, ist sie überwindbar — wir brauchen nur noch nach der besten Methode zu suchen.

Das Galaktische Imperium ist uns militärisch weit überlegen; das war schon immer so. Aber diesmal droht uns erstmals ein direkter Angriff, so daß diese Überlegenheit wirklich gefährlich wird. Um diese Bedrohung abzuwenden, müssen wir uns wie in jeder bisherigen Krise auf gewaltlose Mittel beschränken, bis wir die schwache Stelle des Gegners kennen. Erst dann können wir mit Aussicht auf Erfolg selbst angreifen.«

»Und woraus besteht diese schwache Stelle?« fragte der vierte Mann. »Haben Sie eine Theorie vorzubringen?«

»Nein. Über diesen Punkt wollte ich noch sprechen. Unsere großen Führer haben in vergangenen Zeiten stets die schwachen Stellen des Gegners erkannt und sich darauf konzentriert. Aber wir . . .«

Forell schwieg hilflos und sah sich fragend um. Die anderen überlegten ebenfalls.

»Wir brauchen Spione«, stellte der vierte Mann plötzlich fest.

Forell starrte ihn an. »Richtig! Wir wissen nicht einmal, wann das Imperium angreifen will. Vielleicht schon morgen, vielleicht erst in einem halben Jahr.«

»Hober Mallow hat die Kaiserlichen Dominien selbst aufgesucht«, meinte der zweite Mann. »Wir könnten ebenso handeln.«

Forell schüttelte ablehnend den Kopf. »Das wäre unsinnig. Wir sind alle nicht mehr die jüngsten und wären dieser Aufgabe vermutlich kaum gewachsen, weil wir nur immer an unser Geschäft denken. Nein, wir brauchen junge Männer, die im Augenblick draußen auf den anderen Planeten arbeiten und . . .«

»Die selbständigen Händler?« fragte der vierte.

Forell nickte zustimmend. »Vielleicht ist es noch nicht zu spät . . .«, flüsterte er.

3

Bel Riose blieb stehen und sah erwartungsvoll auf, als sein Adjutant den Raum betrat. »Hat die *Starlet* sich endlich wieder gemeldet?«

»Nein, Sir. Die Suchschiffe sind soeben zurückgekehrt, ohne eine Spur von ihr gefunden zu haben. Commander Yume meldet volle Gefechtsbereitschaft der gesamten Flotte. Der Gegenschlag kann also sofort erfolgen, Sir.«

Der General schüttelte den Kopf. »Nein, nicht wegen eines einzigen Zerstörers. Noch nicht. Richten Sie Yume aus, er soll ... Nein, warten Sie! Ich setze den Funkspruch selbst auf. Lassen Sie ihn sofort verschlüsseln und übermitteln.«

Riose schrieb eilig und gab dem Offizier das Blatt. »Ist der Siwennaner schon eingetroffen?«

»Noch nicht, Sir.«

»Lassen Sie ihn sofort nach seiner Ankunft zu mir bringen.«

Der Adjutant salutierte und verließ den Raum. Riose ging weiter ungeduldig auf und ab.

Als die Tür sich ein zweites Mal öffnete, stand Ducem Barr auf der Schwelle. Er folgte dem Adjutanten langsam, der ihn in den riesigen Raum führte, an dessen Decke eine Stereodarstellung der Galaxis hing, unter der Bel Riose in voller Uniform stand.

»Guten Tag, Patrizier!« Der General bot seinem Besucher einen Sessel an und machte dem Adjutanten klar, daß er keinesfalls gestört zu werden wünschte.

Dann stellte er sich vor den Alten, verschränkte die Arme über der Brust und sah ihn lange nachdenklich an.

»Patrizier, sind Sie ein treuer Untertan des Kaisers?« fragte er plötzlich.

Barr hatte bisher geschwiegen. Jetzt runzelte er die Stirn und antwortete ehrlich: »Ich sehe keinen Grund, weshalb ich den Kaiser als meinen Herrscher lieben sollte.«

»Aber das heißt noch lange nicht, daß Sie ihn verraten würden«, stellte Riose fest.

»Ganz recht. Andererseits kann man ohne weiteres kein Verräter sein, ohne gleichzeitig aktiv zu helfen. Beides schließt einander nicht aus.«

»Unter normalen Umständen hätten Sie recht. Aber wenn Sie mir jetzt Ihre Hilfe verweigern«, fuhr der General langsam fort, »muß ich Sie als Verräter ansehen und dementsprechend behandeln.«

Barr zog die Augenbrauen in die Höhe. »Glauben Sie, daß ich mich von solchen Drohungen beeindrucken lasse? Das können Sie sich für Ihre Untergebenen sparen. Ich brauche nur zu wissen, was Sie wünschen.«

Riose ließ sich in einen Sessel nieder. »Barr, vor einem halben Jahr haben wir uns zum erstenmal unterhalten.«

»Über die angeblichen Zauberer?«

»Richtig. Sie erinnern sich vielleicht noch an mein Vorhaben?«

Barr nickte. »Sie wollten den Löwen in seiner Höhle aufsuchen und sind vier Monate lang fortgewesen. Haben Sie das Untier gefunden?«

»Gefunden? Selbstverständlich!« antwortete Riose. Offenbar mußte er sich beherrschen, um nicht mit den Zähnen zu knirschen. »Patrizier, diese Menschen sind keine Zauberer, sondern reine Teufel. Ich kann noch immer nicht glauben, was ich dort gehört habe. Überlegen Sie nur! Ein winziger Planet ohne Rohstoffe, ohne Macht und mit lächerlich geringer Bevölkerung – und trotzdem sind die Menschen dort so stolz und ehrgeizig, daß sie offen von dem Tag sprechen, an dem ihre Nachkommen über die gesamte Galaxis herrschen werden.

Sie sind sogar so selbstbewußt, daß sie sich nicht einmal beeilen. Sie bewegen sich langsam und phlegmatisch; sie sprechen von Jahrhunderten, die vergehen müssen, bevor dieses Endziel erreicht ist. Sie verschlucken gemächlich einen Planeten nach dem anderen; sie bewegen sich im Schneckentempo durch ganze Sternensysteme und assimilieren sie dabei.

Und trotzdem haben sie Erfolg mit ihrer Methode, denn es gibt niemand, der sie aufhalten könnte. Sie haben weitreichende Handelsbeziehungen aufgebaut, mit deren Hilfe sie andere Planeten wie mit Fangarmen in ihren Herrschaftsbereich ziehen. Ihre Händler – so nennen sich ihre Agenten – durchstreifen die Peripherie bis zu den Grenzen, die ihnen durch die Reichweite ihrer Spielzeugschiffe gesetzt sind.«

Ducem Barr unterbrach den wütenden Monolog. »Sind das alles Tatsachen oder nur Vermutungen, zu denen Sie sich im Zorn hinreißen lassen?«

Der General holte tief Luft und sprach ruhiger weiter. »Der Zorn macht mich keineswegs blind. Ich bin auf Planeten gewesen, die näher an Siwenna als an der Fundation liegen – und selbst dort gilt der Kaiser nichts mehr, während die Händler einen ausgezeichneten Ruf genießen. Wir sind selbst für Händler gehalten worden.«

»Hat die Fundation Ihnen mitgeteilt, daß sie die Beherrschung der Galaxis anstrebt?«

»Mitgeteilt!« Riose wurde wieder wütend. »Natürlich habe ich nie eine derartige Mitteilung erhalten. Die einflußreichen Männer sprachen nur vom Geschäft und wollten nichts anderes hören. Aber ich habe auch mit einfachen Leuten gesprochen und von ihnen gehört, was unter der ›Bestimmung der Fundation‹ zu verstehen ist. Sie alle schwelgen in dem gleichen Optimismus, weil sie eine großartige Zukunft vor Augen haben. Sie geben sich nicht einmal Mühe, diesen Optimismus zu verbergen.«

Der Siwennaner lächelte zufrieden. »Bisher sehe ich nur meine Vermutungen bestätigt, die allerdings auf sehr spärlichen Informationen beruhen.«

»Ohne Zweifel ein glänzender Beweis für Ihre analytischen Fähigkeiten«, gab Riose sarkastisch zurück. »Aber gleichzeitig auch ein Zeichen dafür, daß die Kaiserlichen Dominien sich in einer Gefahr befinden, die ständig größer wird.«

Barr zuckte unbeteiligt mit den Schultern. Riose beugte sich vor, legte ihm die Hand auf die Schulter und sprach eindringlich weiter.

»So einfach ist die Sache wirklich nicht, Patrizier. Von mir aus gesehen ist die Feindseligkeit zwischen Siwenna und dem Imperium ein unglückliches Erbe vergangener Zeiten, das beiden Seiten nur schaden kann. Wenn ich könnte, würde ich meinen ganzen Einfluß geltend machen, um diesen Zustand zu beseitigen.

Aber das ist unmöglich, weil ich als Soldat keinen Einfluß auf die zivile Verwaltung eines Planeten nehmen darf. Ich würde abberufen und könnte Ihnen nie wieder helfen. Sehen Sie das ein? Selbstverständlich, denn Sie sind ein kluger Mann.

Deshalb schlage ich Ihnen vor, daß wir uns beide mit der Tatsache zufriedengeben, daß der Schuldige an der Katastrophe vor vierzig Jahren durch Ihre Hand gefallen ist. Sind wir uns darüber einig, brauchen wir nicht mehr daran zu denken. Ich gebe offen zu, daß ich Ihre Hilfe brauche.«

Die Stimme des jungen Mannes klang drängend, aber Ducem Barr schüttelte trotzdem langsam den Kopf.

»Sie verstehen mich nicht richtig, Patrizier«, fuhr der General fort, »und ich bezweifle fast, daß ich Ihnen verständlich machen kann, was ich meine. Als vernünftiger Mensch müssen Sie immerhin zugeben, daß das Imperium trotz aller seiner Fehler auch seine guten Seiten gehabt hat. Seine bewaffneten Streitkräfte sind gelegentlich zu Verbrechen mißbraucht worden, aber andererseits waren sie auch für die Aufrechterhaltung des Reichsfriedens verantwortlich, der eine Voraussetzung für die Aufwärtsentwicklung der Galaxis gewesen ist. Denken Sie nur an die Zeiten vor der Gründung des Imperiums und überlegen Sie, ob die Erhaltung dieses Reiches nicht doch im Interesse aller Beteiligten liegt.

Überlegen Sie weiterhin, welche Zustände im Augenblick bereits in der Peripherie herrschen«, fuhr Riose eindringlich fort. »Glauben Sie nicht auch, daß der Status quo Ihres Planeten — das Leben unter dem Schutz einer mächtigen Flotte — einem Rückfall in dieses Barbarentum bei weitem vorzuziehen ist?«

»Steht es wirklich so schlecht ... schon so bald?« murmelte Barr.

»Nein«, gab der General zu. »Selbst wenn wir eine wesentlich größere Lebenserwartung hätten, würden wir diesen Rückfall nicht mehr erleben. Aber ich kämpfe für das Imperium; für den Kaiser und die militärische Tradition, in der ich aufgewachsen bin. Aber diese Motive sind einem Gelehrten fremd ...«

»Ganz richtig«, stimmte Barr zu.

»Trotzdem hoffe ich, daß Sie die Gefahr erkennen, die von dieser Fundation ausgeht.«

»Gewiß, denn schließlich habe ich Sie auf diese Gefahr aufmerksam gemacht, bevor Sie sich auf die Suche nach der Fundation machten.«

»Dann wissen Sie also auch, daß wir der Gefahr jetzt begegnen müssen, bevor sie übermächtig wird. Sie kennen die Fundation besser als irgendein anderer; Sie wissen vielleicht, wie man sie am besten angreift, und könnten mich vor Gegenmaßnahmen warnen. Kommen Sie, wir wollen Freunde sein.«

Ducem Barr erhob sich langsam. »Meine Hilfe kann Ihnen nichts bedeuten«, stellte er ruhig fest, »denn ich weiß schon jetzt, daß Sie mir keinen Glauben schenken werden.«

»Die Entscheidung darüber müssen Sie mir überlassen. Ich kann mir selbst ein Urteil darüber bilden.«

»Schön, dann urteilen Sie bitte über folgende Behauptung — selbst wenn das Imperium seine ganze Macht aufbietet, kann es diesen einen Planeten nicht unterwerfen.«

»Warum nicht?« fragte Riose sofort. »Nein, bleiben Sie noch, Barr. Ich sage Ihnen, wann Sie gehen dürfen. Weshalb nicht? Sie irren sich gewaltig, wenn Sie glauben, daß ich diesen neuen Gegner unterschätze.

Patrizier«, fuhr er zögernd fort, »auf der Rückkehr habe ich ein Schiff verloren. Ich habe keinen Beweis dafür, daß es in die Hände der Fundation gefallen ist; wäre es aber nur verunglückt, hätten wir es irgendwo finden müssen. Der Verlust ist nicht weiter wichtig, kann aber bedeuten, daß die Fundation bereits die Feindseligkeiten eröffnet hat. Diese Eile und dieses rücksichtslose

Vorgehen könnten bedeuten, daß der Gegner über Waffen verfügt, von denen wir nichts wissen.

Können Sie mir helfen, indem Sie eine einzige Frage klar beantworten? Wie stark ist die Fundation auf militärischem Gebiet?«

»Das kann ich nicht beurteilen.«

»Dann erklären Sie mir etwas anderes. Weshalb ist das Imperium Ihrer Meinung nach diesem winzigen Planeten nicht überlegen?«

Der Siwennaner ließ sich wieder in seinen Sessel sinken. »Diese Behauptung beruht auf meinem Vertrauen in die Prinzipien der Psychohistorie«, sagte er nachdrücklich. »Das mag merkwürdig klingen, ist aber berechtigt, denn diese Wissenschaft ist ebenfalls eigenartig. Sie hat ihren Gipfel mit Hari Seldon erreicht und ist nach seinem Tod verfallen, weil seither niemand mehr intelligent genug war, um die mathematischen Grundlagen ohne Seldons Hilfe anzuwenden.

Aber innerhalb dieser kurzen Zeitspanne zeigte sich, daß hier die mächtigste Wissenschaft entstanden war, die sich je mit der Entwicklung der Menschheit befaßte. Und eben diese Wissenschaft wurde von Seldon und seinen Mitarbeitern herangezogen, als die Gründung der Fundation bevorstand. Ort, Zeitpunkt und Umweltbedingungen – alle diese Faktoren wurden berücksichtigt, um ein Gebilde zu schaffen, aus dem eines Tages mit mathematischer Sicherheit das neue Imperium hervorgehen *muß*.«

Riose zuckte verächtlich mit den Schultern. »Wollen Sie damit etwa sagen, daß dieser Seldon mit Hilfe seiner angeblichen Wissenschaft meinen Angriff auf die Fundation vorausgesagt haben könnte? Dann behaupten Sie gleichzeitig, daß ich nicht mehr als ein menschlicher Roboter bin, der stur den sichersten Weg zum Untergang verfolgt.«

»Nein«, antwortete der alte Patrizier scharf. »Ich habe Ihnen früher bereits zu erklären versucht, daß Seldons Wissenschaft nichts mit den Reaktionen einzelner Menschen zu tun hat. Sie befaßt sich ausschließlich mit der geschichtlichen Entwicklung.«

»Das heißt also, daß die sogenannte historische Notwendigkeit durch nichts zu beeinflussen ist?«

»Die *psycho*historische Notwendigkeit«, warf Barr gelassen ein.

»Was geschieht, wenn ich nach Belieben entscheide? Wenn ich erst nächstes Jahr oder vielleicht gar nicht angreife? Was wird dann aus Ihrer psychohistorischen Notwendigkeit? Bleibt sie trotzdem gleich?«

Barr nickte. »Greifen Sie morgen oder erst in zehn Jahren an; mit einem einzigen Schiff oder der gesamten Kaiserlichen Flotte; mit militärischen Mitteln oder nur durch wirtschaftliche Erpressung; nach einer regelrechten Kriegserklärung oder aus dem Hinterhalt. Tun Sie, was Ihnen einfällt – Sie verlieren doch.«

»Weil Hari Seldon es behauptet hat?«

»Weil die von ihm entwickelte Wissenschaft eine unfehlbare Macht darstellt. Die mathematische Berechnung menschlicher Reaktionen führt zu hundertprozentig richtigen Ergebnissen, die nicht durch die Bemühungen eines einzelnen Menschen umgestoßen werden können, selbst wenn er verzweifelte Anstrengungen unternimmt, um den Lauf der Geschichte zu korrigieren.«

Der General runzelte nachdenklich die Stirn. »Gut, ich nehme die Herausforderung an«, sagte er dann. »Ich bin davon überzeugt, daß der Wille eines Lebenden den Sieg über die Berechnungen eines Toten davonträgt!«

4

CLEON II. ... *auch als Cleon der Große bekannt. Er war der letzte starke Herrscher des Ersten Imperiums und führte während seiner langen Regierungszeit eine politische und künstlerische Renaissance herbei. Besser bekannt ist allerdings seine Verbindung mit Bel Riose, die ihm im Volksmund den Beinamen ›Rioses Kaiser‹ eingetragen hat. Daran ändern auch die unglückseligen Ereignisse im letzten Jahr seiner Herrschaft nichts, denn zuvor hatte Cleon II. fast vierzig Jahre lang ...*

ENCYCLOPEDIA GALACTICA

Cleon II. war unumschränkter Herrscher des Universums. Cleon II. litt aber auch an einer unerklärlichen und äußerst schmerzhaften Krankheit. Beide Tatsachen sind durchaus miteinander zu vereinbaren und gehören zu den Erscheinungen, die im Laufe der menschlichen Geschichte erstaunlich oft gemeinsam aufgetreten sind.

Aber Cleon II. fand nur wenig Trost in dergleichen Überlegungen, die seine Schmerzen nicht im geringsten erträglicher machten. Ebenso fand er wenig Vergnügen an der Tatsache, daß sein Großvater noch ein obskurer General der Kaiserlichen Flotte gewesen war, daß sein Vater das Imperium befriedet und geeint hinterlassen hatte, und daß er selbst in den fünfunddreißig Jahren seiner Regierung nicht ein einziges Mal Revolutionen hatte niederschlagen müssen.

Der Herrscher des Universums und Kaiser der Galaxis stöhnte laut, während er sich im Bett auf die andere Seite wandte. Dann richtete er sich in den weichen Kissen auf und betrachtete mürrisch die Gobelins an den hohen Wänden des Raumes. Er war nicht gern in diesen Sälen allein. Das Kaiserliche Schlafzimmer war einfach zu groß. Alle Räume waren zu groß.

Andererseits blieb er lieber für sich allein, anstatt das dümmliche Geschwätz und die Mitleidsbezeugungen der Höflinge ertragen zu müssen. Auf diese Weise brauchte er sich wenigstens nicht über die trübseligen Mienen seiner Getreuen zu ärgern, die nur verbergen sollten, daß der gesamte Hof bereits Vermutungen über seinen Nachfolger anstellte.

Cleon verzog bei diesem Gedanken den Mund. Er hatte drei Söhne; drei aufrechte junge Männer. Wo mochten sie im Augenblick stecken? Vermutlich warteten sie ungeduldig auf sein Ableben und beobachteten einander argwöhnisch.

Der Kaiser runzelte die Stirn. Und jetzt verlangte Brodrig eine Audienz. Der Bauernsohn Brodrig, der seinem Kaiser treu ergeben war; allerdings vor allem deshalb, weil er von allen anderen Höflingen gehaßt wurde. Brodrig — der treue Favorit, der treu sein mußte, weil ihm keine andere Wahl blieb. Und wenn er nicht am Todestag seines Herrschers in dem schnellsten Raumschiff der Galaxis floh, war ihm die Gaskammer am Tag darauf sicher.

Cleon II. drückte auf den Knopf, der den Eingang freigab. Brodrig schritt über den roten Teppich und beugte sich ehrfürchtig über die Hand des Kaisers.

»Ihre Gesundheit, Sire?« fragte der Privatsekretär mit echter Besorgnis.

»Sie sehen doch, daß ich noch lebe«, antwortete der Kaiser aufgebracht. »Das ist allerdings geradezu ein Wunder, wenn man überlegt, daß jeder Quacksalber der Galaxis mich schon als Versuchskaninchen benützt hat. Falls noch irgendwo ein Heilmittel existiert, das noch nicht an mir ausprobiert worden ist, kommt bestimmt morgen irgendein gelehrter Idiot von einem anderen Planeten nach Trantor und bringt es mit.

Anscheinend gibt es heutzutage keinen einzigen Arzt mehr, der seinen eigenen Augen traut. Nicht einer von ihnen kann mir den Puls fühlen, ohne gleichzeitig irgendein altes Buch vor der Nase zu haben. Ich bin krank, aber diese unfähigen Trottel verlassen sich nur auf ihre alten Wälzer, anstatt selbst zu überlegen, was mir fehlen könnte.«

Als Brodrig schwieg, erkundigte der Kaiser sich ungeduldig: »Wie viele warten dort draußen?« Er wies auf die Tür.

»Der Thronsaal ist so voll wie üblich, Sire«, antwortete Brodrig geduldig.

»Dann sollen sie eben warten, bis sie schwarz werden. Geben Sie bekannt, daß ich mit dringenden Staatsgeschäften völlig ausgelastet bin. Oder nein, lassen Sie das – sagen Sie lieber, daß ich zu krank bin, um Audienzen zu geben. Dann stellt sich wenigstens heraus, wer sich über diese Nachricht freut.« Der Kaiser lächelte böse.

»Die Gerüchte sprechen davon, daß Ihr Herz schwach ist, Sire«, sagte Brodrig.

»Aber nicht so schwach, daß die Leute straflos ausgehen, die voreilig handeln, weil sie Gerüchten glauben schenken. Was wollen *Sie* von mir?«

Brodrig gestattete sich ein leichtes Stirnrunzeln. »Die Angelegenheit betrifft General Bel Riose, den Militärgouverneur von Siwenna.«

»Riose?« Cleon II. schüttelte den Kopf. »Ich kann mich nicht an ihn erinnern. Oder war er nicht der Mann, der vor ein paar Monaten um Erlaubnis bat, einen Feldzug beginnen zu dürfen? Für Kaiser und Reich, schrieb er damals, wenn ich mich recht erinnere.«

»Ganz recht, Sire.«

Der Kaiser lachte kurz. »Eigentlich merkwürdig, daß ich noch solche Generäle habe, Brodrig. Was haben Sie ihm geantwortet?«

»Ich habe ihn angewiesen, weitere Informationen über den geplanten Feldzug vorzulegen und auf keinen Fall selbständig ohne ausdrücklichen Befehl des Kaisers zu handeln.«

»Hmmm, das müßte für den Anfang genügen. Wer ist dieser Riose überhaupt? War er jemals bei Hofe?«

Brodrig nickte und verzog dabei den Mund ein wenig. »Er begann seine Karriere vor zehn Jahren als Kadett in der Palastwache. Dann ließ er sich zur Marine versetzen und nahm kurze Zeit später an der Schlacht im Lemul-Sternenhaufen teil.«

»Im Lemul-Sternenhaufen . . .? Wurden damals nicht zwei

Linienschiffe durch den persönlichen Einsatz eines jungen Soldaten vor einer drohenden Kollision bewahrt?« Der Kaiser machte eine ungeduldige Handbewegung. »Ich erinnere mich nicht mehr an die Details, aber das Ganze war irgendwie heroisch.«

»Riose war dieser junge Soldat. Er wurde zur Belohnung befördert, erhielt einen hübschen Orden und war schon ein Jahr später Kommandant eines Zerstörers«, sagte Brodrig trocken.

»Und jetzt ist er Militärgouverneur einer Grenzprovinz — und noch immer verhältnismäßig jung. Ein fähiger Mann, Brodrig!«

»Aber unzuverlässig, Sire. Er träumt von vergangenen Zeiten. Normalerweise sind Männer dieser Art harmlos, aber in seiner Position kann der fehlende Realismus dazu führen, daß er von anderen mißbraucht wird, die seine schwachen Stellen erkannt haben.

Allerdings hat er seine Männer fest in der Hand«, fügte Brodrig hinzu. »Sie verehren ihn sogar, habe ich gehört. Er ist einer der *beliebtesten* Generale.«

»Wirklich?« Der Kaiser zog die Augenbrauen in die Höhe. »Hören Sie, Brodrig, ich muß froh sein, daß mir wenigstens einige fähige Männer bleiben, wenn ich schon von Versagern umgeben bin, die mir nicht einmal die Treue halten.«

»Ein unfähiger Verräter stellt keine Gefahr dar. Aber die wenigen Könner dürfen nicht unbeobachtet bleiben.«

»Sie also auch nicht, Brodrig?« Der Kaiser lachte und verzog dann schmerzlich das Gesicht. »Erzählen Sie mir lieber, was es mit diesem jungen Eroberer auf sich hat.«

»Heute ist wieder eine Botschaft von General Riose eingetroffen, Sire.«

»Oh? Was berichtet er?«

»Er war selbst bei den Barbaren und befürwortet jetzt einen Feldzug gegen sie, den er umständlich begründet. Sie brauchen sich nicht damit zu befassen, Sire, weil der Kronrat die Angelegenheit in seiner nächsten Sitzung behandeln wird.« Brodrig beobachtete den Kaiser aufmerksam.

Cleon II. runzelte die Stirn. »Der Kronrat? Ist das wirklich nötig, Brodrig? Am Ende verlangen die Lords doch nur wieder größere Privilegien — so war es bisher noch immer.«

»Das ist nicht zu vermeiden, Sire. Natürlich wäre alles besser, wenn Ihr Herr Vater die Revolution ohne Unterstützung durch die Lords niedergeschlagen hätte. Aber die Privilegien sind eben einmal gewährt und können vorläufig nicht widerrufen werden . . .«

»Schön, dann sollen die Lords sich eben damit befassen. Aber warum so ernst, Brodrig? Die Sache ist doch wirklich nicht weiter wichtig.«

Brodrig lächelte verkniffen. »Ich denke nur an die Folgen, Sire. Erobert dieser junge General, der von seinen Leuten verehrt wird, einige Planeten oder sogar ein ganzes System, wird er zu einem Eroberer. Und Menschen dieser Art besitzen eine fatale Anziehungskraft auf die großen Massen, denn das Volk jubelt den Erfolgreichen zu. Selbst wenn Riose keinen persönlichen Ehrgeiz besitzt, ist nicht auszuschließen, daß einer der Herzöge oder Fürsten ihn als Werkzeug für seine Zwecke benützt.«

Cleon II. machte eine abwehrende Handbewegung. »Sie sind wie immer zu mißtrauisch, Brodrig. Vorläufig steht noch gar nicht fest, was der junge Mann wirklich vorhat. Oder haben Sie ihm etwas vorzuwerfen?«

»Er hat Verstärkung angefordert.«

»Verstärkung!« wiederholte der Kaiser erstaunt. »Wie viele Schiffe hat er zur Verfügung?«

»Zehn Linienschiffe, Sire, und ausreichend viele Versorgungsschiffe — alles Neubauten aus den letzten fünfzig Jahren, aber trotzdem durchaus einsatzbereit.«

»Zehn Schiffe müßten eigentlich für jede vernünftige Unternehmung genügen. Mein Vater hat seine erste große Schlacht mit weniger Schiffen gewonnen. *Wer* sind eigentlich diese Barbaren?«

Brodrig zuckte mit den Schultern. »Riose benutzt den Namen ›Fundation‹, wenn er von ihnen spricht, Sire.«

»Die Fundation? Was ist darunter zu verstehen?«

»Ich habe in den Archiven nachgesehen, aber keinen Hinweis gefunden. Die von Riose genannten Koordinaten liegen in dem Gebiet der ehemaligen Provinz Anacreon, aber dort gibt es keinen Planeten namens Fundation. Ich habe allerdings auch festgestellt, daß irgendwo in diesem Gebiet die Nachkommen der Wissenschaftler leben müssen, die vor zweihundert Jahren auf Terminus mit der Zusammenstellung einer Enzyklopädie begonnen haben. Nachdem alle umliegenden Planeten degeneriert sind, können wir annehmen, daß auch diese Leute heutzutage zu Barbaren geworden sind.«

»Aber Riose will Verstärkung«, stellte der Kaiser nachdenklich fest. »Eigenartig — er fordert Verstärkung an, bevor er den ersten Schlag geführt hat. Hm, vielleicht ist die Angelegenheit doch wichtiger, als ich zuerst dachte. Ich brauche einen Mann, der diesen Riose überwacht und mir berichtet, was er vorhat. Brodrig ..«

Der Kaiserliche Privatsekretär deutete eine Verbeugung an. »Und die Schiffe, Sire?«

»Noch nicht!« Der Kaiser stöhnte leise, während er sich in die Kissen zurücklehnte. »Zunächst müssen wir uns besser informieren. Rufen Sie den Kronrat für übermorgen zusammen. Dann können die Lords gleich die angeforderten Mittel bewilligen. *Das* setze ich durch, selbst wenn erst Köpfe rollen müssen.«

Cleon II. entließ seinen Sekretär mit einer müden Handbewegung. »Gehen Sie, Brodrig, und schicken Sie mir Doktor Kenda. Er ist noch der intelligenteste von allen diesen Quacksalbern.«

Der Kaiserliche Privatsekretär verbeugte sich tief und verließ geräuschlos den Raum, wobei er darauf achtete, seinem Herrscher nicht den Rücken zuzudrehen.

5

Die Kaiserliche Flotte startete von Siwenna aus und drang vorsichtig in die unbekannten Tiefen der Peripherie vor. Die riesigen Schlachtschiffe legten die weiten Entfernungen von einem Stern zum anderen zurück und tasteten sich an die Grenzen des Einflußbereichs der Fundation vor.

Zahlreiche Planeten, die seit zwei Jahrhunderten keinen Herrscher mehr über sich gehabt hatten, spürten plötzlich wieder die Gegenwart des Kaisers. Die Kanonen der Schlachtschiffe sorgten dafür, daß die Treuegelöbnisse überall prompt abgelegt wurden. Überall wurden Stützpunkte zurückgelassen, in denen Soldaten stationiert waren, die das kaiserliche Wappen auf der Brust trugen. Die Schiffe selbst stießen unaufhaltsam weiter gegen die Fundation vor und errichteten weitere Stützpunkte. Während ein Planet nach dem anderen in dieses Netz einbezogen wurde, erreichten die Erfolgsmeldungen Bel Riose, der sein Hauptquartier auf einem unwirtlichen, sonnenlosen Planeten aufgeschlagen hatte.

Jetzt sah der General auf und lächelte Ducem Barr grimmig zu. »Was halten *Sie* davon, Patrizier?«

»Ich? Welchen Wert sollen meine Gedanken haben? Ich bin schließlich nur ein alter Mann, der nichts von militärischen Dingen versteht.«

Barr sah sich langsam in der Felshöhle um, die Riose hatte ausbauen lassen, um eine Unterkunft zu haben. Dann runzelte er die Stirn und fügte hinzu: »Sie könnten mich eigentlich jetzt nach Siwenna zurückkehren lassen.«

»Noch nicht. Vielleicht später.« Riose drehte sich nach der riesigen glänzenden Kugel um, die den Teil des Imperiums darstellte, der früher einmal die Provinz Anacreon gewesen war. »Wenn der Feldzug beendet ist, können Sie wieder zu Ihren Büchern zurück, falls Sie nicht anderweitig beschäftigt sind. Ich habe nämlich vor, Ihnen und Ihren Kindern die konfiszierten Ländereien und das beschlagnahmte Familienvermögen zurückzugeben.«

»Vielen Dank«, antwortete Barr mit einem ironischen Lächeln. »Leider kann ich Ihr Vertrauen auf den guten Ausgang dieser Angelegenheit nicht teilen.«

Riose lachte. »Fangen Sie lieber nicht wieder mit Ihren Befürchtungen an, sondern werfen Sie einen Blick auf diese Karte, die Ihre Befürchtungen glänzend widerlegt. Hier, überzeugen Sie sich selbst – die goldenen Sterne stellen Planeten unter kaiserlicher Herrschaft dar. Die roten gehören zu der Fundation, während die rosafarbenen wahrscheinlich in ihrem wirtschaftlichen Einflußbereich liegen. Beobachten Sie gut ...«

Der General veränderte eine Einstellung. Eine Reihe von Planeten, die bisher weiß gestrahlt hatten, nahmen jetzt eine blaue Farbe an.

»Diese blauen Sterne sind von meinen Leuten besetzt worden«, erklärte der General zufrieden. »Bisher sind sie kaum auf Widerstand gestoßen. Die Fundation schläft selig und süß, während wir sie umzingeln.«

»Verzetteln Sie damit nicht Ihre Kräfte?«

»Der Anschein trügt«, antwortete Riose. »Bisher habe ich nur wenige Stützpunkte errichtet und befestigt – aber alle auf strategisch wichtigen Planeten. Diese Umzingelung hat vor allem den Vorteil, daß ich den endgültigen Angriff von jedem beliebigen Punkt aus beginnen kann, ohne befürchten zu müssen, daß der Gegner meine Flanke angreift oder mir in den Rücken fällt. Das ist ausgeschlossen, denn durch die Anwendung dieses Systems sind meine Streitkräfte gegen Angriffe aus allen Richtungen gedeckt.

Umfassungsaktionen dieser Art sind erstmals vor über zweitausend Jahren angewandt worden – Loris VI. war für diese Taktik bekannt –, aber der endgültige Erfolg blieb eigentlich immer aus, weil der Gegner alle Anstrengungen unternahm, um die Einschließung rechtzeitig zu sprengen. Gelingt dieser Versuch an einer Stelle, ist der endgültige Erfolg bereits sehr fraglich. Aber unser Fall liegt völlig anders.«

»Also geradezu ein Musterbeispiel – direkt aus dem Lehrbuch?« fragte Barr spöttisch.

»Glauben Sie wirklich, daß ich am Ende doch unterliege?« wollte Riose wissen.

»Ja.«

»Ist Ihnen auch klar, daß es keinen einzigen Fall in der Militärgeschichte gibt, in dem ein Manöver dieser Art nicht mit einem Sieg der Angreifer endete – es sei denn, daß von außen genügend starke Entsatztruppen herangeführt wurden?«

»Vermutlich haben Sie recht.«

»Und Sie bleiben trotzdem bei Ihrer Meinung?«

»Ja.«

Riose zuckte mit den Schultern. »Wie es Ihnen beliebt.«

Barr wartete einen Augenblick, bevor er weitersprach. »Hat der Kaiser Ihnen bereits Antwort gegeben?«

Der General zündete sich eine Zigarette an. »Meinen Sie die Verstärkungen, die ich angefordert habe? Ja, ich habe eine Antwort erhalten – aber sonst nichts.«

»Keine Schiffe.«

»Richtig. Das hatte ich allerdings fast erwartet. Offen gesagt hätte ich mich nicht von Ihnen einschüchtern lassen dürfen, Patrizier. Auf diese Weise setze ich mich nur in die Nesseln.«

»Wirklich?«

»Ganz entschieden. Schiffe sind heute wertvoller als alles andere. Die Bürgerkriege der letzten zweihundert Jahre haben die frühere Kaiserliche Flotte erheblich dezimiert – und die Überreste sind nicht gerade in bester Verfassung, während die Neubauten nur dann etwas taugen, wenn sie mit alten Atomtriebwerken ausgerüstet sind. Ich glaube nicht, daß es noch Wissenschaftler gibt, die ein funktionierendes Atomtriebwerk bauen könnten.«

»Das weiß ich«, antwortete Barr. »Aber ich bin überrascht darüber, daß *Sie* es wissen. Der Kaiser hat also keine Schiffe übrig. Finden Sie nicht auch, daß der tote Hari Seldon die erste Runde gewonnen hat?«

»Ich habe auch so genügend Schiffe«, antwortete Riose scharf. »Ihr Seldon gewinnt also gar nichts. Verschlechtert sich die Lage etwa, erhalte ich bestimmt mehr Schiffe. Vorläufig ist der Kaiser noch nicht über alle Einzelheiten informiert.«

»Wirklich? Was haben Sie ihm verschwiegen?«

»Natürlich Ihre Theorien.« Riose lächelte spöttisch. »Schließlich sind sie nicht gerade wahrscheinlich. Falls mir jedoch Beweise dafür in die Hände fallen sollten, bringe ich sie natürlich vor. Aber augenblicklich sehe ich noch keinen Anlaß dafür, mich bei Hofe unbeliebt zu machen.«

Der alte Patrizier runzelte die Stirn. »Sie glauben also, daß der Kaiser wütend reagiert, wenn er von Ihnen hört, daß sein Thron durch diese Barbaren gefährdet ist. Dann können Sie nichts von ihm erwarten.«

»Ein Sonderbotschafter ist immerhin schon etwas.«

»Warum schickt denn der Kaiser einen?«

»Das ist üblich. Bei jedem größeren Feldzug begleitet ein Vertreter der Krone die Streitkräfte.«

»Tatsächlich? Weshalb?«

»Auf diese Weise soll symbolisch angedeutet werden, daß der Kaiser selbst an der Spitze seiner Heere steht. Zudem wird dadurch angeblich dafür gesorgt, daß die Generale treu bleiben — aber auch da gibt es Ausnahmen.«

»Ich kann mir nicht vorstellen, daß Sie von diesem Sonderbotschafter begeistert sind«, meinte Barr.

»Richtig.« Riose lief rot an. »Aber das ist eben nicht zu ändern, deshalb möchte ich . . .«

Auf dem Schreibtisch des Generals blinkte in diesem Augenblick ein rotes Licht auf. Eine Sekunde später fiel ein Aluminiumzylinder aus der Rohrpostanlage. Riose las die Nachricht, die er enthielt. »Ausgezeichnet!« murmelte er dabei. »Endlich!«

Ducem Barr warf ihm einen fragenden Blick zu.

»Sie wissen doch, daß wir einen dieser Händler gefangen haben?« fragte Riose. »Lebend — und sein Schiff ist unbeschädigt.«

»Ja, ich habe davon gehört.«

»Der Gefangene wird eben hierhergebracht. Bleiben Sie ruhig sitzen, Patrizier. Ich habe Sie vor allem deshalb zu mir bitten lassen, weil Ihnen während des Verhörs vielleicht Einzelheiten auffallen, die mir entgehen könnten.«

Kurz darauf wurde der Händler von einem bewaffneten Posten hereingeführt. Er war groß und muskulös gebaut, trug einen Vollbart und war mit einem Overall bekleidet, der aus lederartigem

Plastikmaterial bestand. Als er den Raum betrat, nickte er Barr kurz zu und wandte sich sofort an den General.

»Sie heißen?« fragte Riose.

»Lathan Devers.« Der Händler verschränkte die Arme. »Sind Sie hier der Boß?«

»Sie sind Händler der Fundation?«

»Richtig. Hören Sie, wenn Sie wirklich der Boß sind, sagen Sie lieber Ihren Männern, daß sie die Pfoten von meinem Schiff und der Ladung lassen sollen.«

Der General machte eine ungeduldige Handbewegung. »Sprechen Sie gefälligst nur, wenn Sie gefragt werden.«

»Schön, ich bin nicht ungefällig. Aber einer Ihrer Leute hat sich bereits in seine Bestandteile aufgelöst, weil er unvorsichtig war.«

Riose warf dem Wachhabenden einen fragenden Blick zu. »Stimmt das, Vrank? In dem Bericht stand doch, daß keine Verluste zu beklagen waren.«

»Richtig, Sir, das stimmt auch«, antwortete der Offizier. »Aber unsere Soldaten durchsuchten das Schiff nach Waffen, wobei einer der Leute den Tod fand, als er ein unbekanntes Gerät in die Hand nahm.«

Der General wandte sich wieder an den Händler. »Haben Sie Waffen an Bord?«

»Natürlich nicht. Warum denn auch? Der Kerl hatte einen atomaren Bohrer in die Finger bekommen und ihn auf höchste Leistung eingestellt. Das konnte unmöglich gutgehen. Ich hätte ihn zurückgehalten, aber Ihre Leute wollten mich um nichts in der Welt loslassen.«

Riose entließ den Wachhabenden. »Sie können gehen, Vrank. Sorgen Sie dafür, daß das Schiff Tag und Nacht bewacht wird, damit solche Vorfälle sich nicht wiederholen. Setzen Sie sich, Devers.«

Der Händler tat wie geheißen. Er ließ sich in einem Sessel nieder und erwiderte seelenruhig die forschenden Blicke des Generals. Ducem Barr beobachtete die beiden neugierig.

»Sie scheinen ein vernünftiger Mann zu sein, Devers«, sagte Riose nach einer längeren Pause.

»Vielen Dank. Gefallen Ihnen meine blauen Augen — oder wollen Sie etwas von mir? Ich kann Ihnen allerdings verraten, daß ich ein guter Geschäftsmann bin.«

»Das ist durchaus mit vernünftigen Anschauungen zu vereinbaren. Schließlich haben Sie sich ergeben und uns dadurch eine

Menge Munition gespart — und sich selbst einen unerfreulichen Tod. Bleiben Sie bei dieser Methode, dann ist Ihnen gute Behandlung sicher.«

»Dafür bin ich immer zu haben, Boß.«

»Schön, und ich lege besonderen Wert auf gute Zusammenarbeit.«

»Verstanden, Boß«, antwortete Devers. »Aber was erwarten Sie eigentlich von mir? Ich habe keine Ahnung, wo ich bin, was ich hier soll und was Sie mit mir vorhaben.«

»Zunächst muß ich mich bei Ihnen dafür entschuldigen, daß ich Ihnen diesen Herrn nicht vorgestellt habe.« Riose wies lächelnd auf Barr. »Das hier ist Ducem Barr, Patrizier des Imperiums. Und ich selbst bin Bel Riose, Peer des Imperiums und General der Kaiserlichen Flotte.«

Der Händler riß erstaunt die Augen auf. »Sie meinen das alte Imperium, von dem wir in der Schule gehört haben? Komisch! Ich dachte immer, es existiere gar nicht mehr.«

»Sehen Sie sich um. Es existiert sehr wohl«, antwortete Riose.

»Eigentlich hätte ich selbst darauf kommen müssen«, gab Devers zu. »Das andere Schiff war viel zu groß und vor allem zu schnell — in der ganzen Peripherie gibt es nur kleinere, die kaum vom Fleck kommen.« Er runzelte die Stirn. »Was wird also gespielt, Boß? Oder muß ich General zu Ihnen sagen?«

»Das Spiel heißt Krieg.«

»Kaiserreich gegen Fundation, nicht wahr?«

»Richtig.«

»Warum?«

»Das wissen Sie selbst gut genug, glaube ich.«

Der Händler schüttelte nachdrücklich den Kopf, überlegte noch einige Augenblicke lang und stand dann auf, um sich die warme Jacke auszuziehen, die er über seinem Overall trug. Dann ließ er sich wieder in den Sessel sinken und streckte die Beine aus.

»Ich kann mir vorstellen, daß ich Ihrer Meinung nach aufspringen und um mich schlagen müßte«, sagte er dann. »Vermutlich hätte ich sogar Erfolg damit, denn der alte Knabe neben Ihnen bedeutet keine große Hilfe für Sie — und ich bin Ihnen körperlich überlegen.«

»Aber Sie tun es trotzdem nicht«, stellte Riose fest.

»Richtig«, stimmte Devers zu. »Selbst wenn ich Sie jetzt umbrächte, würde der Krieg weitergeführt. Ich schätze, daß Ihr Kaiser noch einige andere Generale zur Verfügung hat.«

»Gut geschätzt.«

»Außerdem würde ich spätestens in einer Minute selbst als Leiche auf dem Boden liegen – und das möchte ich nach Möglichkeit vermeiden.«

»Sie sind eben doch ein vernünftiger Mann.«

»Aber ich möchte etwas wissen, Boß. Warum sollte ich Ihrer Meinung nach die geringste Ahnung haben, weshalb Sie uns überfallen? Ich kann mir keinen Grund dafür vorstellen; und für Rätselspiele bin ich schon zu alt.«

»Haben Sie jemals den Namen Hari Seldon gehört?«

»Nein. Wer ist das?«

»Versuchen Sie nicht, mich für dumm zu verkaufen, Devers«, antwortete Riose scharf. »Ich habe selbst gehört, daß Ihre Fundation nur auf den Tag wartet, an dem sie das sogenannte Zweite Imperium gründen kann, wie es dieser Hari Seldon vorausgesagt hat. Ich habe genügend über die Angriffspläne der Fundation erfahren, deren Ziel die Vernichtung des Imperiums ist.«

»Tatsächlich?« Devers nickte nachdenklich. »Und wer hat Ihnen das alles erzählt?«

»Spielt das wirklich eine Rolle?« sagte Riose ausweichend. »Sie sollen hier keine Fragen stellen, sondern mir sagen, was Sie über Seldon und seine Vorstellungen wissen.«

»Hoffentlich sind Sie jetzt nicht enttäuscht, wenn ich Ihnen sage, daß ich nicht mehr als Sie darüber weiß. Natürlich habe ich schon von diesem Seldon gehört; das gebe ich ganz ehrlich zu. Ich weiß, daß er irgendwie mit einem Zweiten Imperium in Verbindung gebracht wird, aber das ist alles Kinderkram, den kein Erwachsener ernst nimmt.« Der Händler schüttelte den Kopf.

Riose warf ihm einen wütenden Blick zu. »Ist das Ihr Ernst? Sparen Sie sich Ihre plumpen Lügen, Devers! Ich bin selbst auf Terminus gewesen. Ich kenne Ihre Fundation. Ich habe sie erlebt, wie sie wirklich ist.«

»Und dann fragen Sie mich aus? Dabei bin ich in den letzten zehn Jahren nie länger als zwei Wochen hintereinander auf Terminus gewesen. Anscheinend haben Sie wirklich zuviel Zeit. Führen Sie Ihren Krieg ruhig weiter, wenn Sie auf Ammenmärchen aus sind.«

Barr mischte sich zum ersten Male in das Gespräch ein. »Sie sind also davon überzeugt, daß die Fundation den Krieg gewinnt?«

Der Händler wandte sich zu ihm. Er lief rot an, so daß eine

alte Narbe an seiner Schläfe sichtbar wurde. »Hmm, der schweigende Partner im Hintergrund . . . Wie kommen Sie ausgerechnet auf *die* Idee, Doc?«

Riose nickte Barr fast unmerklich zu. Der Patrizier fuhr fort: »Weil ich glaube, daß der Gedanke daran Sie beunruhigen würde, wenn Sie vermuten müßten, Ihr Planet könnte den Krieg verlieren.«

Lathan Devers fuhr sich mit der Hand durch den Bart und grinste. »Drückt der alte Vogel sich immer so geschraubt aus, Boß?« fragte er Riose. »Hören Sie zu«, fuhr er dann wieder ernst fort, »was bedeutet schon ein verlorener Krieg? Ich habe genügend Planeten gesehen, die einen Krieg verloren hatten. Was ist schon dabei, wenn der Sieger an die Herrschaft kommt? Wen stört das? Mich? Uns Händler?« Er schüttelte energisch den Kopf.

»Ihnen ist doch bestimmt klar«, sprach er eindringlich weiter, »daß fast jeder Planet heutzutage von fünf oder sechs Männern beherrscht wird, denen es nach einem verlorenen Krieg an den Kragen geht. Aber das Volk? Die kleinen Leute müssen vielleicht einige Jahre lang höhere Steuern bezahlen. Aber im Laufe der Zeit gibt sich auch das – und dann ist alles wieder wie zuvor, nur mit dem einen Unterschied, daß die Männer an der Spitze andere Namen tragen.«

Ducem Barr wollte widersprechen, schwieg aber doch.

Lathan Devers beobachtete ihn aufmerksam, während er weitersprach. »Ich verbringe also mein ganzes Leben damit, Ramsch zu verkaufen. Ich arbeite ehrlich, während andere gemütlich zu Hause sitzen und in einer Minute soviel verdienen wie ich das ganze Jahr über – weil sie mich und andere Händler beliefern. Stellen Sie sich vor, *Sie* beherrschten die Fundation. Sie würden uns ebenfalls brauchen; sogar mehr als jetzt die Handelsherren, weil Sie keine Ahnung von dem Geschäft hätten, während wir gutes Geld einbringen. Vermutlich hätten wir von dem Sieg des Imperiums sogar Vorteile, weil wir bessere Bedingungen aushandeln könnten. Als Geschäftsmann bin ich sogar für Ihren Krieg, Boß.«

Bevor Riose antworten konnte, glühte wieder das rote Lämpchen der Rohrpostanlage auf. Sekunden später lag der glänzende Behälter auf seinem Schreibtisch. Der General öffnete ihn und las den Text mit zusammengekniffenen Lippen durch.

»Eigene Positionen unverändert. Sämtliche Schiffe voll einsatzbereit. Erwarten weitere Befehle.«

Riose ging zur Tür und wandte sich noch einmal leise an Barr. »Ich überlasse Ihnen diesen Mann und möchte nach meiner Rückkehr Resultate sehen. Denken Sie daran, daß wir Krieg führen ... Wer jetzt versagt, wird unbarmherzig bestraft!« Er verließ rasch den Raum.

Lathan Devers sah ihm nach. »Was hat er denn plötzlich?« fragte er erstaunt.

»Offenbar steht die erste Schlacht bevor«, antwortete Barr. »Kommen Sie lieber mit.«

In der Zwischenzeit hatten vier bewaffnete Posten den Raum betreten, um die beiden Männer abzuführen. Devers folgte dem alten Patrizier gehorsam in die Zelle, die für sie vorbereitet worden war. Die Soldaten marschierten wieder ab und schlossen die schwere Tür hinter sich.

»Hmm?« Devers sah sich mißbilligend um. »Offenbar ist das für längere Zeit gedacht.«

»Richtig.« Barr wandte ihm den Rücken zu.

»Was haben Sie mit mir vor, Doc?« erkundigte der Händler sich.

»Nichts. Ich soll nur bei Ihnen bleiben.«

»Wirklich?« Der Händler lachte spöttisch. »Warum sitzen Sie dann wie ein Gefangener in dieser Zelle? Warum werden Sie ebenso scharf wie ich bewacht? Und weshalb interessieren Sie sich in Ihrem Alter noch für diesen komischen Krieg?«

»Mein Heimatplanet ist von dem Imperium unterworfen worden«, antwortete Barr kurz.

»Tatsächlich? Und was tun Sie dann hier?«

Barr schwieg und legte den Finger auf die Lippen.

Der Händler schob die Unterlippe vor und nickte kurz. Dann nahm er das breite Armband ab, das er um das linke Handgelenk trug, und hielt es Barr entgegen. »Was halten Sie davon?« Am rechten Arm trug er das Gegenstück dazu.

Der Siwennaner nahm das Schmuckstück zögernd aus der Hand des Händlers und legte es langsam an. Die Haut kribbelte ein wenig, aber das unangenehme Gefühl verschwand rasch wieder.

Devers' Stimme veränderte sich. »Schön, Doc, jetzt können wir endlich offen miteinander sprechen. Falls unsere gemütliche Zelle mit einer Abhöranlage ausgestattet ist, kommt für den guten General nichts dabei heraus — bestenfalls Störungen. Sie tragen jetzt einen Felddistorter, der normalerweise fünfzig Credits wert ist. Aber weil ich Sie sympathisch finde, bekommen Sie das Ding umsonst. Ich ...«

»Was wollen Sie von mir?« unterbrach Barr den Redefluß des anderen.

»Das wissen Sie bereits. Sie versuchen wie ein echter Patriot zu sprechen, aber die Sache hat einen kleinen Webfehler. Schließlich ist Ihr Planet vom Imperium erobert worden. Und trotzdem stehen Sie sich mit diesem General recht gut. Wie paßt das zusammen?«

»Ich habe meinen Teil getan«, sagte Barr. »Der Vizekönig, der uns unterdrückt hat, ist unter meinen Händen gestorben.«

»Tatsächlich? Wann?«

»Vor vierzig Jahren.«

Der Händler runzelte die Stirn. »Vor ... vierzig ... Jahren! Das ist aber schon lange her. Weiß der junge General davon?«

Barr nickte schweigend.

Devers überlegte kurz. »Möchten Sie, daß das Imperium diesen Krieg verliert?«

»Ganz Siwenna betet täglich darum, daß es bald vernichtet wird!« antwortete der alte Patrizier heftig. »Früher hatte ich Brüder und einen Vater; jetzt habe ich Kinder – und der General weiß, wo sie zu finden sind.«

Devers wartete.

Barr sprach flüsternd weiter. »Aber selbst der Gedanke an meine Kinder würde mich nicht von dem richtigen Weg abbringen ...«

»Wissen Sie, daß mir Ihr Name bekannt vorkommt?« sagte der Händler plötzlich. »Wir hatten früher einen Bürgermeister namens Hober Mallow. Er war sogar einmal auf Siwenna und hat dort mit einem gewissen Barr gesprochen.«

Ducem Barr warf ihm einen mißtrauischen Blick zu. »Was wissen Sie darüber?«

»Was jeder Händler weiß, der in der Schule aufgepaßt hat. Ich bezweifle, daß Sie sich von dem General als Spion haben anwerben lassen – aber trotzdem muß ich erst einen Beweis dafür haben, daß Sie der Sohn dieses Onum Barr sind.«

Ducem Barr griff mit zitternden Händen in die Innentasche seiner Jacke und holte eine Metallkette hervor, deren Anhänger etwa walnußgroß war. Der Händler starrte ihn mit großen Augen an, als der Patrizier ihm wortlos die Kette in die Hand drückte.

Devers untersuchte den Anhänger sorgfältig, dann sah er lächelnd auf und streckte dem Alten die Hand entgegen.

»Sie haben mich völlig überzeugt, Doc«, sagte er dabei. »Auf dem Anhänger, der den Atomgenerator für den Schutzschild enthält, ist deutlich Hober Mallows Monogramm zu erkennen.«

6

Die winzigen Schiffe tauchten plötzlich aus den schwarzen Tiefen des Alls auf und durchquerten das von der Armada besetzte Gebiet, ohne die Flotte anzugreifen. Rioses Schlachtschiffe hatten sofort die Verfolgung aufgenommen, mußten die Jagd jedoch bald wieder aufgeben, als sich überraschend zeigte, daß die feindlichen Schiffe wesentlich schneller waren. Bald danach herrschte wieder der alte Zustand – die zehn Linienschiffe des Generals drangen langsam und vorsichtig weiter gegen die Fundation vor.

Etwa zur gleichen Zeit saß Bel Riose in dem gepflegten Park eines Palastes auf Wanda, in dem der Kaiserliche Privatsekretär Brodrig sein vorläufiges Hauptquartier aufgeschlagen hatte. Die beiden Männer waren zu einer ersten Besprechung zusammengekommen, damit Brodrig sich über die bisher gemachten Fortschritte informieren konnte.

»Ich freue mich, daß der Kaiser einen so überaus fähigen Beobachter entsandt hat«, stellte Riose eben fest. »Jetzt besteht wenigstens keine Gefahr mehr, daß die Bedeutung dieses Feldzugs am Rande der Galaxis unterschätzt wird.«

»Die Augen des Kaisers sind überall«, antwortete Brodrig automatisch. »Wir unterschätzen die Wichtigkeit dieses Unternehmens keineswegs; allerdings könnte man annehmen, daß die damit verbundenen Schwierigkeiten allzusehr betont werden. Die winzigen Schiffe des Gegners stellen doch kein so großes Hindernis dar, daß man ein umständliches Einkreisungsmanöver einleiten müßte ...«

Riose wurde rot, beherrschte sich aber trotzdem mühsam. »Bei einem voreiligen Angriff setze ich nur das Leben meiner wenigen Männer und die völlig unersetzlichen Schiffe aufs Spiel«, antwortete er scharf. »Gelingt jedoch die Einkreisung, sind die voraussichtlichen Verluste sechzig bis siebzig Prozent geringer, was auf jeden Fall lohnend sein dürfte. Die Gründe dafür habe ich Ihnen bereits gestern dargelegt.«

»Schön, ich gebe zu, daß Sie auf diesem Gebiet besser als ich ausgebildet sind und deshalb wissen müssen, was Sie tun. Aber Ihre Vorsichtsmaßnahmen gehen doch entschieden zu weit. Sie haben Verstärkungen angefordert — und das gegen einen Gegner, der Ihnen noch keine einzige Schlacht geliefert hat. Unter diesen Umständen Verstärkungen anzufordern, ließe eigentlich auf grobe Unfähigkeit von Ihrer Seite schließen, wenn Sie sich nicht bereits früher als mutig und fähig erwiesen hätten.«

»Vielen Dank«, antwortete der General eisig, »aber ich darf Sie daran erinnern, daß zwischen Mut und blindem Draufgängertum ein wesentlicher Unterschied besteht. Sind Stärke und Absichten des Gegners in groben Umrissen bekannt, braucht man nur noch etwas Mut, um entschlossen anzugreifen; aber in der gleichen Weise gegen einen *unbekannten* Gegner vorzugehen setzt blinden Leichtsinn voraus, der sämtlichen militärischen Traditionen widerspricht.«

Brodrig machte eine wegwerfende Handbewegung. »Diese Erklärung ist keineswegs überzeugend, General. Schließlich haben Sie diesen barbarischen Planeten selbst aufgesucht und können sich folglich ein eigenes Urteil über den Feind bilden. Außerdem brauchen Sie nur den Gefangenen zu verhören, den Sie bisher mit Samthandschuhen angefaßt haben. Allein aus diesen Gründen finde ich Ihren Standpunkt unverständlich.«

»Tatsächlich? Ich darf Sie daran erinnern, daß dieser Planet sich zweihundert Jahre lang in völliger Isolierung weiterentwickelt hat. Die dabei aufgetretenen Veränderungen lassen sich nicht nach einem kurzen Besuch abschätzen. Auch der einzige Gefangene, der uns bisher in die Hände gefallen ist, kann uns nicht viel helfen, weil er zu einer Gruppe von Menschen gehört, die beruflich nur wenig mit der Fundation zu tun haben, die sie kaum einmal im Jahr sehen.«

»Haben Sie ihn verhört?«

»Ja.«

»Und?«

»Der Gefangene wußte selbstverständlich nicht, was die Machthaber der Fundation planen. Sein Schiff ist winzig, aber ganz interessant. Leider verstehe ich das Antriebsprinzip nicht, weil ich kein Tech-Mann bin.«

»In Ihrer Flotte gibt es aber einige«, warf Brodrig ein.

»Richtig«, stimmte der General mit einem spöttischen Lächeln zu, »aber offenbar sind sie nicht klüger als ich. Bisher hat sich noch niemand gefunden, der aus dem Atomantrieb des Schiffes schlau wird.«

»Wirklich gute Tech-Männer sind selten, General. Aber innerhalb Ihrer Provinz müßte sich doch einer finden lassen.«

»Gäbe es einen, würde ich ihn die Triebwerke reparieren lassen, die in zwei meiner Linienschiffe eingebaut sind. Ein Fünftel meiner kleinen Flotte ist praktisch bewegungsunfähig, weil die Atomtriebwerke immer wieder versagen.«

Brodrig runzelte die Stirn. »Mit diesen Sorgen stehen Sie keineswegs allein da, General. Auch der Kaiser hat ähnliche Schwierigkeiten zu überwinden.«

Der General zuckte mit den Schultern. »Sie haben recht, gute Tech-Männer sind immer schwerer zu finden. Aber vielleicht hätte ich mehr Fortschritte bei meinem Gefangenen gemacht, wenn meine Psycho-Sonde richtig funktionieren würde.«

Brodrig zog die Augenbrauen in die Höhe. »Sie haben eine Sonde?«

»Leider nur ein altes Modell, das gerade dann versagt, wenn ich es brauche. Auch die Tech-Männer können mir nicht erklären, weshalb die Sonde nicht auf den Gefangenen anspricht, während sie sonst bei all meinen Männern funktioniert, an denen ich sie ausprobiert habe. Ducem Barr behauptet, daß sie vermutlich deshalb versagt, weil der Gefangene in einer völlig anderen Umgebung aufgewachsen ist, die seine Psycho-Struktur verändert haben muß. Vielleicht hat er sogar recht; ich weiß es nicht. Aber ich behalte den Gefangenen trotzdem bei mir — möglicherweise erweist er sich später als nützlich.«

»Ich schicke Ihnen einen Spezialisten aus Trantor«, versprach Brodrig. »Was ist übrigens mit diesem anderen Mann, den Sie eben erwähnt haben? Was tut der Siwennaner hier?«

»Er kennt unsere Gegner. Ich hoffe, daß er mir nützliche Hinweise geben kann.«

»Sein Vater hat gegen den Kaiser rebelliert.«

»Der Sohn ist alt und schwach. Außerdem dienen seine Kinder als Geiseln.«

»Gut. Ich möchte mit diesem Händler sprechen.«

»Selbstverständlich.«

»Allein«, fügte Brodrig hinzu.

»Gewiß«, antwortete Riose bereitwillig. »Als treuer Untertan des Kaisers akzeptiere ich seinen persönlichen Vertreter als meinen Vorgesetzten. Der Händler befindet sich allerdings in meinem

Hauptquartier, so daß Sie die Front in einem der spannendsten Augenblicke verlassen müssen.«

»Wirklich? In welcher Beziehung ist er spannend?«

»Heute schließt sich der Ring vollständig. Morgen tritt die Zwanzigste Flotte zum Angriff gegen das Zentrum des feindlichen Widerstandes.« Riose wandte sich lächelnd ab.

Brodrig zuckte mit den Schultern.

7

Sergeant Mori Luk war der ideale Unterführer. Er stammte von einem der riesigen Planeten in den Plejaden, die ausschließlich landwirtschaftlich genutzt wurden. Die Söhne der kleinen Farmer konnten diesem eintönigen und harten Leben nur dadurch entkommen, daß sie in die Dienste des Kaisers traten. Luk gehörte zu den typischen Vertretern dieser Gattung; er war furchtlos und stark, führte jeden Befehl unverzüglich aus, trieb seine Leute unbarmherzig an und verehrte seinen General grenzenlos.

Trotzdem hatte er sich seine Gutmütigkeit bewahrt. Das zeigte sich schon daran, daß er an die Tür der Zelle klopfte, bevor er eintrat, obwohl er dazu keineswegs verpflichtet war.

Ducem Barr und Lathan Devers sahen auf, als der Sergeant ihre Zelle betrat.

»Was gibt es Neues?« fragte der Händler.

»Der General hat es wieder einmal geschafft«, verkündete Luk stolz.

»Tatsächlich?« meinte Devers. »Und was hat der Wunderknabe diesmal erreicht?«

»Die Einkreisung ist vollständig«, berichtete der Sergeant mit einem väterlichen Lächeln. »Hat er das nicht wunderbar gemacht? Ich habe gehört, daß die ganze Sache ohne die geringste Schwierigkeit über die Bühne gegangen ist.«

»Jetzt beginnt also die große Offensive?« fragte Barr lächelnd.

»Hoffentlich!« gab Luk zurück. »Dann sehe ich endlich wieder ein Schiff von innen. Die Warterei hier draußen macht mich allmählich nervös.«

»Mich auch«, murmelte Devers.

Der Sergeant sah besorgt zur Tür. »Ich gehe lieber wieder, bevor der Captain seine abendliche Runde macht.« Als er bereits auf der Schwelle stand, fügte er noch hinzu: »Ich muß mich noch bei Ihnen bedanken, Sir. Meine Frau hat mir geschrieben, daß die Tiefkühltruhe hervorragend funktioniert. Vielen Dank.«

»Schon gut«, meinte Devers. »Sprechen wir nicht mehr davon.«

Als die Tür der Zelle sich hinter dem Sergeanten geschlossen hatte, nickte Ducem Barr zufrieden. »Immerhin hält er sein Wort und bringt uns die neuesten Nachrichten. Das mit der Tiefkühltruhe für seine Frau war wirklich eine ausgezeichnete Idee, Devers.«

Der Händler zuckte mit den Schultern. »Haben Sie gehört, was der Sergeant gesagt hat?«

»Ja, natürlich. Und?«

»Die Offensive beginnt also. Und wir sitzen hier!«

»Wo möchten Sie denn sonst sitzen?«

»Sie wissen genau, was ich meine. Die Warterei ist völlig sinnlos.«

»Wirklich?« Barr zog die Augenbrauen in die Höhe. »Sie haben mir in den letzten Wochen viel über die Entwicklung der Fundation erzählt, Devers. Ich erinnere mich recht gut daran, daß die Großen der Fundation alle Krisen nach dem gleichen Rezept bewältigt haben — sie hatten Geduld und warteten ...«

»Immerhin wußten sie aber, was ihnen bevorstand.«

»Glauben Sie? Das haben sie vielleicht später behauptet — und vielleicht stimmt es auch. Aber wir haben keinen Beweis dafür, daß sie die Krise schlechter überstanden hätten, wenn sie weniger über die Folgen informiert gewesen wären. Die wirtschaftlichen und soziologischen Kräfte sind nicht so leicht zu beeinflussen.«

Devers schüttelte den Kopf. »Wir wissen aber auch nicht, ob die Krisen ganz anders und schlechter ausgegangen wären.« Er sah nachdenklich zu Boden und hob dann plötzlich wieder den Kopf. »Und wenn ich ihn umgebracht hätte?«

»Wen? Riose?«

»Ja.«

Barr seufzte. »Das hätte nichts genützt, Devers. In meiner Jugend habe ich selbst einen ähnlichen Versuch unternommen. Ich habe Siwenna von einem Verbrecher befreit, aber nicht von der kaiserlichen Herrschaft; dabei wäre die kaiserliche Herrschaft wichtiger gewesen.«

»Aber Riose ist nicht irgendein Verbrecher, Doc. Er verkörpert die ganze Flotte. Sie haben doch gesehen, wie seine Männer an ihm hängen. Ohne ihn würde alles auseinanderfallen.«

»Der Kaiser hat nicht nur diesen einen General, Devers. Wollen Sie wirklich etwas erreichen, müssen Sie sich an andere Männer halten. Zum Beispiel an diesen Brodrig — er hat großen Einfluß auf den Kaiser. Wo Riose mit zehn Schiffen auskommen muß, hätte Brodrig jederzeit Hunderte zur Verfügung.«

»Wirklich? Was wissen Sie über ihn?« fragte Devers neugierig.

»Brodrig ist der treueste Diener seines Herrn — aber nicht freiwillig, sondern gezwungenermaßen, weil er um sein Leben fürchten müßte, wenn der Kaiser ihn nicht mehr beschützen würde. Er berät Cleon II. in allen Angelegenheiten und ist sein willigstes Werkzeug. Gleichzeitig ist er der einzige Vertraute des Kaisers, weil er es mit Hilfe von zahllosen Intrigen verstanden hat, den Herrscher gegen alle anderen mißtrauisch zu machen.«

Devers zog die Augenbrauen in die Höhe. »Und diesen Mann hat der Kaiser als Aufpasser zu Riose geschickt?«

»Richtig.«

»Was passiert, wenn dieser Brodrig unseren militärischen Wunderknaben nicht leiden kann?«

»Das ist höchstwahrscheinlich der Fall. Brodrig gehört nicht zu den Menschen, die neidlos zusehen, wenn andere Erfolge haben.«

»Nehmen wir einmal an, die Sache spitzt sich zu. Dann hört doch der Kaiser bestimmt davon — und Riose hat Schwierigkeiten.«

»Vielleicht. Wie wollen Sie diese Entwicklung vorantreiben?«

»Das weiß ich noch nicht. Glauben Sie, daß Brodrig sich bestechen läßt?«

Der Patrizier lächelte. »Vermutlich, aber nicht mit einer Tiefkühltruhe wie der Sergeant. Außerdem wäre der Versuch gar nicht der Mühe wert — selbst wenn Sie genügend bieten wollten. Brodrig ist leicht zu bestechen, aber zu unehrlich, um die getroffenen Vereinbarungen zu halten. Überlegen Sie lieber etwas . . .«

In diesem Augenblick stürmte der Sergeant in die Zelle und unterbrach den alten Patrizier.

»Was gibt es, Sergeant?« fragte Devers.

»Ich . . . ich wollte Sie nur warnen, Sir!« stieß Luk atemlos hervor. »Sie sind immer freundlich zu mir gewesen, deshalb sollen Sie jetzt auch wissen, daß Lord Brodrig morgen zu Ihnen kommt.«

»Vielen Dank, Sergeant«, sagte Barr. »Aber was bedeutet die ganze Aufregung?«

»Wissen Sie nicht, daß er seine Seele dem Teufel verkauft hat?« fragte Luk flüsternd. »Nein, lachen Sie lieber nicht darüber

– ich kann es Ihnen sogar beweisen. Lord Brodrig hat immer zwei bewaffnete Leibwächter bei sich, und wenn er sich einen Spaß machen will, läßt er sie jemand erschießen – und sie tun es auch ... und er steht lachend daneben. Die Leute sagen, daß sogar der Kaiser Angst vor ihm hat. Und er haßt unseren General, heißt es. Aber der General ist schlau und läßt sich von ihm nicht unterkriegen, weil er genau weiß, wie böse und schlecht Lord Brodrig ist.«

Der Sergeant hob warnend den Finger. »Ich habe Sie gewarnt! Denken Sie an meine Worte!« Dann war er wieder verschwunden.

»Das ist vielleicht gar nicht schlecht für uns«, meinte Devers langsam.

»Richtig«, stimmte Barr zu. »Aber Brodrig braucht nicht unbedingt der gleichen Meinung zu sein.«

Devers hörte jedoch nicht mehr zu. Er überlegte angestrengt.

Lord Brodrig mußte den Kopf einziehen, als er das winzige Schiff des Händlers durch die Luftschleuse betrat. Seine beiden Leibwächter folgten mit gezückten Strahlern; beide trugen den kalten Gesichtsausdruck professioneller Killer zur Schau.

Der Kaiserliche Privatsekretär machte keineswegs den Eindruck eines Mannes, der seine Seele dem Teufel verkauft hat. Er wirkte nicht wie eine verlorene Seele, sondern im Gegenteil wie ein fröhlicher Farbfleck in der eintönig grauen militärischen Umgebung. Devers sah ihm neugierig entgegen.

»Bleiben Sie«, befahl Brodrig ihm, als er vorausgehen wollte. »Ihr Spielzeug interessiert mich nicht.«

Er zog ein Spitzentaschentuch aus dem Ärmel seiner prächtigen Uniform und wischte damit über einen Stuhl, bevor er sich darauf niederließ. Devers wollte sich ebenfalls setzen, aber Brodrig sagte: »In meiner Gegenwart stehen Sie gefälligst.«

Devers zuckte gleichmütig mit den Schultern. »Was soll ich eigentlich hier, wenn Sie an meinen Waren nicht interessiert sind?«

Lord Brodrig wartete schweigend, bis Devers das Wort »Sir« hinzugefügt hatte.

»Ich habe Sie holen lassen, weil ich mich ungestört mit Ihnen unterhalten möchte«, erklärte Brodrig ihm dann. »Glauben Sie wirklich, daß ich den weiten Flug unternommen hätte, um Spielsachen zu sehen? Nein, ich war vor allem auf *Sie* neugierig.« Er lächelte. »Wer sind Sie eigentlich? Sind Sie wirklich Bürger dieses barbarischen Planeten, der dieses militärische Feuerwerk verursacht hat?«

Devers nickte ernst.

»Und Sie sind wirklich *nach* Beginn dieser Affäre, die er als Feldzug bezeichnet, in Gefangenschaft geraten? Mit ›er‹ meine ich unseren jungen General.«

Devers nickte wieder.

»Aha! Ausgezeichnet, werter Freund. Da Sie nicht eben sprachbegabt zu sein scheinen, will ich Ihnen eine Brücke bauen. Unser General kämpft hier draußen einen offenbar unsinnigen Krieg mit übermäßig großem Aufwand — und das alles wegen eines winzigen Planeten, der im Grunde genommen nicht einen Schuß Pulver wert ist. Trotzdem ist der General nicht dumm, ich möchte sogar behaupten, daß er äußerst intelligent ist. Verstehen Sie, was ich damit sagen will?«

»Nein, Sir.«

Brodrig betrachtete nachdenklich seine Fingernägel. »Schön, dann hören Sie weiter zu. Ich bin davon überzeugt, daß der General hier nicht nur wegen seiner persönlichen Ehre und zum höheren Ruhme des Kaisers Krieg führt. Ich weiß, daß er davon *spricht*, aber in Wirklichkeit hat er etwas anderes vor — sonst würde er Sie nicht so verhätscheln. Wenn Sie *mein* Gefangener wären und *mir* ebenso wenig wie ihm erzählen würden, hätte ich Sie schon längst zum Reden gebracht. Ich kenne einige Mittel, die in solchen Fällen ausgezeichnet wirken . . .«

Devers schwieg verbissen. Er warf den Leibwächtern einen kurzen Blick zu. Die beiden Männer standen sprungbereit und warteten offenbar nur noch auf einen Befehl.

Lord Brodrig lächelte ironisch. »Sie sind wirklich äußerst schweigsam veranlagt, Devers. Wenn man dem General glauben will, bleibt bei Ihnen sogar eine Psycho-Sonde wirkungslos. Das war übrigens ein Fehler von ihm, denn seitdem bin ich fest davon überzeugt, daß der junge Kriegsheld mich zu belügen versucht.« Er schien in bester Stimmung zu sein.

»Mein lieber Händler«, fuhr er dann fort, »ich habe eine Psycho-Sonde eigener Erfindung mitgebracht, auf die Sie vielleicht eher ansprechen. Sehen Sie das?« Brodrig hielt plötzlich einige Rechtecke aus Gold in der Hand, die nicht zu verkennen waren.

»Sieht wie Geld aus«, stellte Devers fest.

»Ganz richtig – die beste Währung des Imperiums; sie ist durch meinen Besitz gedeckt, der größer als der des Kaisers ist. Hunderttausend Credits! Hier in meiner Hand! Das Geld gehört Ihnen!«

»Wofür, Sir? Ich bin ein guter Händler, aber zu jedem Geschäft gehört nicht nur Geld, sondern auch eine Gegenleistung.«

»Wofür? Für die Wahrheit! Was hat der General wirklich vor? Weshalb führt er diesen Krieg?«

Lathan Devers verschlang das Geld förmlich mit den Augen. »Was er vorhat?« wiederholte er langsam. »Er will Kaiser werden . . .«

»*Hmm.* Wie gewöhnlich! Das wollen die Kerle alle. Aber wie will er dieses Ziel erreichen? Wie sieht der Weg aus, der von der Peripherie der Galaxis geradeaus nach Trantor führt?«

»Die Fundation bewahrt wichtige Geheimnisse«, antwortete Devers. »Ich habe sie selbst anzuwenden versucht und mußte fliehen, weil die Machthaber meine Absichten erkannt hatten. Sie haben sogar einen Preis auf meinen Kopf ausgesetzt.«

»Aha. Und um welche Geheimnisse handelt es sich? Kommen Sie, Devers, für hunderttausend Credits müssen Sie wesentlich gesprächiger werden!«

»Die Transmutation von Elementen«, antwortete Devers kurz.

Lord Brodrigs Augen verengten sich. »Behauptet die Wissenschaft nicht, daß die Transmutation wegen des ungeheuren Energiebedarfs undurchführbar ist?«

»Richtig, unter normalen Umständen stimmt es auch. Aber die Wissenschaftler der Fundation haben andere Energiequellen als die bisher bekannten nutzbar gemacht. Auf diese Weise . . .« Devers schwieg und ließ den Köder vor dem Maul des Fisches baumeln.

»Weiter!« drängte Brodrig. »Der General hat also auch davon gehört. Aber was hat er vor, wenn dieser komische Krieg zu Ende ist?«

Devers lächelte. »Wenn ihm dieses Geheimnis in die Hände fällt, kann er die wirtschaftlichen Grundfesten des Imperiums erschüttern. Sämtliche Bodenschätze sind wertlos, wenn er Wolfram aus Aluminium und Iridium aus Eisen herstellen kann. Das gesamte System gerät aus den Fugen, weil es auf der Tatsache beruht, daß bestimmte Metalle seltener als andere sind. Nur Riose ist dann dazu imstande, die kommende Katastrophe aufzuhalten. *Außerdem* verfügt er über eine neue Energiequelle, die er vermutlich ebenfalls für seine Zwecke ausnützen will.

Jetzt ist er nicht mehr aufzuhalten«, fügte Devers eindringlich hinzu. »Die Fundation ist praktisch erledigt, und wenn er den Krieg gewonnen hat, ist er zwei Jahre später Kaiser.«

»Vielleicht ...« Brodrig lachte kurz. »Iridium aus Eisen, haben Sie gesagt? Kommen Sie, ich will Ihnen ein Staatsgeheimnis verraten. Wußten Sie, daß die Fundation bereits einen Unterhändler zu dem General geschickt hat?«

Devers schüttelte überrascht den Kopf.

»Warum auch nicht?« fragte Brodrig. »Das ist doch nur logisch. Die Fundation hat Riose hundert Tonnen Iridium geboten – pro Jahr, wohlgemerkt –, wenn er Frieden schließt. Hundert Tonnen *Eisen,* die in Iridium verwandelt worden sind! Ein großzügiges Angebot, aber unser stolzer General hat natürlich dankend abgelehnt – schließlich kann er das Iridium *und* den Kaiserthron haben, wenn er sich Mühe gibt. Und der arme Cleon bildet sich ein, daß Riose sein einziger treuer General ist! Schön, Devers, Sie haben sich Ihr Geld redlich verdient.«

Lord Brodrig warf die Goldstücke auf den Tisch und stand auf. »Ich möchte Sie allerdings warnen, guter Freund«, fügte er eindringlich hinzu. »Bleiben Sie so schweigsam wie zuvor. Wenn Sie unsere Unterhaltung nicht für sich behalten, leben Sie nicht mehr lange. Ich habe Sie für hunderttausend Credits gekauft und lege keinen Wert darauf, daß Riose von unserem Gespräch erfährt.«

Devers nickte schweigsam und wurde in seine Zelle zurückgeführt.

Als Ducem Barr ihn besorgt fragte, ob sein Bestechungsversuch Erfolg gehabt habe, antwortete er mit einem zufriedenen Lächeln: »Nein, das macht die Sache erst interessant. *Er* hat *mich* bestochen.«

Bel Riose war deutlich anzumerken, daß die zwei Monate Krieg an seinen Nerven zerrten. Er war ernster und ungeduldiger geworden; das zeigte sich an der Art, in der er Sergeant Luk fortschickte, der Devers und Barr zu ihm gebracht hatte.

»Warten Sie draußen, Luk, bis ich Sie wieder hereinrufe. Vorher will ich auf keinen Fall belästigt werden, verstanden?«

Der Sergeant salutierte und ging.

»Setzen Sie sich«, forderte Riose die beiden Männer auf. »Ich habe nicht viel Zeit. Eigentlich müßte ich bei meinen Leuten sein, aber das Gespräch mit Ihnen ist im Augenblick wichtiger.«

Er wandte sich an Ducem Barr, der interessiert eine Bronzebüste des Kaisers betrachtete, die auf dem Schreibtisch des Generals stand.

»Ihr Seldon verliert, Patrizier«, sagte Riose befriedigt. »Gewiß, er kämpft nicht schlecht, denn die Soldaten der Fundation verteidigen jeden Planeten mit dem Mut der Verzweiflung. Aber meine Männer siegen trotzdem — und Seldon verliert.«

»Aber er hat noch nicht endgültig verloren«, murmelte Barr.

»Die Fundation ist wesentlich weniger optimistisch. Sie hat mir bereits Millionen geboten, damit ich auf die letzte Kraftprobe verzichte.«

»Das habe ich gehört.«

»Sind mir die Gerüchte bereits voraus? Schön, was sagen Sie zu der neuesten Entwicklung?«

»Zu welcher Entwicklung?«

»Lord Brodrig, der Favorit des Kaisers, ist seit gestern mein Stellvertreter. Ich habe seine Ernennung selbst beantragt.«

»Wirklich, Boß?« fragte Devers. »Warum? Oder haben Sie plötzlich einen Narren an ihm gefressen?«

»Nein«, antwortete Riose ruhig. »Aber er hat einen guten Preis dafür bezahlt.«

»Welchen?«

»Er verschafft mir Verstärkungen.«

Devers lächelte verächtlich. »Jetzt brauchen Sie also nur noch auf den Tag zu warten, an dem die ersten Schiffe kommen?«

»Falsch geraten! Sie sind bereits hier — fünf erstklassige Linienschiffe. Der Kaiser hat mir persönlich zu meinen bisherigen Erfolgen gratuliert und die Entsendung weiterer Schiffe zugesagt.« Riose beobachtete den Händler mit einem spöttischen Lächeln. »Was ist los, Devers? Ist Ihnen eine Laus über die Leber gelaufen?«

»Nein«, antwortete Devers kurz.

»Oder interessieren Sie sich plötzlich doch für das Schicksal der Fundation?«

»Nein.«

»Vielleicht nicht — aber mir sind einige merkwürdige Tatsachen aufgefallen.«

»Wirklich, Boß?« Devers grinste. »Schießen Sie nur los, damit Sie wieder ruhig schlafen können.«

»Ich finde es zum Beispiel auffällig, daß Sie sich ohne Gegenwehr ergeben haben. Sie scheinen geradezu Wert darauf zu legen, Ihren Planeten zu verlassen und auf unsere Seite überzugehen. Finden Sie das nicht auch interessant?«

»Ich möchte nicht auf der Seite der Verlierer bleiben, Boß. Ich bin ein vernünftiger Mann; das haben Sie selbst gesagt.«

»Zugegeben!« antwortete Riose. »Aber seitdem haben wir keinen einzigen Händler mehr fangen können — ihre Schiffe sind zu schnell und zudem ausgezeichnet bewaffnet. Und die Händler selbst kämpfen lieber bis zum letzten Atemzug, als daß sie sich uns ergeben.

Sind Sie also der *einzige* vernünftige Mann? Sie fliehen weder, noch kämpfen Sie, sondern Sie werden sofort ohne weitere Aufforderung zum Verräter. Das ist doch eigenartig — eigenartig verdächtig.«

»Ich weiß, was Sie sagen wollen«, meinte Devers gelassen. »Aber Sie haben mir nichts vorzuwerfen. Ich bin immer brav und artig gewesen.«

»Richtig, und ich habe mich durch gute Behandlung dafür revanchiert. Ich habe Ihr Schiff unbeschädigt gelassen und jede Rücksicht auf Sie genommen. Aber Sie verbergen trotzdem etwas vor mir, deshalb möchte ich heute einen zweiten Versuch mit der Psycho-Sonde unternehmen — allerdings unter anderen Voraussetzungen . . .«

Devers erstarrte, als der General plötzlich seinen Strahler zog und ihn damit bedrohte.

»Nehmen Sie Ihr Armband ab!« befahl Riose. »Legen Sie alle Metallgegenstände, die Sie bei sich tragen, auf den Tisch. Aber langsam! Sie sehen, daß ich unterdessen etwas dazugelernt habe. Auch Psycho-Sonden sind nicht unfehlbar — man braucht nur einen Felddistorter zu tragen . . .«

In diesem Augenblick fiel eine Kapsel aus der Rohrpostanlage auf den Schreibtisch des Generals. Als Riose danach griff, hob Ducem Barr plötzlich die Bronzebüste des Kaisers und schlug sie ihm auf den Kopf.

»Schnell!« drängte Barr und zog Devers am Ärmel mit sich. Er nahm Rioses Strahler vom Boden auf und steckte ihn in seine Jacke.

Sergeant Luk wandte sich erstaunt um, als die beiden Männer im Korridor vor dem Arbeitszimmer des Generals erschienen.

»Abführen, Sergeant!« sagte Barr lächelnd.

Sergeant Luk ging schweigend zu der Zelle voraus, zögerte dort nur einige Sekunden lang und marschierte weiter, als er den Strahler in seinem Rücken spürte. »Zu meinem Schiff«, sagte eine harte Stimme.

Barr war bereits in der Luftschleuse verschwunden, aber Devers blieb noch einen Augenblick lang bei dem Sergeanten zurück. »Bleiben Sie ganz ruhig, Luk«, sagte er. »Sie haben uns immer anständig behandelt, deshalb lassen wir Sie jetzt leben.«

Aber der Sergeant erkannte das Monogramm auf dem Strahler. »Sie haben den General ermordet!« brüllte er und warf sich auf Devers. Dann sank er leblos in sich zusammen.

Das kleine Schiff war bereits gestartet, als die roten Warnsignale auf dem Kontrollpult aufglühten. Sie zeigten an, daß die Kaiserliche Flotte die Verfolgung aufgenommen hatte.

»Halten Sie sich gut fest, Barr«, befahl Devers. »Ich möchte sehen, ob der Kaiser schnellere Schiffe als unseres hat.«

Wenige Minuten später stand bereits fest, daß die Verfolger hoffnungslos zurückblieben.

Devers atmete erleichtert auf. Er wischte sich den Schweiß von der Stirn und sah Barr besorgt an. »Anscheinend ist dieser Brodrig wirklich auf mein Märchen hereingefallen«, stellte er fest. »Er macht mit Riose gemeinsame Sache — und das wollte ich bestimmt nicht erreichen . . .«

Das winzige Schiff raste weiter durch den nachtschwarzen Raum.

8

Devers nahm sich die Kopfhörer ab, die er bisher getragen hatte, als er an dem Funkgerät des Schiffes Nachrichten aufnahm. Jetzt fuhr er sich müde mit der Hand über die Augen und wandte sich an Barr, der ihn aufmerksam beobachtete.

»Schlechte Nachrichten?« fragte der alte Patrizier besorgt.

»Das kann man wohl sagen«, antwortete Devers niedergeschlagen. »Riose hat tatsächlich die Wahrheit gesagt.«

»Die Fundation hat sich also bereit erklärt, einen jährlichen Tribut zu entrichten?«

»Richtig — und der General hat das Angebot zurückgewiesen. Unsere Sache steht wirklich schlecht. Bei den äußeren Sonnen von Loris wird bereits heftig gekämpft.«

»Liegt Loris in der Nähe der Fundation?«

»Was? Ach so, das können Sie nicht wissen. Loris ist eines der ehemaligen Vier Königreiche und stellt sozusagen den letzten Vorposten dar, hinter dem die innere Verteidigungslinie beginnt. Aber das ist noch nicht die schlimmste Nachricht. In den letzten Tagen sind neue große Schiffe aufgetaucht. Riose hat also nicht gelogen — er verfügt über neue Schiffe, Brodrig ist auf seine Seite übergegangen, und ich habe überhaupt nichts erreicht.«

»Vorläufig können wir nichts mehr tun«, stellte Barr ruhig fest, »sondern nur hier draußen geduldig warten. Nachdem Riose jedoch bereits die innere Verteidigungslinie erreicht hat, brauchen wir vermutlich nicht mehr lange Geduld zu haben.«

Devers starrte ihn wütend an. »*Sie* haben gut reden!« knurrte er. »Sie riskieren schließlich nichts.«

»Nein?« Barr lächelte leise.

»Nein, ganz bestimmt nicht«, wiederholte der Händler hitzig. »An Ihrer Stelle würde ich auch die Ruhe behalten und geduldig abwarten, wie die Sache ausgeht. Aber *ich* habe Freunde, die irgendwo dort draußen sterben; *ich* muß um meine Heimat Angst haben. Sie können sich gar nicht vorstellen, was das bedeutet.«

»Doch, denn ich weiß, wie einem zumute ist, wenn man seine Freunde sterben sieht.« Der Alte schloß die Augen. »Sind Sie verheiratet, Devers?« fragte er.

»Händler heiraten nicht«, antwortete Devers kurz.

»Ich habe zwei Söhne und einen Neffen. Sie sind gewarnt worden, durften aber aus bestimmten Gründen nicht handeln. Unsere Flucht bedeutet ihren sicheren Tod. Meine Tochter und meine beiden Enkel haben Siwenna hoffentlich rechtzeitig verlassen — aber selbst dann habe ich bisher mehr als Sie riskiert und verloren.«

»Das weiß ich alles«, gab Devers zurück, »aber Sie haben sich die Suppe schließlich selbst eingebrockt. Sie hätten ebensogut für Riose arbeiten können. Ich habe Sie nie . . .«

Barr schüttelte langsam den Kopf. »Ich hatte keine andere Wahl. Sie brauchen nicht zu glauben, daß ich das Leben meiner Söhne Ihretwegen aufs Spiel gesetzt habe, Devers. Ich habe so lange wie möglich mit Riose zusammengearbeitet. Aber jetzt bestand die Gefahr, daß er die Psycho-Sonde auch bei mir anwenden würde.«

Der Siwennaner öffnete die Augen und sah dem Händler ins Gesicht. »Riose hat mich einmal besucht; vor über acht Monaten. Er sprach damals von einem Kult, der um die Zauberer entstanden sein sollte. Aber damals ahnte er noch nicht, wie die Wahrheit wirklich aussieht. Der Kult ist in Wirklichkeit eine Verschwörung.

Seit über vierzig Jahren ist Siwenna von den kaiserlichen Truppen besetzt. Fünf Revolutionen sind blutig niedergeschlagen worden. Aber dann entdeckte ich Hari Seldons Aufzeichnungen – und jetzt steht der ›Kult‹ bereit.

Seine Mitglieder warten nur noch auf den Tag, an dem die ›Zauberer‹ nach Siwenna kommen. Und meine Söhne stehen an der Spitze dieser Männer. *Dieses* Geheimnis muß ich unbedingt bewahren; aber vor der Psycho-Sonde gibt es keine Geheimnisse. Deshalb sterben meine Söhne als Geiseln. Hätte ich anders gehandelt, würden sie als Rebellen hingerichtet – und die Hälfte der männlichen Bevölkerung von Siwenna mit ihnen. Ich hatte wirklich keine andere Wahl! Sehen Sie jetzt ein, daß ich die weitere Entwicklung nicht unbeteiligt verfolge?«

Als Devers beschämt nickte, fuhr der alte Patrizier leise fort: »Siwenna kann nur hoffen, daß die Fundation in diesem Krieg den Sieg davonträgt. Meine Söhne werden für den Sieg der Fundation geopfert. Und Hari Seldon hat nie vorausberechnet, daß auch Siwenna eines Tages einer glücklicheren Zukunft entgegengeht. *Wir* haben keine absolute Gewißheit – nur eine unbestimmte Hoffnung.«

»Aber Sie wollen trotzdem geduldig warten. Obwohl die Kaiserliche Flotte bereits bei Loris steht.«

»Ich würde auch dann noch zuversichtlich warten«, antwortete Barr überzeugt, »wenn Riose bereits auf Terminus gelandet wäre.«

Der Händler zuckte hilflos mit den Schultern. »Ich kann einfach nicht glauben, daß alles noch ein gutes Ende für uns nimmt. Sie vertrauen auf die Psychohistorie, aber ich sehe nur, daß der General uns weit überlegen ist. Wie soll Seldon uns da noch helfen?«

»Jetzt kann er nichts mehr für uns tun. Aber er hat schon alles getan. Die Entwicklung rollt unaufhaltsam ab. Sie brauchen nicht daran zu zweifeln, nur weil Sie keine Bewegung erkennen, Devers.«

»Mir wäre trotzdem wohler, wenn Sie Riose damals gleich den Schädel eingeschlagen hätten. Der Kerl schadet uns mehr als die ganze Kaiserliche Flotte.«

»Ihm den Schädel einschlagen? Damit Brodrig sich zum Oberbefehlshaber aufschwingt?« Barr schüttelte energisch den Kopf. »Dann wäre ganz Siwenna gefährdet. Brodrig ist für seine Brutalität bekannt. Ich habe von einem Planeten gehört, auf dem jeder zehnte Mann erschossen wurde — weil die Steuern nicht pünktlich eingingen. Der gleiche Brodrig war damals Steuereinnehmer. Nein, Riose ist im Vergleich zu ihm noch immer ein Unschuldslamm.«

»Aber fast ein halbes Jahr vergeudet!« jammerte der Händler. »*Sechs* Monate ohne den geringsten Erfolg!«

»Vielleicht zählt das hier als Erfolg?« Barr holte eine Metallkapsel aus der Tasche und warf sie auf den Tisch.

Devers griff rasch danach. »Was haben Sie da?« erkundigte er sich.

»Die Rohrpostkapsel, die Riose erhalten hat, bevor ich ihn niedergeschlagen habe. Zählt *das* vielleicht als Erfolg?«

»Vielleicht«, meinte der Händler zweifelnd. »Das hängt von der Nachricht ab, die sie enthält!« Er betrachtete die Kapsel nachdenklich von allen Seiten.

»Glauben Sie, daß Sie das Ding öffnen können, obwohl dazu eigentlich Rioses Fingerabdrücke erforderlich sind?« fragte der alte Patrizier überrascht.

»Bestimmt — aber nur unter der Bedingung, daß Sie mich jetzt eine Stunde lang in Ruhe lassen. Lesen Sie ein gutes Buch oder denken Sie über Hari Seldon nach, aber lassen Sie mich ungestört arbeiten!«

»Einverstanden«, murmelte Barr und zog sich zurück.

Als er über eine Stunde später wieder in die Kabine zurückkehrte, saß Devers noch immer über den Tisch gebeugt, auf dem die Kapsel lag. Auf seiner Stirn standen dicke Schweißperlen.

»Kommen Sie damit zurecht?« wollte Barr wissen.

»Wenn ich das Ding nicht in zehn Minuten offen habe, trete ich aus der Händlervereinigung aus und werde Straßenkehrer auf Terminus«, antwortete Devers. »Ich habe eben die dreidimensionale Analyse des Inneren fertiggestellt — mit Hilfe eines elektronischen Spezialgeräts. Darin habe ich einige Erfahrung, denn als Händler muß man alles mögliche können.«

Er beugte sich wieder über die Kapsel und berührte sie an verschiedenen Stellen mit einer Sonde. Bei jedem Kontakt sprühten bläuliche Funken aus der Spitze des Werkzeuges.

»Diese Kapsel hier ist nicht gerade Präzisionsarbeit«, erklärte er Barr dabei. »Haben Sie schon einmal eine von uns gesehen?

Das Ding ist nur halb so groß und gegen elektronische Analysen völlig unempfindlich.«

Devers führte die Sonde weiter über die glänzende Oberfläche, wartete gespannt und atmete dann erleichtert auf, als die Kapsel sich plötzlich öffnete und einen schmalen Papierstreifen freigab.

»Eine Nachricht von Brodrig«, stellte Devers fest. Er lächelte verächtlich. »Der Streifen bleibt unverändert. In unseren Kapseln verwenden wir andere, die innerhalb einer Minute an der Luft zerfallen.«

Ducem Barr griff nach der Nachricht und las sie rasch durch.

VON: AMMEL BRODRIG, SONDERBOTSCHAFTER SEINER KAISERLICHEN MAJESTÄT, VORSITZENDER DES KRONRATS UND PEER DES GALAKTISCHEN IMPERIUMS.
AN: BEL RIOSE, MILITÄRGOUVERNEUR VON SIWENNA, GENERAL DER KAISERLICHEN FLOTTE UND PEER DES GALAKTISCHEN IMPERIUMS.
ICH ENTBIETE IHNEN MEINEN GRUSS.
PLANET 1120 LEISTET KEINEN WIDERSTAND MEHR. DIE OFFENSIVE MACHT WIE GEPLANT WEITERE FORTSCHRITTE, DER GEGNER IST SICHTLICH GESCHWÄCHT UND DAS ENDZIEL WIRD IN ABSEHBARER ZEIT SICHER ERREICHT.

Barr hob den Kopf und rief erschüttert aus: »Dieser Narr! Dieser verdammte Trottel! *Das* nennt er eine Nachricht?«

»Ha?« meinte Devers. Er war ebenfalls enttäuscht.

»Die Nachricht ist völlig wertlos«, fuhr Barr wütend fort. »Der widerliche Speichellecker spielt sich jetzt als General auf. In Rioses Abwesenheit führt er den Oberbefehl und will beweisen, wie fähig er ist, indem er Siegesbotschaften in alle Welt hinausschickt, obwohl er von militärischen Dingen keine Ahnung hat. ›Planet 1120 leistet keinen Widerstand mehr.‹ ›Die Offensive macht weitere Fortschritte.‹ ›Der Gegner ist geschwächt.‹ Dieser hohlköpfige Pfau!«

»Ja, aber . . .«, begann Devers.

»Werfen Sie das Ding weg!« Der alte Mann wandte sich enttäuscht ab. »Ich hatte mir eingebildet, daß die Nachricht irgendeine Bedeutung haben müsse. Deshalb habe ich die Kapsel mitgenommen. Ich hätte sie lieber auf Rioses Schreibtisch lassen sollen, dann wäre mir wenigstens diese Enttäuschung erspart geblieben!«

»Nein, warten Sie noch«, warf Devers ein. »Ich habe eine Idee. Sehen Sie her.« Mit diesen Worten schob er den Papierstreifen in die Metallkapsel zurück, die sofort wieder zuschnappte, als er die Verriegelung auslöste.

»Die Kapsel öffnet sich doch nur, wenn das Kombinationsschloß auf Rioses Kodezahl eingestellt wird, nicht wahr?«

»Richtig«, antwortete Barr gleichgültig.

»Folglich ist uns ihr Inhalt nicht bekannt – und deshalb ein authentischer Beweis?«

»Ja, aber ...«

»Und der Kaiser kann die Kapsel öffnen, nicht wahr? Die Kodezahlen der höheren Regierungsbeamten sind bestimmt irgendwo auf Trantor registriert. Bei uns ist das jedenfalls üblich.«

»Auf Trantor ebenfalls«, stimmte Barr zu.

»Stellen Sie sich vor, wie Cleon reagiert, wenn er von einem Peer des Imperiums – nämlich von Ihnen – erfährt, daß sein zahmer Papagei mit seinem besten General gemeinsame Sache macht. Was glaubt er vermutlich, wenn Sie ihm als Beweis die Kapsel mit der Nachricht geben? Welche Bedeutung hat der Ausdruck ›Endziel‹ für ihn?«

Barr ließ sich schwer in seinen Sessel fallen. »Warten Sie, das verstehe ich nicht.« Er runzelte die Stirn. »Das ist doch nicht etwa Ihr Ernst?«

»Natürlich«, antwortete Devers aufgeregt. »Hören Sie, acht der letzten zehn Kaiser sind von irgendwelchen Generalen ermordet worden, die selber Kaiser werden wollten. Das haben Sie mir mehr als einmal erzählt. Ich bin fest davon überzeugt, daß der Kaiser uns glauben würde – und dann haben die beiden Verschwörer nichts mehr zu lachen.«

»Der Kerl meint es wirklich ernst«, murmelte Barr ungläubig vor sich hin. »Aber eine Seldon-Krise läßt sich doch nicht auf so verrückte Weise lösen! Was wäre denn, wenn uns die Kapsel nie in die Hände gefallen wäre? Wenn Brodrig das Wort ›Endziel‹ nicht gebraucht hätte? Seldon verläßt sich nicht auf unwahrscheinliche Zufälle!«

»Ich kann mir nicht vorstellen, daß Seldon etwas dagegen hat, daß wir einen Zufall ausnützen.«

»Natürlich nicht. Aber ... aber ...« Barr suchte nach Worten. »Hören Sie, wie wollen Sie Trantor überhaupt finden? Sie haben keine Ahnung, wo der Planet liegt, und ich erinnere mich nicht an die Koordinaten.«

»Im Raum kann man sich gar nicht verirren«, antwortete Devers grinsend. »Wir landen einfach auf dem nächsten Planeten und starten mit den besten Navigationskarten, die für Brodrigs hunderttausend Credits zu haben sind.«

»*Und* einem Loch im Kopf. Unser Steckbrief ist vermutlich bereits auf jedem Planeten in diesem Abschnitt des Imperiums bekannt.«

»Doc, Sie denken zuviel«, erwiderte Devers geduldig. »Riose hat sich darüber gewundert, daß ich mich so schnell ergeben habe – und damit hatte er ganz recht. Mein Schiff kann es mit jedem Kriegsschiff aufnehmen; an Feuerkraft ist es einem Kreuzer sogar überlegen, während die Abschirmung praktisch undurchdringlich ist.«

»Schon gut«, wehrte Barr ab, »schon gut. Was wollen Sie auf Trantor unternehmen? Wie dringen Sie bis zum Kaiser vor? Glauben Sie etwa, daß Cleon II. Sprechstunden abhält?«

»Darüber können wir uns noch genügend Sorgen machen, wenn wir auf Trantor sind«, antwortete Devers.

»Auch recht«, murmelte Barr. »Ich wollte schon immer einmal Trantor sehen. Tun Sie, was Sie nicht lassen können.«

9

Im Zentrum der Galaxis standen die Sterne dicht nebeneinander. Lathan Devers stellte zum ersten Male in seinem Leben fest, daß auch die dritten und vierten Dezimalstellen bei der Berechnung der Sprünge durch den Hyperraum wichtig sein konnten. Hier konnte man pro Sprung kaum mehr als ein Lichtjahr zurücklegen, so daß der Flug durch das Lichtermeer verhältnismäßig lange dauerte.

Aber dann lag doch endlich der riesige Planet Trantor vor ihnen – die Welt, die sich von allen anderen unterschied, weil sie Hauptstadt des Galaktischen Imperiums war, das mehr als zwanzig Millionen Sternensysteme beherrschte. Trantor hatte nur eine Funktion: Verwaltung; nur einen Zweck: Regierung; und stellte nur ein Erzeugnis her: Gesetze.

Der gesamte Planet diente diesen Zielen. Auf seiner Oberfläche lebten nur Menschen, ihre Haustiere und ihre Parasiten. Außerhalb des Kaiserlichen Palastes, zu dem ein riesiger Park gehörte, war kein Quadratmeter Boden unbebaut. Nicht einmal ein einziger Grashalm wuchs in der Wüste aus Stahl, Glas und Plastik, die den Planeten bedeckte.

Die Bevölkerung von Trantor lebte in einem Gewirr aus Tunnels, Gängen, Korridoren und Fluren, durch die man von einem Punkt zum anderen gelangen konnte, ohne jemals die Oberfläche aufsuchen zu müssen. Eine gigantische Flotte landete Tag für Tag auf dem Planeten und brachte Nahrungsmittel für die vierzig Milliarden, deren einzige Gegenleistung aus der Verwaltung des Imperiums bestand. Zwanzig Farmplaneten bildeten die Kornkammer der Hauptstadt. Ein Universum war ihr Diener . . .

Das kleine Handelsschiff wurde langsam in einen der riesigen Hangars auf dem Raumhafen von Trantor abgesenkt. Devers beobachtete den Vorgang und fragte sich dabei, wann er den endgültig letzten Fragebogen ausfüllen müßte. Vermutlich nie, denn der gesamte Planet schien nur von Papier zu leben und für Vordrucke in fünffacher Ausfertigung zu existieren.

Bevor das Schiff auf Trantor landen durfte, war es im Raum von Kontrollposten aufgehalten worden. Damals wurden die ersten Fragebogen ausgefüllt, Devers und Barr mußten ein Kreuzverhör über sich ergehen lassen, zu dem auch eine Charakteranalyse gehörte, die zu den Personalakten gelegt wurde. Das Schiff war fotografiert, registriert und nach zollpflichtigen Waren durchsucht worden. Dann war nur noch die Landegebühr zu entrichten — und die Frage der Pässe und Besuchervisa zu lösen.

Ducem Barr war Siwennaner und folglich Untertan des Kaisers, aber Lathan Devers war ein unbeschriebenes Blatt und besaß nicht einmal einen Ausweis. Der Zollbeamte bedauerte wortreich, daß er sich leider an seine Bestimmungen halten müsse — Devers durfte nicht einreisen und mußte sich sogar auf ein zweites ausführliches Verhör gefaßt machen.

Dann tauchten irgendwoher hundert Credits auf und gingen rasch von einer Hand in die andere über. Der Beamte strahlte und bedauerte plötzlich nicht mehr, sondern holte ein neues Formular aus dem Schreibtisch, das nur noch ausgefüllt und unterschrieben zu werden brauchte.

Die beiden Männer, der Händler und der Patrizier, landeten auf Trantor.

In dem Hangar wurde ihr Schiff nochmals registriert, durchsucht und schließlich freigegeben. Eine Stunde später konnten Devers und Barr endlich den Raumhafen verlassen; sie gingen auf den weiten Platz hinaus, über dem eine künstliche Sonne strahlte.

Barr warf einige Münzen in einen Automaten, der daraufhin die letzte Ausgabe der *Imperial News* ausspuckte, die das offizielle Organ der Regierung war. Der Zeitungsautomat gehörte zu den zehn Millionen Wunderwerken der Technik, die überall auf Trantor in der gleichen Sekunde die gleichen Nachrichten druckten, die von den Setzern der *Imperial News* in die Maschinen geschrieben wurden.

Der alte Patrizier warf einen kurzen Blick auf die Schlagzeilen und wandte sich dann an Devers. »Was unternehmen wir zuerst?« erkundigte er sich.

Der Händler zuckte unsicher mit den Schultern. »Das müssen Sie entscheiden, Doc. Ich habe keine Ahnung, wie wir zu unserer Audienz kommen.«

»Ich habe Sie gewarnt«, stellte Barr ruhig fest, »aber ich weiß, daß man Trantor selbst gesehen haben muß. Können Sie sich vorstellen, wie viele Menschen täglich eine Audienz bei dem Kaiser beantragen? Ungefähr eine Million. Und wie viele dringen bis zu ihm vor? Neun oder zehn. Wir müssen uns an die Beamten halten, was unsere Aufgabe nicht gerade erleichtert. Aber die Aristokratie ist zu teuer.«

»Wir haben fast hunderttausend Credits übrig«, wandte Devers ein.

»Das kostet schon ein einziger Peer; einer genügt für unseren Zweck nicht einmal, wir müßten drei oder vier bestechen. Vielleicht müssen wir fünfzig höhere Beamte für uns gewinnen — aber diese Leute sind mit hundert oder zweihundert Credits zufrieden.

Lassen Sie mich mit den Leuten sprechen. Erstens verstehen Sie ihren Dialekt nur schlecht, und zweitens haben Sie keine Ahnung von der Kunst der Bestechung. Das ist wirklich eine Kunst, kann ich Ihnen sagen!«

Barr blätterte die Zeitung durch und wies auf einen kurzen Artikel auf Seite drei. »Genau das habe ich gesucht«, erklärte er Devers dabei.

Der Händler las die wenigen Zeilen aufmerksam. Dann hob er den Kopf und sah Barr besorgt an. »Glauben Sie, daß die Nachricht wahr ist?« fragte er.

»Bestimmt nicht hundertprozentig«, erwiderte Barr gelassen. »Schließlich ist es äußerst unwahrscheinlich, daß die gesamte Flotte der Fundation vernichtet worden ist. *Das* ist vermutlich schon mehrmals gemeldet worden, denn die Journalisten sind überall gleich.

Die Nachricht bedeutet aber, daß Riose schon wieder eine Schlacht gewonnen hat, was keineswegs überraschend ist. Er soll Loris eingenommen haben. Ist das der Hauptplanet des Königreichs Loris?«

»Richtig«, antwortete Devers. Er runzelte besorgt die Stirn. »Loris ist nur zwanzig Parsek von Terminus entfernt. Wir müssen uns beeilen, Doc!«

Barr zuckte mit den Schultern. »Dergleichen Ideen müssen Sie sich hier auf Trantor aus dem Kopf schlagen, Devers. Wenn Sie es damit versuchen, bringen Sie sich nur selbst in Schwierigkeiten.«

»Wie lange brauchen wir Ihrer Meinung nach?«

»Vier Wochen, wenn wir Glück haben. Vier Wochen und Ihre hunderttausend Credits – falls das überhaupt genügt. Natürlich nur unter der Voraussetzung, daß der Kaiser nicht plötzlich beschließt, in seine Sommerresidenz überzusiedeln, wo er keine Bittsteller zu einer Audienz empfängt.«

»Aber die Fundation . . .«

»Die Fundation kommt auch ohne uns zurecht. Kommen Sie, wir sehen uns Trantor an. Wahrscheinlich bekommen wir nie wieder einen Planeten dieser Art zu Gesicht.«

Der Leiter der Abteilung Äußere Provinzen im Außenministerium breitete hilflos die schwammigen Hände aus und starrte die beiden Bittsteller aus kurzsichtigen Augen an. »Aber der Kaiser ist indisponiert, meine Herren«, beteuerte er. »Ich kann Ihnen wirklich nicht weiterhelfen oder meinem Vorgesetzten Ihre Angelegenheit vortragen. Seine Kaiserliche Majestät hat seit Wochen keine Besucher mehr empfangen.«

»Uns empfängt er bestimmt«, versicherte Barr ihm mit gut gespieltem Selbstvertrauen. »Sie brauchen uns nur an Ihren Vorgesetzten zu empfehlen.«

»Unmöglich«, protestierte der Abteilungsleiter nachdrücklich. »Damit riskiere ich nur meine Stellung. Können Sie mir wirklich nicht näher erklären, was Sie wünschen? Ich möchte Ihnen gern behilflich sein, aber dazu brauche ich nähere Informationen, damit ich nicht mit völlig leeren Händen zu meinem Vorgesetzten gehen muß.«

»Wenn die Angelegenheit so belanglos wäre, daß wir sie jedem unterbreiten könnten, brauchten wir keine Audienz beim Kaiser«, antwortete Barr. »Ich schlage vor, daß Sie das Risiko auf sich nehmen. Denken Sie daran, daß der Kaiser später bestimmt jeden belobigt, der uns behilflich gewesen ist — die Sache ist wirklich äußerst wichtig.«

»Ja, aber . . .« Der Beamte zuckte hilflos mit den Schultern.

»Selbstverständlich ist damit ein gewisses Risiko verbunden«, stimmte Barr zu. »Andererseits rechtfertigt die voraussichtliche Belohnung jede Anstrengung. Ich weiß, daß wir Sie um einen großen Gefallen bitten, nachdem Sie bereits so freundlich waren, unser Anliegen zur Kenntnis zu nehmen. Deshalb möchten wir uns erlauben, unsere Dankbarkeit zu unterstreichen, indem wir Ihnen . . .«

Devers machte ein böses Gesicht. In den vergangenen vier Wochen hatte er dieses Geschwätz mit geringen Abwandlungen bereits mehr als dreißigmal gehört. Auch jetzt legte Barr rasch einige Banknoten auf den Schreibtisch. Sonst war das Geld sofort verschwunden; hier blieb es auf dem Tisch liegen, während der Beamte die Banknoten zählte und sorgfältig untersuchte.

Seine Stimme hatte sich leicht verändert. »Durch den Besitz des Kaiserlichen Privatsekretärs gedeckt, wie? Gutes Geld!«

»Um auf unser Anliegen zurückzukommen . . .«, drängte Barr.

»Nein, warten Sie«, unterbrach ihn der Beamte, »gehen wir lieber langsam und methodisch vor. Ich muß wirklich wissen, was Sie dem Kaiser vortragen wollen. Diese Banknoten hier sind auffällig neu — und Sie scheinen recht viel Geld zu haben, weil Sie vor mir bereits einige andere Beamte aufgesucht haben. Was haben Sie dazu zu sagen?«

»Ich verstehe nicht, worauf Sie hinauswollen«, wandte Barr ein.

»Vielleicht ließe sich nachweisen, daß Sie unter Umgehung der gesetzlichen Bestimmungen nach Trantor eingereist sind. Ihr schweigsamer Freund besitzt nicht einmal einen Paß und ist zudem kein Untertan des Kaisers.«

»Das streite ich ab.«

»Bitte«, antwortete der Beamte gelassen. »Der Mann, den Sie mit hundert Credits bestochen haben, damit er Ihren Freund einreisen läßt, hat alles gestanden. Wir kennen Sie besser, als Sie vielleicht denken.«

»Sollte unser kleines Geldgeschenk, das nur als Aufmerksamkeit gedacht war, nicht ausreichen, sind wir selbstverständlich gern bereit . . .«

Der Beamte lächelte. »Im Gegenteil, es ist mehr als ausreichend.«

Er schob das Geld beiseite. »Ich darf Ihnen mitteilen, daß der Kaiser sich persönlich für Ihren Fall interessiert. Trifft es nicht zu, meine Herren, daß Sie kürzlich Gäste des Generals Riose gewesen sind? Habe ich nicht recht, wenn ich behaupte, daß Ihnen die Flucht erstaunlich leicht gelungen ist? Stimmt es nicht, daß Sie ein kleines Vermögen in Banknoten bei sich tragen, die Lord Brodrig ausgegeben hat? Sind Sie also nicht nur Spione und Mörder, die hier . . . Nun, wir werden bald von Ihnen hören, wer Sie angeworben und hierher geschickt hat!«

»Ich habe es wirklich nicht nötig, mich von einem kleinen Beamten auf diese Weise beleidigen zu lassen«, protestierte Barr wütend. »Kommen Sie, Devers, wir gehen wieder.«

»Nein, Sie bleiben!« Der Beamte stand auf; seine vorher so kurzsichtigen Augen blitzten. »Sie brauchen jetzt nicht auszusagen — das kommt später. Ich bin übrigens kein kleiner Beamter, sondern Major der Kaiserlichen Geheimpolizei. Sie sind verhaftet, meine Herren!«

Bei diesen Worten zog er einen Strahler und lächelte zufrieden. »Heute werden noch einige Männer verhaftet, die wichtiger und einflußreicher als Sie sind. Wir räuchern ein ganzes Hornissennest aus.«

Devers griff nach seinem Strahler. Der Major grinste breit und betätigte den Abzug seiner Waffe. Der bläuliche Energiestrahl traf auf die Brust des Händlers — er wurde harmlos abgelenkt, weil Devers einen Schutzschild trug. Auch Barr war damit ausgerüstet.

Als Devers seinerseits schoß, sackte der Geheimpolizist leblos in sich zusammen. Die beiden Männer verließen das Gebäude durch den rückwärtigen Ausgang.

»Schnell zum Schiff zurück!« drängte Devers. »Die Polizei ist bestimmt schon alarmiert.« Er fluchte leise vor sich hin. »Wieder ein Plan völlig mißglückt. Ich glaube allmählich wirklich, daß sich alles gegen mich verschworen hat.«

Auf dem weiten Platz vor dem Raumhafen hatte sich eine aufgeregte Menge vor den Lautsprechern versammelt, aus denen die Stimme eines Nachrichtensprechers drang. Sie hatten keine Zeit zu verlieren, aber Barr besaß genügend Geistesgegenwart, um die neueste Ausgabe der *Imperial News* zu kaufen, bevor die beiden Männer in den riesigen Hangars verschwanden.

Drei Minuten später startete das Schiff, nachdem Devers ein riesiges Loch in die Stahldecke des Hangars gebrannt hatte, um sich den Umweg über die Rampe zu sparen.

»Sind wir wirklich schneller?« fragte Barr besorgt.

Ein halbes Dutzend Schiffe der Verkehrspolizei verfolgte das unbekannte Schiff, das mit weit überhöhter Geschwindigkeit gestartet war, nachdem es einen Hangar in Trümmer gelegt hatte. Etwas weiter entfernt waren die Schiffe der Geheimpolizei zu erkennen, die sich auf die Jagd machten.

»Warten Sie nur«, antwortete Devers und leitete in dreitausend Kilometer Höhe den Übergang in den Hyperraum ein. Dieser Übergang in unmittelbarer Nähe eines Planeten führte dazu, daß beide Männer für längere Zeit das Bewußtsein verloren. Als sie jedoch wieder aufwachten, waren die Verfolger außer Sicht und einige Lichtjahre weit zurück.

»Mein Schiff ist eben doch besser«, stellte Devers stolz fest. Aber dann fügte er bitter hinzu: »Wohin können wir jetzt noch fliehen? Was bleibt uns noch? Haben wir überhaupt noch eine Möglichkeit?«

Barr richtete sich von der Liege auf. »Wir brauchen nichts mehr zu tun«, antwortete er. »Das Spiel ist endgültig aus. Hier, lesen Sie!«

Er streckte Devers die Ausgabe der *Imperial News* entgegen, die er noch immer in der Hand hielt. Der Händler brauchte nur einen Blick auf die Schlagzeile zu werfen.

»Brodrig und Riose verhaftet!« murmelte Devers erstaunt vor sich hin. Er starrte Barr verständnislos an. »Warum?«

»In dem Zeitungsartikel wird kein Grund für die Verhaftung angegeben, aber das ist auch gar nicht erforderlich. Der Krieg gegen die Fundation ist zu Ende; auf Siwenna ist die Revolution ausgebrochen. Hier, lesen Sie selbst.« Barr schloß müde die Augen. »Die näheren Einzelheiten können wir später auf irgendeinem Planeten erfahren. Wenn Sie nichts dagegen haben, möchte ich jetzt schlafen.«

Devers machte sich wortlos an die Arbeit. Er mußte schließlich den Kurs für den Rückflug nach Terminus berechnen.

10

Lathan Devers fühlte sich äußerst unbehaglich. Er hatte eine Auszeichnung erhalten und dabei eisern geschwiegen, während der Bürgermeister die Ordensverleihung mit einer unendlich langen Rede begleitete. Jetzt hatte er nichts mehr mit den Zeremonien zu tun, mußte aber trotzdem aus Höflichkeit bleiben.

Die Delegation aus Siwenna unter Ducem Barrs Führung hatte die Konvention unterzeichnet, durch die erstmals eine Kaiserliche Provinz in den wirtschaftlichen Einflußbereich der Fundation geriet. Fünf Linienschiffe, die in die Hände der Rebellen gefallen waren, hatten während der feierlichen Unterzeichnung Salut geschossen. Und jetzt fanden nur noch gesellschaftliche Veranstaltungen statt, die für jeden ehrlichen Händler todlangweilig waren . . .

Devers hörte eine Stimme, die seinen Namen rief. Das war Forell; der reichste Mann von Terminus, der zwanzig kleine Händler wie Devers mit dem Geld hätte aufkaufen können, das er an einem einzigen Morgen verdiente. Aber Forell lächelte jetzt freundlich und winkte Devers zu sich heran.

Der Händler trat auf den Balkon hinaus und deutete eine Verbeugung an, weil er wußte, was von seinesgleichen erwartet wurde. Barr stand ebenfalls auf dem Balkon; er sagte lächelnd: »Sie müssen mir helfen, Devers. Mir wird allzu große Bescheidenheit vorgeworfen, was wirklich ungerechtfertigt ist.«

Forell nahm die Zigarre aus dem Mund. »Devers, Lord Barr behauptet, daß Ihr Flug nach Trantor nichts mit Rioses Verhaftung zu tun gehabt hat.«

»Gar nichts, Sir«, antwortete Devers kurz. »Wir haben den Kaiser nie zu Gesicht bekommen. Der Bericht über die Gerichtsverhandlung zeigt deutlich genug, daß der General selbst keine Ahnung hatte, weshalb er verhaftet worden war. Angeblich soll er an einer Verschwörung beteiligt gewesen sein.«

»War er unschuldig?«

»Riose?« warf Barr ein. »Selbstverständlich! Brodrig war immerhin ein Verbrecher, obwohl er streng genommen im Sinne der Anklage ebenfalls unschuldig gewesen zu sein scheint. Das Verfahren gegen die beiden war eine Farce; aber eine zwingende Notwendigkeit, die vorauszusehen war.«

»Wieder einmal die psychohistorische Notwendigkeit, nehme ich an«, meinte Forell grinsend.

»Ganz recht«, antwortete Barr. »Wir wissen jetzt, daß wir zu Anfang von völlig falschen Voraussetzungen ausgegangen sind. Jeder von uns war der Meinung, der Krieg könne nur beendet werden, wenn der Kaiser sich mit seinem besten General zerstritt. Diese Auffassung war richtig, weil sie auf einem bewährten

Prinzip beruhte, nach dem innere Zwistigkeiten Uneinigkeit nach außen hin erzeugen.

Sie irrten sich allerdings, als Sie annahmen, daß dieses Zerwürfnis von außen her gefördert oder gar herbeigeführt werden könne. Sie versuchten Riose zu bestechen, versuchten seinen Ehrgeiz anzustacheln oder ihn einzuschüchtern. Aber alle diese Methoden versagten und machten die Sache nur noch schlimmer als zuvor.«

Ducem Barr wandte sich ab und sah nachdenklich über die Balkonbrüstung auf die Stadt hinab, die festlich beleuchtet war. »Während Sie alle möglichen Anstrengungen unternahmen, um das Blatt doch noch zu wenden, wurden wir von einer unwiderstehlichen Macht wie Schachfiguren bewegt«, fuhr er dann fort. »Der mächtige General, der große Kaiser, Terminus und Siwenna — sie alle folgten dem Willen Hari Seldons. *Er* wußte, daß ein Mann wie Riose schließlich doch fallen würde, weil sein Erfolg bereits den Keim des Niedergangs in sich trug; und je größer der Erfolg, desto erschütternder der Fall.«

»Das verstehe ich nicht«, warf Forell trocken ein.

»Ich erkläre es Ihnen gern«, antwortete Barr. »Überlegen Sie nur. Ein schwacher General hätte uns selbstverständlich nie gefährlich werden können. Ein starker General während der Regierungszeit eines schwachen Kaisers hätte ebenfalls keine Gefahr für uns bedeutet; er hätte seine Kräfte auf ein lohnenderes Ziel konzentriert. Drei Viertel der Kaiser, die in den letzten zweihundert Jahren das Galaktische Imperium beherrscht haben, waren Generale oder Vizekönige, bevor sie den Thron bestiegen.

Folglich kann nur die Kombination aus einem starken Kaiser und einem starken General die Fundation gefährden. Ein starker Kaiser ist nicht leicht zu entthronen, so daß der starke General auf andere Weise zu Erfolgen kommen muß — in diesem Fall durch einen Feldzug in der Peripherie.

Aber was läßt den Kaiser stark bleiben? Weshalb ist Cleon II. stark geblieben? Diese Frage ist leicht zu beantworten. Er ist mächtig, weil er keine mächtigen Untertanen in seinem Reich duldet. Der Höfling, der zu reich wird, oder der General, den seine Soldaten zu sehr verehren — diese Menschen sind gefährlich. Die neuere Geschichte des Imperiums beweist das jedem Kaiser, der intelligent genug ist, um die Schrift an der Wand lesen zu können.

Riose hat Siege errungen, die den Kaiser mißtrauisch gemacht haben. Das war nicht zu vermeiden, denn der Kaiser *mußte* mißtrauisch sein, wenn er auf seinen Thron Wert legte. Hat Riose einen Bestechungsversuch zurückgewiesen? Sehr verdächtig; versteckte Motive. Hat der treueste Höfling sich plötzlich für Riose ausgesprochen? Sehr verdächtig; versteckte Motive. Dabei war es gar nicht so wichtig, was die beiden Männer taten, solange sie überhaupt etwas unternahmen. Rioses *Erfolg* machte ihn verdächtig. Deshalb wurde er abberufen, angeklagt, verurteilt und hingerichtet. Und die Fundation hatte wieder einmal gesiegt.

Unter diesen Umständen ist keine Kombination von Ereignissen denkbar, die nicht unweigerlich zum Sieg der Fundation führt. Die Entscheidung stand bereits zu Beginn des Krieges fest; weder Rioses noch unsere Anstrengungen konnten etwas daran ändern.«

Forell nickte gewichtig. »Aha! Aber was wäre aus uns geworden, wenn der Kaiser gleichzeitig General gewesen wäre? Was dann? Diese Möglichkeit haben Sie nicht erwähnt, deshalb ist Ihre Beweisführung unvollständig.«

Barr zuckte mit den Schultern. »Ich kann nichts *beweisen;* um das zu können, müßte ich die mathematischen Grundlagen der Psychohistorie beherrschen. Aber das Problem läßt sich auch durch logische Überlegungen lösen. Jeder Aristokrat, jeder starke Mann und jeder Bandenführer kann heutzutage nach der Kaiserkrone greifen — und die Geschichte zeigt, daß viele dieser Versuche Erfolg gehabt haben. Was würde Ihrer Meinung nach aus einem starken Kaiser, der es sich in den Kopf setzt, am Rande der Galaxis höchstpersönlich General zu spielen? Wie lange könnte er der Hauptstadt fernbleiben, bevor dort ein Bürgerkrieg oder eine Revolution gegen ihn ausbricht? Wahrscheinlich müßte er schon wenige Tage später wieder nach Trantor zurück, um seinen Thron zu retten.«

»Ausgezeichnet! Wunderbar!« Forell lächelte zufrieden. »Sie glauben also, daß das Imperium uns nie wieder bedrohen kann?«

»Ganz recht«, stimmte Barr zu. »Cleon hat vermutlich nur noch wenige Monate zu leben. Um seine Nachfolge entsteht bestimmt ein heftiger Streit zwischen den einflußreichsten Höflingen, der zu einem Bürgerkrieg führen muß. Vielleicht sogar zu der *letzten* Auseinandersetzung dieser Art innerhalb des Galaktischen Imperiums.«

»Dann brauchen wir also keine Feinde mehr zu fürchten«, stellte Forell fest.

Barr runzelte nachdenklich die Stirn. »Das möchte ich nicht behaupten — schließlich existiert noch die Zweite Fundation.«

»Am anderen Ende der Galaxis? Frühestens in einigen hundert Jahren.«

Devers wandte sich plötzlich an Forell und starrte dem reichen Händler ins Gesicht. »Vielleicht gibt es auch Gegner innerhalb der Fundation.«

»Wirklich?« fragte Forell gelangweilt. »An wen haben Sie dabei gedacht?«

»Zum Beispiel an die Männer, die nicht gern zusehen, wie andere sich auf ihre Kosten bereichern, während sie selbst hart arbeiten müssen. Sie verstehen mich doch?«

Forell wollte verächtlich lächeln, aber dann wandte er sich brüsk ab und verließ rasch den Festsaal.

Zweiter Teil

Der Mutant

11

DER FUCHS ... *eigenartigerweise sind uns über den ›Fuchs‹ wesentlich weniger Einzelheiten als über andere Persönlichkeiten mit vergleichbarer Bedeutung bekannt. Sein wirklicher Name konnte nie festgestellt werden; die Schilderung der ersten Jahrzehnte seines Lebens beruht größtenteils auf Vermutungen seiner Zeitgenossen. Selbst die erfolgreichste Periode seines Lebens kennen wir nur aus den Berichten seiner Widersacher und vor allem aus den Erzählungen einer jungen Frau ...*

ENCYCLOPEDIA GALACTICA

Bayta war eigentlich fast enttäuscht, als sie Haven zum ersten Male zu Gesicht bekam – ein schwach glühender Stern am äußersten Rande der Galaxis. Toran mußte selbst gespürt haben, daß dieser Rote Zwerg wenig eindrucksvoll wirkte, denn er sagte zu seiner jungen Frau: »Ich weiß, Bay – das ist nicht gerade eine angenehme Veränderung nach einem Leben auf Terminus.«

»Einfach schrecklich, Toran. Ich hätte dich nie heiraten sollen«, antwortete Bayta lächelnd. »Du brauchst nicht so betrübt dreinzusehen, Liebling«, fügte sie dann rasch hinzu, als Toran nur mit den Schultern zuckte. »Was hast du eben erwartet? Daß ich sagen würde: ›Mit dir ist es überall herrlich, Toran!‹ Und dann sollte ich dir glückstrahlend in die Arme fallen, nicht wahr? Du siehst, daß ich dich wieder einmal erkannt habe.«

Toran lächelte ebenfalls. »Machst du Abendessen, wenn ich jetzt alles zugebe?«

Bayta nickte zustimmend. Sie verschwand in dem Vorratsraum des Schiffes, um einige Dosen zu holen. Toran sah ihr bewundernd nach und fragte sich wieder einmal, wie er es geschafft hatte, dieses hübsche Mädchen für sich zu gewinnen. Schließlich stammte er nicht nur aus der Provinz, sondern war noch dazu der Sohn eines unabhängigen Händlers. Und Bayta war nicht nur auf Terminus geboren, sondern stammte sogar in gerader Linie von Hober Mallow ab!

Toran war sehr mit sich zufrieden, obwohl er genau wußte, daß ihm noch einiges bevorstand. Daß er Bayta mit sich nach Haven zurückbrachte, wo die Menschen nur in Höhlen existieren konnten, war eigentlich schon schlimm genug. Aber daß er sie dadurch zwang, der Verachtung und Feindseligkeit zu begegnen, die jeder Händler für die Fundation empfand, war wesentlich schlimmer.

Trotzdem – nach dem Abendessen würden sie landen!

Haven hob sich blutigrot von dem nachtschwarzen Himmel ab; der zweite Planet war nur schwach beleuchtet und kaum zu erkennen. Bayta beugte sich über den riesigen Bildschirm, in dessen Mittelpunkt Haven II sichtbar wurde.

»Mir wäre es lieber, wenn ich deinen Vater schon früher kennengelernt hätte«, sagte sie ernst. »Wenn er mich nicht mag . . .«

Toran lächelte beruhigend. »Dann wärst du das erste hübsche Mädchen, das er *nicht* leiden kann. Bevor er seinen Arm verloren hat, so daß er nicht mehr als Händler unterwegs sein konnte, hat er . . . Na, das kannst du dir selbst von ihm erzählen lassen, wenn du keine Angst vor langen Geschichten hast. Ich glaube allerdings, daß der alte Knabe kräftig aufschneidet, denn bisher hat er noch nie eines seiner Schauermärchen zweimal gleich erzählt . . .«

Haven II füllte jetzt bereits den gesamten Bildschirm aus. Das riesige Binnenmeer rollte in langen Wogen gegen die felsigen Küsten. Als das Raumschiff wieder festes Land überflog, waren deutlich weite Schneewüsten zu erkennen.

Dann senkte sich das Schiff zu Boden und setzte auf dem Raumhafen zur Landung an. Als Bayta zum ersten Male die eisige Luft ihrer neuen Heimat einatmete, fuhr sie unwillkürlich zusammen. Toran zog sie am Arm hinter sich her, während er durch den tiefen Schnee auf das Empfangsgebäude zustapfte.

Auf halbem Wege kamen ihnen einige Wachposten entgegen, die sie in das Innere des Gebäude begleiteten. Der Wind und die Kälte blieben hinter ihnen zurück, als die schweren Felstore lautlos wieder geschlossen wurden. Dann mußte Toran ihre Pässe an einem Schalter vorweisen.

Als der Beamte sie nach einem kurzen Blick in die Pässe weitergehen ließ, flüsterte Toran seiner jungen Frau zu: »Mein Vater muß seinen Einfluß geltend gemacht haben. Normalerweise wird man hier zwei bis drei Stunden aufgehalten, bis alle Kontrollen durchgeführt worden sind.«

Als sie Arm in Arm auf die Straße hinausgingen, blieb Bayta plötzlich wie angewurzelt stehen. »Oh!« rief sie dabei aus. »Oh . .«

Über der Höhlenstadt leuchtete eine künstliche Sonne, die den ganzen ›Himmel‹ auszufüllen schien. Überall grünten und blühten Pflanzen in gepflegten Anlagen. Die warme Luft roch nach frischer Erde und regenfeuchten Blüten.

»Herrlich!« rief Bayta begeistert. »Das ist ja wunderbar, Toran!«

Toran versuchte, bescheiden zu lächeln, was ihm allerdings nicht recht gelang. »Natürlich ist hier nicht alles so prächtig wie auf Terminus, Bayta, aber immerhin ist es die größte Stadt auf Haven II — sie hat über zwanzigtausend Einwohner —, und ich hoffe, daß du dich hier rasch eingewöhnst. Vergnügungen gibt es hier fast keine — aber dafür auch keine Geheimpolizei.«

»Oh, Torie, das ist wirklich eine Spielzeugstadt. Alles weiß und rosa — und so sauber.« Bayta sah sich bewundernd um und versuchte alles mit einem Blick zu erfassen — die gepflegten Rasenflächen, zwischen denen sich niedrige Bungalows erhoben, die keinerlei Ähnlichkeit mit den stählernen Wolkenkratzern von Terminus hatten.

Dann spürte sie, daß Toran sie am Ärmel zupfte. »Bay . . . dort drüben steht mein Vater! Siehst du ihn? Unter den Bäumen . . .«

Bayta sah in die angegebene Richtung und erkannte einen grauhaarigen Riesen mit einem Arm, den er jetzt hob, um ihnen zuzuwinken.

»Wer ist der Mann neben deinem Vater?« fragte sie Toran, während sie nebeneinander auf die beiden wartenden Männer zugingen.

»Der Halbbruder meines Vaters«, erklärte Toran ihr. »Ich habe dir schon von ihm erzählt – er ist längere Zeit auf Terminus gewesen.«

Torans Vater begrüßte das junge Paar mit einigen freundlichen Worten und wandte sich dann an seinen Sohn. »Einen schlechteren Tag hättest du dir kaum für deine Rückkehr aussuchen können, mein Junge!«

»Was? Oh, heute ist ja Seldons Geburtstag, nicht wahr?«

»Richtig. Ich mußte mir einen Wagen mieten, um hierherzukommen. Du kannst dir nicht vorstellen, welche Mühe es mich gekostet hat, Randu dazu zu bringen, daß er mich fährt. Aber was blieb mir anderes übrig – öffentliche Verkehrsmittel verkehren heute einfach nicht.«

Der Alte sah Bayta aufmerksam an. »Ich habe eine Aufnahme von dir bei mir – das Bild ist nicht schlecht, aber der Fotograf muß ein Amateur gewesen sein.« Mit diesen Worten holte er eine Fotografie aus der Jackentasche und zeigte sie Bayta.

»Ausgerechnet die!« meinte die junge Frau lachend. »Toran hätte Ihnen wirklich eine bessere schicken können. Ich bin überrascht, daß Sie überhaupt zu meiner Begrüßung gekommen sind, Sir.«

»Tatsächlich? Du darfst mich übrigens ruhig Fran nennen. Ich habe nichts für überflüssige Formalitäten übrig. Komm, gib mir deinen Arm, damit wir an den Wagen gehen können. Bisher habe ich immer geglaubt, daß mein Junge gar nicht weiß, was er eigentlich will. Aber das scheint ein Irrtum gewesen zu sein.«

»Was treibt der Alte heutzutage?« erkundigte Toran sich leise bei seinem Onkel. »Ist er noch immer hinter den Frauen her?«

Randu grinste und nickte zustimmend. »Bei jeder Gelegenheit, die sich irgendwo bietet, Toran. Von Zeit zu Zeit denkt er wieder daran, daß er demnächst sechzig wird. Aber der Gedanke daran bedrückt ihn eigentlich nie allzulange. Er ist eben ein Händler von der alten Sorte. Aber sprechen wir lieber von dir, Toran. Wo hast du nur eine so hübsche Frau gefunden?«

Der junge Mann lachte. »Soll ich dir die letzten drei Jahre in fünf Minuten schildern, Onkel?«

Eine halbe Stunde später saßen die vier sich in dem behaglichen Wohnraum des Bungalows gegenüber, den Torans Vater sich im vergangenen Jahr hatte bauen lassen. Bayta erwiderte den abschätzenden Blick des alten Herrn offen und unerschrocken.

»Ich weiß, was du zu erraten versuchst«, sagte sie, »deshalb helfe ich dir lieber gleich. Alter: vierundzwanzig; Größe: einszweiundsiebzig; Gewicht: einhundertzehn Pfund, höhere Schulbildung und anschließendes Geschichtsstudium.« Sie bemerkte, daß Fran ihr nach Möglichkeit immer nur die Körperhälfte zuwandte, die noch einen Arm aufwies.

Torans Vater beugte sich zu ihr hinüber und flüsterte laut: »Das mit dem Gewicht stimmt nicht ganz, Mädchen – du wolltest doch einhundertzwanzig Pfund sagen, nicht wahr?«

Er lachte, als Bayta rot wurde, und erklärte den anderen: »Das Gewicht einer Frau kann man ziemlich gut schätzen, wenn man ihre Oberarme sieht – aber man muß natürlich Erfahrung darin haben. Darf ich dir einen Drink anbieten, Bay?«

»Vielen Dank«, antwortete Bayta, »aber ich möchte lieber erst in mein Zimmer gehen und ein anderes Kleid anziehen.« Sie nickte den Männern freundlich zu und verließ den Raum.

Fran ließ sich in seinen Sessel zurücksinken und wandte sich an seinen Sohn. »Ich freue mich, daß du wieder zu Hause bist, mein Junge. Deine Frau gefällt mir. Sie ist wenigstens keine Modepuppe, die keinen Sinn für die praktischen Seiten des Lebens hat.«

»Ich habe sie geheiratet«, antwortete Toran einfach.

»Das ist allerdings eine Dummheit, mein Junge«, stellte der Alte fest. »Auf diese Weise ruinierst du deine ganze Zukunft. *Ich* habe mich nie herumkriegen lassen.«

Randu mischte sich in diesem Augenblick ein. »Wie kannst du dich mit dem Jungen vergleichen, Fran? Bis zu deinem Unfall vor sechs Jahren hast du dich nie lange genug auf einem Planeten aufgehalten, um eine Heiratserlaubnis zu bekommen. Und wer hätte dich seitdem noch haben wollen?«

Fran richtete sich würdevoll auf. »Mehr als genug, du alter Weiberhasser! Ich könnte dir ...«

»Das Ganze ist doch nur eine Formalität, Dad«, warf Toran hastig ein. »Außerdem hat die Sache ihre Vorteile.«

»Aber nur für die Frauen«, murmelte Fran.

»Trotzdem muß der Junge selbst wissen, was er tut«, erklärte Randu. »Auf Terminus sind Ehen allgemein üblich.«

»Aber diese Leute sind kein Vorbild für einen ehrlichen Händler«, widersprach Fran heftig.

»Vielleicht erinnerst du dich daran, daß meine Frau von Terminus stammt«, sagte Toran bestimmt. »Ich möchte nicht, daß du in ihrer Gegenwart über die Fundation herfällst.«

Als Bayta wenige Minuten später wieder den Wohnraum betrat, bot Randu ihr einen Platz neben sich auf der Couch an. »Du hast Geschichte studiert, sagst du?« begann er.

Bayta nickte. »Ich habe meine Lehrer zu Verzweiflung gebracht, aber im Laufe der Zeit doch einiges gelernt.«

»Und was hast du gelernt?« wollte Randu wissen.

»Soll ich alles wiederholen?« Die junge Frau lachte. »Gleich jetzt?«

Der Alte lächelte. »Gut, lassen wir das. Was hältst du von der augenblicklichen Lage in unserem Teil der Galaxis?«

»Ich glaube, daß eine Seldon-Krise bevorsteht«, antwortete Bayta überzeugt. »Sollte das nicht zutreffen, ist Seldons Plan nichts wert.«

»*Puh!*« murmelte Fran leise vor sich hin. »Wie kann man nur so von Seldon sprechen!«

Randu zog nachdenklich an seiner Pfeife. »Wirklich? Wie kommst du zu dieser Auffassung? Ich bin in jungen Jahren ebenfalls auf Terminus gewesen, weißt du, und habe ebenfalls radikale neue Gedanken und Vorstellungen geäußert. Aber wie kommst du ausgerechnet auf diese Idee?«

Bayta zögerte einen Augenblick, bevor sie antwortete. »Meiner Meinung nach wollte Seldon mit Hilfe seines Plans vor allem erreichen, daß das Galaktische Imperium durch ein besseres System abgelöst wird. Als er damals vor dreihundert Jahren die Fundation gründete, zerfiel das Imperium bereits. Dafür waren drei Gründe entscheidend — Trägheit, Despotismus und die ungleiche Verteilung der irdischen Güter des Universums.«

Randu nickte langsam, während Toran seine Frau bewundernd ansah. Fran schnalzte leise mit der Zunge und leerte sein Glas mit einem Zug.

»Wenn die Überlieferungen zutreffen«, fuhr Bayta fort, »hat Seldon den Zerfall des Imperiums vorausgesehen und berechnet, daß anschließend dreißigtausend Jahre folgen würden, in denen ein Chaos herrscht, bis schließlich das Zweite Imperium aus den Trümmern entsteht. Deshalb betrachtete er es als seine Lebensaufgabe, die Voraussetzungen für eine Verkürzung dieses Zeitraums zu schaffen.«

»Und deshalb gründete er zwei Fundationen«, warf Fran ein.

»Richtig«, stimmte Bayta zu. »Unsere Fundation diente als Sammelbecken für die Wissenschaftler des sterbenden Imperiums, die auf diese Weise das menschliche Wissen bewahren und erweitern sollten. Und die Fundation wurde auf Terminus etabliert, weil Seldon berechnet hatte, daß dort die besten Bedingungen gegeben waren. Innerhalb von tausend Jahren sollte aus ihr ein neues, größeres Imperium hervorgehen.«

Die drei Männer bewahrten ehrfürchtiges Schweigen.

»Das ist eine alte Geschichte«, sagte die junge Frau leise. »Seit über dreihundert Jahren wissen die Menschen der Fundation, welche Verantwortung Seldon ihnen damit übertragen hat — und daß sie auf diesem Weg eine Reihe von Krisen zu bewältigen haben. Die Krisen setzen jeweils dann ein, wenn Gefahr besteht, daß wir von Seldons ursprünglichem Plan abweichen. Und deshalb ist jetzt wieder eine Krise fällig.«

»Jetzt!« wiederholte Bayta nachdrücklich. »Seit der letzten Krise ist fast ein Jahrhundert vergangen; und in diesen hundert Jahren haben sich die Schwächen des Imperiums innerhalb der Fundation herausgebildet. Trägheit! Unsere herrschende Klasse kennt nur ein Gesetz: Stillstand und Rückschritt, aber nie ein Wechsel. Despotismus! Sie kennt nur ein Mittel: Gewalt und rücksichtslose Brutalität. Ungleiche Verteilung des Reichtums! Sie kennt nur einen Wunsch: Geld, Geld und nochmals Geld.«

»Während die anderen verhungern!« warf Fran ein und schlug mit der Faust auf den Tisch. »Du hast völlig recht, Mädchen! Die fetten Spießer sitzen auf ihren Geldsäcken und ruinieren die Fundation, während die ehrlichen Händler auf so kümmerlichen Planeten wie Haven dahinvegetieren müssen. Das ist geradezu eine Beleidigung für Seldon! Aber ich habe sie immer wieder gewarnt«, fügte er dann hinzu. »Wenn sie doch einmal auf mich gehört hätten!«

»Dad«, sagte Toran beruhigend, »du brauchst dich doch nicht aufzuregen.«

»Du brauchst dich doch nicht aufzuregen«, wiederholte sein Vater spöttisch. »Wir leben und sterben hier draußen — und du sagst, daß wir keinen Grund zur Aufregung haben.«

»Fran ist unser moderner Lathan Devers«, erklärte Randu Bayta und wies mit dem Pfeifenstiel auf seinen Halbbruder. »Devers ist vor achtzig Jahren gemeinsam mit Torans Urgroßvater elend als Arbeitssklave in einem Bleibergwerk umgekommen, weil er zwar mutig, aber nicht überlegt genug vorging.«

»Trotzdem würde ich an seiner Stelle nicht anders handeln!« beteuerte Fran. »Devers war der größte Händler in der Geschichte der Fundation — größer als der Angeber Mallow, der auf Terminus wie ein Gott verehrt wird. Die Halunken, die über die

Fundation herrschen, haben ihn ermordet, weil er die Gerechtigkeit über alles liebte und ...«

»Sprich weiter, Bayta«, warf Randu ein, »sonst beschäftigt er sich noch ein paar Stunden lang mit seinem Lieblingsthema.«

»Ich habe nichts mehr zu sagen«, antwortete die junge Frau bedrückt. »Es muß eine Krise geben, aber ich weiß nicht, wie man sie hervorbringen könnte. Die fortschrittlichen Kräfte innerhalb der Fundation werden rücksichtslos unterdrückt. Die Händler haben gute Absichten, sind aber untereinander uneins. Ich glaube, daß eine Veränderung nur durch die gemeinsamen Anstrengungen der Gutwilligen in und außerhalb der Fundation herbeigeführt werden ...«

Fran lachte schallend. »Das ist wirklich gut, Randu, findest du nicht auch? Die Gutwilligen innerhalb der Fundation, sagte sie. Mädchen, ist dir denn nicht klar, daß von der Fundation nichts zu erwarten ist? Die Reichen geben den Ton an – und alle anderen halten brav den Mund. Ganz Terminus könnte es nicht mit einem einzigen guten Händler aufnehmen!«

Bayta versuchte zu protestieren, aber Toran schnitt ihr das Wort ab. »Du bist nie auf Terminus gewesen, Dad«, stellte er nüchtern fest, »deshalb hast du keine Ahnung, was sich dort wirklich abspielt. Ich kann dir sagen, daß die dortige Untergrundbewegung mehr als genügend Mut besitzt. Ich kann dir auch sagen, daß Bayta ihr angehört hat ...«

»Schon gut, mein Junge, ich wollte euch nicht beleidigen. Warum bist du plötzlich so zornig?« Fran war ehrlich überrascht.

»Du siehst die Sache von einem völlig falschen Gesichtspunkt«, erklärte Toran ihm aufgebracht. »Du hältst die Händler für großartige Leute, nur weil sie auf irgendeinem gottverlassenen Planeten am Rande der Galaxis in Höhlen leben. Natürlich wagt sich kein Steuereinnehmer der Fundation hierher, weil er seines Lebens nicht sicher wäre, aber das allein beweist noch gar nichts. Was würdest du unternehmen, wenn die Fundation eines Tages eine ganze Flotte schickt?«

»Wir würden sie angreifen«, antwortete Fran sofort.

»Und eine Niederlage erleiden. Wir Händler sind zahlenmäßig unterlegen, schwächer bewaffnet und schlechter organisiert – und sobald die Fundation sich einmal die Mühe macht, einen Angriff gegen uns zu beginnen, wird dir das alles ebenfalls klar werden. Deshalb mußt du dich rechtzeitig nach Verbündeten umsehen – möglichst sogar innerhalb der Fundation.«

»Randu«, sagte Fran und sah hilflos zu seinem Bruder hinüber.

Randu nahm langsam die Pfeife aus dem Mund. »Der Junge hat recht, Fran. Das weißt du selbst, aber du willst es nicht wahrhaben, deshalb brüllst du einfach los. Aber du bist dir darüber im klaren, daß unsere Lage wirklich alles andere als rosig ist.«

Der Alte wandte sich an Toran. »Du hast völlig recht, wenn du unsere Möglichkeiten gegenüber der Fundation so pessimistisch einschätzt, mein Junge. In den letzten Wochen haben wir zweimal Besuch bekommen – von Steuereinnehmern. Beunruhigend daran war vor allem, daß der zweite Besucher von einem leichten Zerstörer begleitet wurde. Die beiden Schiffe landeten in Gleiar City – ausnahmsweise nicht hier – und starteten selbstverständlich nie wieder. Aber es bleibt bestimmt nicht bei diesem Versuch.

Dein Vater weiß genau, was das alles zu bedeuten hat, Toran. Das kannst du deinem alten Onkel glauben. Er bildet sich nur ein, er müsse beweisen, daß er ein echter Mann ist, indem er große Reden schwingt. Aber wenn er sich wieder beruhigt hat, ist er so vernünftig und zugänglich wie jeder von uns.«

»Wie jeder von *uns*?« fragte Bayta.

Randu lächelte. »Wir haben eine kleine Gruppe gebildet, Bayta – nur in unserer Stadt. Vorläufig haben wir noch nichts unternommen. Wir haben noch nicht einmal Verbindung zu anderen Städten aufgenommen, aber der Anfang ist immerhin gemacht.«

»Der Anfang wozu?«

Der Alte schüttelte den Kopf. »Das wissen wir nicht – noch nicht. Vorläufig hoffen wir nur auf ein Wunder. Wir sind ebenfalls der Meinung, daß eine Seldon-Krise bevorsteht.« Er machte eine umfassende Handbewegung. »Die Galaxis besteht nur noch aus den Trümmern und Splittern des ehemaligen Imperiums. Die Generäle werden täglich unruhiger. Glaubst du, daß einer von ihnen in nächster Zeit die Initiative ergreift und einen kühnen Vorstoß unternimmt?«

Bayta schüttelte energisch den Kopf. »Nein, das ist ganz ausgeschlossen. Die Generäle wissen nur zu gut, daß jeder Angriff auf die Fundation einem Selbstmordversuch gleichkommt. Bel Riose war intelligenter als sie alle; er hatte alle Mittel zur Verfügung und unterlag doch gegen Seldons Plan. Gibt es denn einen General, der sich nicht an Rioses Schicksal erinnert?«

»Aber wenn wir sie antreiben?«

»Wodurch?«

»Nun, es gibt auch andere«, fuhr Randu nachdenklich fort. »In den letzten Jahren haben wir einiges von einem neuen Mann gehört. Er ist unter dem Namen ›Fuchs‹ bekannt geworden.«

»Der Fuchs?« Bayta überlegte. »Hast du eine Ahnung, wer das sein könnte, Torie?«

Toran schüttelte den Kopf. »Was weißt du über ihn, Onkel?« fragte er.

»Nicht viel. Aber er siegt immer, selbst wenn er eigentlich unterliegen müßte. Die Gerüchte sind vermutlich stark übertrieben, aber trotzdem könnte es nicht schaden, wenn wir mehr über ihn wüßten. Nicht alle intelligenten und ehrgeizigen Männer glauben an Hari Seldon und seine Psychohistorie. Vielleicht könnten wir seinen Unglauben so sehr fördern, daß er angreift.«

»Und die Fundation würde siegreich bleiben.«

»Ja – aber vielleicht nicht ohne größere Anstrengungen. Während dieser Krisensituation könnten wir einen Kompromiß mit den Despoten der Fundation erzwingen. Schlimmstenfalls wären sie einige Zeit so sehr mit ihren eigenen Angelegenheiten beschäftigt, daß wir in Ruhe Pläne machen könnten.«

»Was hältst du von dieser Idee, Torie?« wollte Bayta wissen.

Toran lächelte zurückhaltend. »Wenn alles nach Randus Vorstellungen verläuft, habe ich nichts dagegen einzuwenden. Aber wer ist eigentlich dieser Fuchs? Was weißt du über ihn, Randu?«

»Vorläufig noch nichts. Aber du könntest uns dabei helfen, Toran. Deine Frau ebenfalls, wenn sie den Mut dazu hat. Dein Vater und ich haben lange darüber gesprochen.«

»Worüber, Randu? Was sollen wir tun?« Der junge Mann warf seiner Frau einen raschen Blick zu.

»Habt ihr schon richtige Flitterwochen gehabt?«

»Nun ... ja ..., wenn man den Flug von Terminus nach Haven als Flitterwochen bezeichnen kann.«

»Wie wäre es mit einem Urlaub auf Kalgan? Der Planet hat ausgezeichnetes subtropisches Klima – Seebäder – Wassersport – Großwildjagd – alle möglichen Vergnügungen. Die Entfernung ist nicht allzu groß – kaum siebentausend Parsek.«

»Was gibt es noch auf Kalgan?«

»Den Fuchs! Zumindest seine Leute. Er hat den Planeten vor drei Wochen kampflos eingenommen, obwohl der Herzog von Kalgan öffentlich erklärt hatte, er wolle den Planeten lieber in die Luft sprengen, bevor er sich ergebe.«

»Wo ist der Herzog jetzt?«

»Keine Ahnung«, antwortete Randu und zuckte mit den Schultern. »Was hältst du von meinem Vorschlag?«

»Was sollen wir überhaupt dort?«

»Das weiß ich selbst nicht. Fran und ich sind alt; wir stammen aus der Provinz. Alle Händler auf Haven sind eigentlich Provinzler, das hast du selbst gesagt. Aber ihr beiden kennt die Galaxis. Besonders Bayta merkt man deutlich an, daß sie von Terminus stammt.

Wir möchten nur, daß ihr euch auf Kalgan umhört. Wenn ihr eine Verbindung aufnehmen könnt ... aber das erwarten wir nicht einmal. Vielleicht denkt ihr gelegentlich darüber nach. Aber bevor ihr euch entscheidet, müßt ihr die übrigen Mitglieder unserer Gruppe kennenlernen — vielleicht nächste Woche, wenn ihr euch etwas eingelebt habt. Einverstanden?«

Toran sah zu Bayta hinüber. Dann nickten beide zustimmend.

12

Captain Han Pritcher aus der Nachrichtenabteilung des Kriegsministeriums gehörte zu den Männern, die sich grundsätzlich durch nichts beeindrucken oder gar verblüffen lassen. Deshalb wartete er jetzt auch seelenruhig in dem prächtigen Vorzimmer des Bürgermeisters, obwohl er zu wissen glaubte, daß ihm eine Kriegsgerichtsverhandlung bevorstand. In den vergangenen Jahren war er mehr als einmal bei Beförderungen übergangen worden, hatte einen Verweis nach dem anderen einstecken müssen und war trotzdem nicht einen Schritt von dem Weg abgewichen, den er als den einzig richtigen ansah. Trotz aller Rückschläge war er fest davon überzeugt, daß seine Verdienste um die gute Sache eines Tages doch noch Anerkennung finden würden.

Die schweren Flügeltüren öffneten sich geräuschlos und gaben den Blick in das luxuriös ausgestattete Arbeitszimmer des Bürgermeisters von Terminus frei. Ein livrierter Diener erschien und rief feierlich: »Die Audienz für Captain Pritcher vom Nachrichtendienst!«

An der Rückwand des riesigen Raumes saß ein kleiner, unbedeutend aussehender Mann hinter einem breiten Schreibtisch. Bürgermeister Indbur war der Enkel des ersten Indbur, der es durch Intelligenz und Brutalität verstanden hatte, seiner Familie diese Position für immer zu sichern. Schon der zweite Indbur war weniger intelligent und sehr viel brutaler gewesen; aber Indbur III. war weder das eine noch das andere, sondern nur ein kleiner Buchhalter, der wie aus Versehen über Terminus herrschte.

Der mächtigste Mann der Fundation hatte eine Vorliebe für übertrieben sorgfältig vorgenommene geometrische Arrangements, die er als ›System‹ bezeichnete; seine unermüdliche Begeisterung für kleinste Details der Verwaltungsarbeit hielt er für ›Fleiß‹; Unentschlossenheit in kritischen Situationen nannte er ›Vorsicht‹, während rücksichtslose Sturheit als ›Entschlossenheit‹ galt, wenn er wußte, daß er sich im Unrecht befand. Und trotzdem hatte er die besten Absichten, vergeudete niemals überflüssig Geld und ließ nur solche Leute beseitigen, die sich als allzu lästig erwiesen hatten.

Falls Captain Pritcher sich mit diesen und ähnlichen Überlegungen beschäftigte, während er vor dem Schreibtisch des hohen Herrn wartete, ließ er sich seine Gedanken jedenfalls nicht anmerken. Er bewahrte seine stoische Ruhe und beobachtete den Bürgermeister, der jetzt sorgfältig ein Aktenstück abzeichnete und auf einen genau ausgerichteten Stapel zurücklegte.

Dann hob Indbur III. den Kopf und sagte: »Ah, Captain Pritcher vom Nachrichtendienst.«

Der Angesprochene sank auf das rechte Knie nieder, wie es das strenge Protokoll vorschrieb, bis der Bürgermeister ihm die Erlaubnis erteilte, sich wieder zu erheben. »Sie dürfen stehen, Captain«, gestattete Indbur III. ihm mit einem gnädigen Lächeln.

»Ich nehme an, daß Sie wissen, weshalb ich Sie zu mir habe rufen lassen«, fuhr der Bürgermeister fort. »Mir ist zu Ohren gekommen, daß Ihre Vorgesetzten disziplinarische Maßnahmen gegen Sie ergriffen haben. Da mich grundsätzlich alles interessiert, was innerhalb der Fundation vorgeht, habe ich mir die Mühe gemacht, weitere Informationen über Ihren Fall einzuholen. Das überrascht Sie doch hoffentlich nicht?«

»Nein, Exzellenz«, antwortete Pritcher unbewegt. »Ihr Gerechtigkeitssinn ist schließlich geradezu sprichwörtlich.«

»Tatsächlich?« Indbur III. lächelte erfreut, während er einen Aktenordner zur Hand nahm. »Ich habe mir Ihren Personalakt kommen lassen, Captain. Sie sind einundvierzig und seit siebzehn Jahren Offizier. Obwohl Ihre Eltern beide Anacreonier waren, sind Sie auf Loris geboren, haben folgende Kinderkrankheiten gehabt ... nun, das ist hier unwichtig ... vormilitärische Ausbildung als Triebwerksingenieur, Abschluß mit ... hmm, ausgezeichnet, ich gratuliere ... als Offiziersanwärter am einhundertdritten Tag des zweihundertdreiundneunzigsten Jahres der Fundationsära in die Militärakademie eingetreten.«

Der Bürgermeister sah kurz auf, bevor er den zweiten Ordner aufschlug. »Sie sehen, daß unter meiner Verwaltung nichts dem Zufall überlassen wird«, erklärte er dabei. »Ordnung! System!« Er las weiter und murmelte leise vor sich hin. Dann legte er die Aktenordner wieder sorgsam aufeinander und wandte sich an Pritcher.

»Sie scheinen ein ungewöhnlicher Mann zu sein, Captain«, stellte er fest. »Ihre Fähigkeiten liegen über dem Durchschnitt, was auch von Ihren Vorgesetzten immer wieder betont wird. Sie sind zweimal verwundet worden und haben zudem hohe Tapferkeitsauszeichnungen erhalten. Das alles darf nicht leichtfertig ignoriert werden.«

Captain Pritchers Gesichtsausdruck veränderte sich nicht. Er blieb weiterhin in gerader Haltung stehen. Das Protokoll verlangte, daß Besucher in Gegenwart des Bürgermeisters standen — was allein dadurch erzwungen wurde, daß der einzige Stuhl *hinter* dem Schreibtisch stand. Zudem sprachen Besucher nur dann, wenn der Bürgermeister ihnen eine Frage stellte.

Indbur III. warf Pritcher einen ernsten Blick zu, während er langsam weitersprach. »Seit fast zehn Jahren sind Sie jedoch nicht mehr befördert worden, und Ihre Vorgesetzten haben Sie immer wieder wegen Ihres unglaublichen Eigensinns gerügt. Ihren Berichten nach sind Sie ungehorsam, unverschämt gegenüber Vorgesetzten, nicht an guten Beziehungen zu Kollegen interessiert und ein hartnäckiger Querulant. Wie erklären Sie sich diese Beurteilungen, Captain?«

»Ich tue, was mir richtig erscheint, Exzellenz. Meine Anstrengungen im Dienste des Staates und die Wunden, die ich bei diesen Bemühungen davongetragen habe, beweisen deutlich, daß ich stets im Interesse des Staates gehandelt habe.«

»Ein mannhaftes Wort, Captain, aber leider auch eine gefährliche Doktrin. Aber darüber können wir uns später unterhalten. Ihnen wird vorgeworfen, dreimal einen Auftrag verweigert zu haben, obwohl Sie einen schriftlichen Befehl dazu erhalten hatten. Was sagen Sie dazu?«

»Exzellenz, der Auftrag war angesichts unserer gegenwärtig äußerst kritischen Situation unwichtig, während entscheidende andere Dinge vernachlässigt werden.«

»Aha. Und woher wissen Sie, daß gewisse Dinge vernachlässigt werden, die Sie für entscheidend halten?«

»Das ist ganz offensichtlich, Exzellenz. Schließlich bin ich seit siebzehn Jahren Offizier und habe große Erfahrung — was nicht einmal meine Vorgesetzten bestreiten können.«

»Ist Ihnen klar, daß Sie sich damit anmaßen, die Dienstauffassung Ihrer Vorgesetzten zu kritisieren, Captain?«

»Exzellenz, ich diene in erster Linie dem Staat, nicht aber meinen Vorgesetzten.«

»Falsch, Captain, denn Ihre Vorgesetzten haben wieder einen Vorgesetzten — mich! Und ich bin der Staat. Aber Sie sollen keinen Anlaß haben, an meiner angeblich sprichwörtlichen Gerechtigkeit zu zweifeln. Schildern Sie mir also, wie es zu dieser Befehlsverweigerung gekommen ist.«

»Ich war auf Kalgan, Exzellenz, um dort die Geheimdiensttätigkeit der Fundation zu organisieren. Dabei wurde großer Wert auf die Überwachung des Herzogs von Kalgan gelegt, dessen Außenpolitik für uns von besonderem Interesse war.«

»Ganz recht. Fahren Sie fort!«

»Exzellenz, in meinen Berichten habe ich immer wieder betont, wie wichtig Kalgan und das dazugehörige System, vom strategischen Standpunkt aus gesehen, für uns sind. Ich habe den Ehrgeiz des Herzogs geschildert, der seinen Besitz um jeden Preis ausweiten wollte, während er gleichzeitig der Fundation freundlich — oder doch zumindest neutral — gegenüberstand.«

»Ich habe Ihre Berichte genau gelesen. Fahren Sie fort!«

»Vor zwei Monaten bin ich nach Terminus zurückgekehrt, Exzellenz. Damals war noch nicht zu erkennen, wie rasch sich die Verhältnisse auf Kalgan ändern würden. Vor drei Wochen hat ein unbekannter Glücksritter Kalgan kampflos eingenommen. Der ehemalige Herzog scheint nicht mehr zu leben. Von Verrat ist nicht die Rede — alle Gerüchte erwähnen nur, daß dieser Fuchs ein Genie sein muß.«

»Wie heißt dieser Kondottiere?« fragte der Bürgermeister ungläubig.

»Exzellenz, er ist nur unter diesem Spitznamen bekannt. Ich habe mir große Mühe gegeben, nähere Einzelheiten über ihn zu erfahren, aber diese Aufgabe scheint unlösbar. Bisher steht nur fest, daß er plötzlich von irgendwoher aufgetaucht ist und Kalgan erobert hat.«

»Wie ist ihm das gelungen, Captain?«

»Die Gerüchte sprechen von einer gigantischen Flotte, aber ich glaube, daß dergleichen Berichte durch die Tatsache beeinflußt werden, daß Kalgan so rasch kapituliert hat. Sein Herrschaftsbereich ist nicht allzu groß, wächst aber ständig. Deshalb müssen wir uns mit ihm beschäftigen, Exzellenz.«

»Hmm«, meinte der Bürgermeister nachdenklich. Dann sah er Pritcher fragend an. »Und wie lautet die Alternative, Captain? Sie haben mir erzählt, mit wem wir uns beschäftigen ›müssen‹. Aber welche Beschäftigung ist Ihnen *befohlen* worden?«

»Exzellenz, irgendwo am Rande der Galaxis existiert ein unbedeutender Planet, der keine Steuern an die Fundation zahlen will.«

»Ah, und das ist alles? Vielleicht denken Sie einmal daran, Captain, daß die Bewohner dieses Planeten Händler sind — Anarchisten, Rebellen und Halunken, die noch dazu auf ihre Abstammung von der Fundation stolz sind! Vielleicht denken Sie auch daran, daß es sich nicht nur um diesen einen Planeten handelt, sondern um mehrere, die untereinander eine Verschwörung gegen uns vorbereiten. Dabei verbünden sie sich auch mit den kriminellen Elementen, die auf Terminus noch immer nicht ausgerottet sind. Nicht einmal hier, Captain, nicht einmal hier!«

Indbur III. fuhr sich mit der Hand über die Stirn. »Ist Ihnen das alles nicht klar, Captain?«

»Doch, Exzellenz, aber trotzdem darf ich meine Augen nicht vor der Wirklichkeit verschließen, wenn ich dem Staat treu dienen will. Die Nachkommen der Händler sind vielleicht politisch nicht ganz unbedeutend — aber die Herzöge, die als Nachfolger der früheren Kaiser auftreten, sind mächtig. Im Gegensatz dazu haben die Händler weder Waffen noch Macht. Sie sind nicht einmal untereinander einig. Ich bin kein Steuereinnehmer, Exzellenz, der sich mit Bagatellen abgibt.«

»Captain Pritcher, Sie sind Soldat und beurteilen die Stärke eines Gegners deshalb nach seinen Waffen. Diese Auffassung bleibt Ihnen unbenommen, solange sie nicht in Ungehorsam gegen mich ausartet. Sehen Sie sich vor! Meine Gerechtigkeit ist nicht nur Schwäche, das dürfen Sie mir glauben.

Wir wissen, daß die Herzöge uns ebenso wenig anhaben können wie früher die Generäle des Kaisers. Seldons Plan beruht nicht auf persönlichem Mut und Draufgängertum, wie Sie anzunehmen scheinen, sondern auf sozialen und wirtschaftlichen Trends der menschlichen Geschichte. Immerhin haben wir durch

Beachtung dieses Prinzips bereits vier Krisen gemeistert, nicht wahr?«

»Ganz recht, Exzellenz, aber wir wissen nicht, wie die Zukunft aussieht, die Seldon vorausberechnet hat. Wir können nur hoffen. Die ersten drei Krisen haben wir nur deshalb überstanden, weil die Führer der Fundation rechtzeitig geeignete Maßnahmen ergriffen haben. Hätten sie das nicht getan — wer weiß, wie die Krisen dann geendet hätten?«

»Richtig, Captain, aber Sie haben die vierte Krise unerwähnt gelassen. Damals besaß die Fundation wahrhaftig keinen hervorragenden Führer und stand einem übermächtigen Gegner gegenüber. Und trotzdem siegte die geschichtliche Notwendigkeit — oder . . .?«

»Selbstverständlich, Exzellenz. Aber die geschichtliche Notwendigkeit konnte nur deshalb siegen, weil die Fundation über ein Jahr lang verzweifelt kämpfte. Der unvermeidbare Sieg kostete uns damals fast dreihundert Schiffe und mehr als eine halbe Million Menschen. Seldons Plan hilft nur denen, die sich selbst helfen, Exzellenz.«

Der Bürgermeister machte eine ungeduldige Handbewegung. »Schon gut, Captain — aber Sie vergessen, daß Seldon uns den Sieg über die Herzöge garantiert. Nicht jedoch über die Händler, die ebenfalls aus der Fundation hervorgegangen sind. Deshalb müssen sie zur Räson gebracht werden, ohne daß gleich ein Bürgerkrieg entsteht. Sie haben Ihre Befehle, Captain.«

»Exzellenz . . .«

»Ich habe Ihnen keine Frage gestellt, Captain. Sie haben Ihre Befehle. Führen Sie sie aus. Weitere Diskussionen — auch mit Ihren Vorgesetzten — werden als Landesverrat bestraft. Sie können gehen.«

Captain Han Pritcher ließ sich nochmals auf das rechte Knie nieder und verließ dann rückwärts das Arbeitszimmer des Bürgermeisters. Als er in sein Quartier zurückkehrte, fand er dort den schriftlichen Befehl vor, sich »unverzüglich auf den rebellierenden Planeten namens Haven zu begeben.« Die Anweisung war in der verschnörkelten Schrift des Bürgermeisters unterzeichnet.

Eine Stunde später startete Captain Han Pritcher in seinem winzigen Schiff auf dem Raumhafen von Terminus — und nahm sofort Kurs auf Kalgan.

13

Obwohl die Eroberung Kalgans durch den Fuchs noch in einer Entfernung von siebentausend Parsek bewirkt hatte, daß ein alter Händler neugierig, ein eigensinniger Captain hellhörig und ein pedantischer Bürgermeister ärgerlich geworden war, wirkte sich diese Tatsache auf Kalgan selbst fast gar nicht aus. Das ist allerdings kaum verwunderlich, denn größere zeitliche oder räumliche Abstände machen vieles deutlich, was den Betroffenen selbst verborgen bleibt.

Kalgan war und blieb Kalgan. Zu Veränderungen bestand schließlich nicht der geringste Anlaß, denn der Planet hatte bereits den Fall des Galaktischen Imperiums überstanden, ohne daran Schaden zu nehmen. Damals hatte einer der Herzöge sein Hauptquartier auf Kalgan aufgeschlagen – vermutlich vor allem deshalb, weil ihm die Atmosphäre dieses luxuriösen Planeten zusagte.

Der Herzog hatte es verstanden, die Bewohner von Kalgan und der benachbarten Planeten für seine Zwecke dienstbar zu machen, indem er Söldner anwarb, deren Anblick genügte, um den braven Bürgern jeden Gedanken an Widerstand unsinnig erscheinen zu lassen. Er hatte die Planeten bewaffnet und von Anfang an keinen Zweifel daran gelassen, daß er sein Eigentum gegen alle Eingriffe verteidigen würde, während er gleichzeitig versuchte, seinen Besitz auf Kosten anderer zu vermehren.

Und dann war der Herzog von diesem Unbekannten mit dem lächerlichen Spitznamen besiegt worden, ohne daß es überhaupt zu einer Schlacht gekommen war. Kalgan nahm den Wechsel gleichmütig hin; das Luxusleben ging wie gewohnt weiter, die uniformierten Bürger kehrten zu ihren Geschäften zurück, und die Söldner wurden in die Heere des fremden Eroberers eingegliedert.

Toran und Bayta zählten zu den Millionen von Touristen, die täglich nach Kalgan kamen, um dort den Urlaub ihres Lebens zu verbringen. Sie brachten ihr Schiff in dem riesigen Hangar auf der östlichen Halbinsel unter und suchten sich ein hübsches kleines Hotel am Meer, das nicht allzu teuer war – jedenfalls nach den hier üblichen Maßstäben.

Als sie vier Tage später morgens am Strand lagen, wandte Bayta sich plötzlich leise an Toran. »Ist dir eigentlich schon aufgefallen, daß wir bisher nichts, aber auch gar nichts erreicht haben, Torie?«

»Leider hast du recht, daß muß ich zugeben« antwortete Toran ebenso leise. »Aber wo steckt er nur? Wo ist er? Auf diesem verrückten Planeten scheint ihn kein Mensch zu kennen. Vielleicht existiert er gar nicht.«

»Doch«, widersprach Bayta, »er ist schlau, das ist das ganze Geheimnis. Dein Onkel hat recht, Torie. Vielleicht wäre er der richtige Mann für uns – wenn es noch nicht zu spät ist.«

»Weißt du, was ich mir eben überlegt habe, Bay?« flüsterte Toran nach einer kurzen Pause. »Uns wird immer wieder eingehämmert, daß die Fundation auf jeden Fall siegt. Aber das heißt doch lange nicht, daß die Herrscher siegen müssen! Du brauchst nur an Salvor Hardin, den ersten Bürgermeister von Terminus, zu denken, der damals die Enzyklopädisten absetzte und selbst die Macht übernahm. Und Hober Mallow war auch nicht gerade zimperlich bei der Wahl seiner Methoden. Das beweist, daß die Herrscher keineswegs unfehlbar sind, denn auch sie können abgesetzt werden. Warum also nicht durch uns?«

»Das sind doch längst bekannte Tatsachen, Torie«, wandte Bayta ein.

»Wirklich? Du brauchst den Gedanken nur zu Ende verfolgen. Was ist Haven? Sind wir nicht auch ein Teil der Fundation? Wenn wir an die Macht kommen, siegt trotz allem die Fundation – nur die jetzigen Herrscher verlieren.«

»Zwischen ›wollen‹ und ›können‹ besteht aber ein erheblicher Unterschied. Du träumst, Torie.«

Toran wandte sich beleidigt ab. Aber schon wenige Sekunden später drehte er sich wieder auf die andere Seite, um zu sehen, weshalb Bayta lachte.

Offenbar beobachtete sie einen unglaublich dürren Mann, der auf den Händen den Strand entlanglief und die Badegäste mit seinen Kunststücken amüsierte. Er schien einer der zahlreichen Bettler zu sein, die ihre körperliche Gewandtheit in bare Münze umsetzten, indem sie am Strand Vorstellungen gaben.

Derartige Belästigungen waren selbstverständlich untersagt, deshalb erschien jetzt auch einer der Bademeister, um den Bettler zu verjagen. Der Clown ging in den einarmigen Handstand über und drehte dem Mann eine lange Nase. Als der Bademeister nach ihm greifen wollte, trat der Bettler ihm blitzschnell mit dem Fuß in den Magen. Bevor der Mann sich von seiner Überraschung erholt hatte, war der Clown bereits hundert Meter weit entfernt und lief rasch weiter.

»Ein komischer Vogel«, meinte Bayta amüsiert. Toran nickte uninteressiert. Der Akrobat kam zufällig in ihre Richtung, so daß besser zu erkennen war, wie lächerlich er auf normale Menschen wirken mußte. Sein hageres Gesicht, das gut zu dem entsetzlich dürren Körper paßte, wurde durch eine geradezu gigantische Nase entstellt. Das Kostüm des Mannes betonte seine Hagerkeit noch mehr, die allerdings nicht peinlich wirkte, weil sein Körper sich so geschmeidig bewegte. Trotzdem wirkte er auf den ersten Blick lächerlich.

Der Clown schien bemerkt zu haben, daß Bayta und Toran ihn anstarrten, denn er kam plötzlich auf sie zu. Seine großen braunen Augen waren unverwandt auf Bayta gerichtet.

Die junge Frau fühlte sich beunruhigt.

Der Clown lächelte, wodurch sein Gesicht noch trauriger wirkte. Als er sprach, war deutlich hörbar, daß er von einem der inneren Planeten stammte, denn er bediente sich der dort üblichen gewählten Ausdrucksweise.

»Wollte ich von dem Verstand Gebrauch machen, den mir die guten Geister mitgegeben haben«, sagte er, »müßte ich sagen, daß diese Dame nicht wirklich sein kann — ein vernünftiger Mensch glaubt schließlich nicht, daß Träume Wirklichkeit werden können. Und trotzdem möchte ich lieber nicht bei Sinnen sein, um meinen Augen trauen zu können, die mir dieses Bild vorgaukeln.«

Bayta lächelte ungläubig. »Er übertreibt wirklich«, flüsterte sie Toran zu.

Toran lachte. »So unrecht hat er gar nicht«, meinte er. »Komm, Bay, das ist ein Fünfcreditstück wert. Gib es ihm.«

Aber der Clown wich erschrocken einen Schritt zurück. »Nein, Mylady, Sie verkennen meine Absicht. Ich habe nicht wegen des Geldes, sondern nur wegen eines hübschen Gesichts und Ihrer schönen Augen gesprochen.«

»Vielen Dank«, antwortete Bayta. Dann wandte sie sich leise an Toran: »Glaubst du, daß er einen Sonnenstich hat?«

»Und doch nicht nur wegen des Gesichts und der Augen«, fuhr der Clown rasch fort, »sondern auch wegen der Freundlichkeit, die aus diesen Zügen spricht.«

Toran erhob sich und zog sich seinen Bademantel an. »Okay, alter Freund«, sagte er ungeduldig, »sagen Sie endlich, was Sie von uns wollen. Sehen Sie nicht, daß Sie der Dame lästig werden?«

Der Clown hob beschwörend die Hände. »Nein, nein, ich wollte Ihnen bestimmt nicht lästig werden« beteuerte er. »Ich bin hier fremd und wohl auch nicht ganz richtig im Kopf; und trotzdem kann ich den Ausdruck eines Gesichts richtig deuten. Die Dame hat gewiß ein gutes Herz und würde mir ihre Hilfe nicht versagen, wenn ich nur den Mut fände, ihr meine Notlage zu schildern.«

»Sind fünf Credits nicht ein hübsches Trostpflaster?« fragte Toran und hielt ihm die Münze entgegen.

Als der Clown nicht antwortete, sagte Bayta zu Toran: »Laß mich mit ihm sprechen, Torie.« Dann fügte sie leise hinzu: »Du brauchst dich doch nicht über ihn zu ärgern. Er kann nichts dafür, daß er so merkwürdig spricht; wahrscheinlich ist unser Dialekt nicht viel besser.«

»Weshalb befinden Sie sich in einer Notlage?« fragte sie dann den Clown. »Haben Sie Angst vor dem Bademeister, den Sie vorher geärgert haben? Der tut Ihnen nichts!«

»Nein, nein, vor ihm fürchte ich mich nicht. Er ist nur ein Windstoß, der den Staub unter meinen Füßen aufwirbelt. Ich fliehe vor einem anderen, der einem mächtigen Sturm gleicht, vor dem selbst Planeten erzittern. Vor einer Woche bin ich fortgelaufen, habe seitdem in den Straßen der Stadt geschlafen und mich in der Masse verborgen gehalten. Ich habe in vielen Gesichtern gesucht, ohne Hilfe zu finden. Aber jetzt habe ich sie hier entdeckt.«

Bayta lächelte ermutigend. »Ich würde Ihnen gern helfen«, versicherte sie dem Clown, »aber leider kann ich Sie auch nicht vor einem so gewaltigen Sturm beschützen. Um ganz ehrlich zu sein, könnte ich ...«

In diesem Augenblick wurde sie von dem Bademeister unterbrochen, der mit zornrotem Gesicht herangekommen war und jetzt den Bettler mit einer Lähmpistole bedrohte. »Habe ich dich endlich, du elender Kerl, du Abschaum der Menschheit, du ...« Er legte dem Clown eine schwere Hand auf die Schulter.

»Was hat er verbrochen?« wollte Toran wissen.

»Was er verbrochen hat? Ha, das ist wirklich eine intelligente Frage!« antwortete der andere. »Ich kann Ihnen genau sagen, was er verbrochen hat – er ist fortgelaufen. Ich hätte ihn schon vorher erkannt, wenn er auf den Füßen statt auf den Händen gegangen wäre.« Bei diesen Worten schüttelte er seinen Gefangenen heftig an der Schulter.

»Und von wo ist er fortgelaufen, Sir?« erkundigte Bayta sich höflich.

Der Bademeister schüttelte sprachlos den Kopf, als könne er nicht verstehen, daß irgend jemand eine so dumme Frage stellen konnte. »Sie haben bestimmt schon von dem Fuchs gehört, junge Frau?« fragte er ironisch. »Schön; dieses Lumpenbündel hier ist der Hofnarr Seiner Lordschaft, falls Sie es nicht wissen sollten.«

Toran trat auf ihn zu. »Lassen Sie ihn lieber los, guter Mann. Sie haben kein Recht dazu, den Akrobaten zu unterbrechen, den wir für seine Darbietungen bezahlt haben.«

»Aber für seine Ergreifung ist eine hohe Belohnung ausgesetzt«, protestierte der Bademeister. »Sie können doch nicht einfach . . .«

»Der Mann gehört Ihnen, wenn Sie beweisen, daß er tatsächlich der Gesuchte ist.« Toran gab dem Clown einen Wink; der Akrobat verbarg sich hinter seinem breiten Rücken. »Denken Sie lieber daran, daß Sie eine Bestrafung zu erwarten haben, wenn Sie Gäste belästigen.«

»Denken *Sie* lieber an die Strafe, die Sie erwartet, weil Sie sich gegen den Befehl Seiner Lordschaft aufgelehnt haben!« erwiderte der andere.

Toran streckte den Arm aus und riß dem Bademeister die Pistole aus der Hand. Bevor der Mann sich von dem Schmerz und der Überraschung erholt hatte, tauchten plötzlich drei Uniformierte — zwei Soldaten und ein Offizier — auf und bahnten sich rasch einen Weg durch die Menge.

Der Offizier sprach so leise wie ein Mann, der nicht zu brüllen braucht, um seine Befehle erfüllt zu sehen. »Haben Sie uns benachrichtigt?« fragte er den Bademeister.

Der Angesprochene nickte und rieb sich mit schmerzverzerrtem Gesicht seine Hand. »Ich erhebe Anspruch auf die Belohnung, Hoheit, und . . .«

»Keine Angst, das Geld ist Ihnen sicher«, antwortete der Offizier. »Nehmt ihn mit«, befahl er seinen Leuten.

»Tut mir leid, aber der Mann gehört mir«, sagte Toran in diesem Augenblick mit erhobener Stimme.

Der Offizier drehte sich langsam zu ihm um und zog die Augenbrauen in die Höhe. »Wer sind Sie überhaupt?« wollte er wissen.

»Ein Bürger der Fundation«, antwortete Toran stolz.

Das machte Eindruck — zumindest auf die zahlreichen Zuschauer. Vor dem Fuchs hatten sie vielleicht Angst, aber sein Name bedeutete ihnen noch nicht soviel wie die Fundation, die das Imperium besiegt hatte und nun über weite Teile der Galaxis herrschte.

Der Offizier verzog keine Miene. »Ist Ihnen klar, wen Sie zu beschützen versuchen?«

»Ich habe gehört, daß er aus der Umgebung Seiner Lordschaft geflohen sein soll; sicher weiß ich jedoch nur, daß er mein Freund ist. Bevor ich ihn Ihnen ausliefere, müssen Sie seine Identität beweisen.«

Die Menge murmelte aufgeregt, aber der Offizier kümmerte sich nicht darum. »Haben Sie Ihren Paß bei sich, aus dem Ihre Staatsbürgerschaft hervorgeht?«

»In meinem Schiff.«

»Wissen Sie, daß Sie gegen die Gesetze verstoßen? Ich könnte Sie erschießen lassen.«

»Ohne Zweifel. Aber dann hätten Sie einen Bürger der Fundation ermordet, was wahrscheinlich dazu führen würde, daß die Fundation Ihre Leiche mit vielen Entschuldigungen als Entschädigung übersandt bekommt. Das ist schon anderen passiert.«

Der Offizier zögerte. Toran hatte recht.

»Sie heißen?« fragte er dann.

Toran fühlte, daß er Oberwasser hatte. »Wenn Sie mich etwas fragen wollen, müssen Sie sich in mein Schiff bemühen. Es ist unter dem Namen ›Bayta‹ registriert und steht in dem Hangar.«

»Sie wollen uns den Flüchtling also nicht ausliefern?«

»Vielleicht an den Fuchs persönlich. Schicken Sie mir Ihren Herrn und Meister!«

Der Offizier wandte sich brüsk ab. »Zertreut die Menge!« befahl er wütend seinen Männern.

Der Auftrag wurde prompt ausgeführt. Die Zuschauer stoben schreiend auseinander, als die Soldaten ihre Elektropeitschen gebrauchten.

14

Lange nach Einbruch der Dunkelheit bewegte sich ein Mann fast geräuschlos durch den riesigen Hangar auf der östlichen Halbinsel. Er suchte ein bestimmtes Schiff, dessen ungefähren Standort er bereits durch einen Blick in das am Empfang aufliegende Register festgestellt hatte. Trotzdem war seine Aufgabe keineswegs leicht, denn in diesem einen Teil des Hangars standen Hunderte von Schiffen. Aber der Mann besaß große Erfahrung in der Durchführung ähnlicher Aufgaben und wußte sicher, daß er nicht vergeblich suchen würde.

Plötzlich blieb der Mann stehen und hätte zufrieden gelächelt, wenn ein Lächeln nicht völlig seinem Wesen widersprochen hätte. Er sah zu dem Schiff auf, das sich hoch über ihm erhob – offenbar ein ganz gewöhnliches Schiff, obwohl deutlich erkennbar war, daß es von Technikern der Fundation gebaut worden war, die heutzutage fast das Monopol für den Bau von Raumschiffen besaßen. Aber dieses Schiff stellte doch eine Ausnahme dar, denn es wies die winzigen Ausbuchtungen auf, die ein sicheres Anzeichen für den Schutzschirm waren, den nur ein Fundationsschiff besitzen konnte.

Der Mann zögerte nicht lange. Die elektronische Absperrung, die jedes Schiff innerhalb des Hangars vor ungebetenen Gästen schützen sollte, bedeutete kein Hindernis für ihn. Er überwand sie, ohne dabei einen Alarm auszulösen, weil er wußte, wie sie sich neutralisieren ließ.

Aus diesem Grund wurden die drei Menschen an Bord des Schiffes erst auf den Eindringling aufmerksam, als der Summer in der Kabine ertönte. Der Mann hatte die Hand über die winzige Fotozelle neben der Luftschleuse gelegt und dadurch das Signal veranlaßt.

Während diese schweigende, aber erfolgreiche Suche stattfand, saßen Bayta und Toran mit dem Clown in der Kabine ihres Schiffes. Der Hofnarr des Fuchses, der den eindrucksvollen Namen Magnifico Giganticus trug, hockte am Tisch vor ihnen und verschlang gierig, was Bayta ihm an Essen vorsetzte.

»Der Dank der Schwachen zählt nicht viel«, murmelte er dabei, »aber er ist Ihnen trotzdem sicher, denn ich habe in der vergangenen Woche nur wenig gegessen – und mein Appetit ist groß, mag auch mein Körperumfang recht gering erscheinen.«

»Dann essen Sie lieber!« mahnte Bayta lächelnd. »Vergeuden Sie Ihre Zeit nicht mit Danksagungen. Gibt es auf den inneren Planeten nicht ein Sprichwort darüber?«

»Ganz recht, Mylady. Ein weiser Mann hat einmal gesagt: ›Dankbarkeit darf nicht in leere Worte ausarten.‹ Nur allzu wahr, Mylady – aber ich bestehe eben nur aus leeren Worten. Als sie den Fuchs amüsierten, brachten sie mir ein buntes Kostüm und einen prachtvollen Namen ein – eigentlich heiße ich Bobo, aber das gefiel ihm nicht –, und als er kein Vergnügen mehr an meinen Worten fand, wurde ich ausgepeitscht, wenn der hohe Herr in schlechter Laune war.«

Toran hatte die Kabine verlassen und kam jetzt zurück. »Vorläufig können wir nur abwarten, Bay«, meinte er. »Hoffentlich begreift der Fuchs, daß wir uns hier auf dem Territorium der Fundation befinden.«

Bayta nickte und zog Toran am Ärmel mit sich in die entgegengesetzte Ecke der Kabine. »Torie, was sollen wir nur tun – mit ihm, meine ich.« Sie wies auf Magnifico, der sich ganz auf das Essen konzentrierte.

»Was willst du mit ihm anfangen, Bay?«

»Liefern wir ihn wirklich aus, wenn der Fuchs persönlich erscheint?«

»Was denn sonst?« fragte Toran irritiert. Er zuckte mit den Schultern. »Jetzt sitzen wir schön in der Klemme! Wären wir nicht zufällig diesem Hofnarren begegnet, wüßten wir gar nicht, daß der Fuchs wirklich existiert. Glaubst du, daß er selbst kommt, um seinen Clown zurückzufordern?«

Bayta warf ihm einen nachdenklichen Blick zu. »Ich weiß gar nichts mehr«, stellte sie fest. »Am liebsten würde ich ...« In diesem Augenblick wurde sie von dem Summer unterbrochen. »Der Fuchs?« flüsterte sie aufgeregt.

Magnifico war aufgesprungen und starrte die beiden mit vor Schreck geweiteten Augen an. »Der Fuchs?« wiederholte er atemlos.

»Ich muß ihn einlassen«, murmelte Toran.

Er drückte auf den Knopf, der die Luftschleuse öffnete. Die äußere Tür schloß sich automatisch hinter dem Besucher. Auf dem Bildschirm wurde eine einzelne Gestalt sichtbar.

»Nur einer«, stellte Toran aufatmend fest. Trotzdem klang seine Stimme nicht eben fest, als er auf den Sprechknopf des Mikrophons drückte. »Wer sind Sie?«

»Wollen Sie mich nicht hereinlassen, damit Sie sich selbst überzeugen können?« Die Stimme des anderen drang blechern aus dem Lautsprecher.

»Ist Ihnen klar, daß Sie sich an Bord eines Fundationsschiffes und deshalb auf dem Territorium der Fundation befinden?«

»Das weiß ich.«

»Keine verdächtige Bewegung, sonst schieße ich. Ich bin gut bewaffnet.«

»Einverstanden!«

Toran öffnete die innere Tür durch einen Druck auf den entsprechenden Knopf und wartete dann mit schußbereitem Strahler. Im Gang wurden rasche Schritte hörbar, dann ging die Kabinentür auf ...

»Das ist nicht der Fuchs!« rief Magnifico. »Das ist nur ein Mann!«

Der ›Mann‹ verbeugte sich leicht. »Ganz richtig beobachtet. Ich bin nicht der Fuchs.« Er breitete die Arme aus. »Ich bin nicht bewaffnet und komme in friedlicher Absicht. Stecken Sie lieber Ihren Strahler ein — Ihre Hand ist mir nicht ruhig genug.«

»Wer sind Sie?« wollte Toran wissen.

»Das könnte ich *Sie* fragen«, antwortete der Fremde ungerührt. »Schließlich sind Sie unter Vorspiegelung falscher Tatsachen hier.«

»Wie kommen Sie darauf?«

»Sie behaupten, Bürger der Fundation zu sein, obwohl sich im Augenblick kein einziger zugelassener Händler auf Kalgan aufhält.«

»Das stimmt nicht. Woher wollen Sie das wissen?«

»Weil *ich* Bürger der Fundation bin — ich habe meinen Paß bei mir. Können Sie mir Ihren zeigen?«

»Verschwinden Sie lieber rechtzeitig, bevor ich Sie hinauswerfe«, gab Toran zurück.

Bayta hielt ihn am Ärmel fest. »Noch nicht, Torie«, mahnte sie. »Er soll uns zuerst sagen, was er hier will.«

Toran nickte und legte den Strahler auf den Stuhl neben sich. »Schön, dann erklären Sie uns, warum wir die Ehre Ihres Besuches haben«, forderte er den Unbekannten auf.

»Nachrichten verbreiten sich rasch — besonders dann, wenn sie fast unglaublich sind«, sagte der Fremde ruhig. »Ich bezweifle, daß es noch einen Menschen auf Kalgan gibt, der nicht weiß, daß die Leute des Fuchses heute eine Niederlage durch zwei Touristen aus der Fundation einstecken mußten.

Ich selbst habe vor einigen Stunden davon erfahren und wußte sofort, daß außer mir keine anderen Bürger der Fundation auf Kalgan sind. Ich wußte außerdem, daß Ihr Schiff irgendwo in diesem Hangar stehen würde, weil Sie selbst davon gesprochen hatten.«

Der Mann wandte sich plötzlich an Bayta. »Sie gehören der Fundation an – Sie sind dort geboren, nicht wahr?«

»Wirklich?«

»Sie sind Mitglied der demokratischen Opposition, die sich stolz ›Untergrundbewegung‹ nennt. Ihr Name ist mir entfallen, aber an das Gesicht erinnere ich mich ganz deutlich. Sie sind erst vor einigen Wochen geflohen – das hätten Sie nicht getan, wenn Sie eine wichtigere Rolle gespielt hätten.«

Bayta zuckte mit den Schultern. »Sie scheinen eine Menge zu wissen.«

»Richtig. Sie sind in Begleitung eines Mannes entkommen. Mit dem hier?«

»Spielt das eine Rolle?«

»Nein. Ich möchte nur, daß wir uns richtig verstehen. Die Parole in der Woche, in der Sie so hastig verschwunden sind, lautete: ›Seldon, Hardin und Freiheit.‹ Porfirat Hart war Ihr Sektionsführer.«

»Woher wissen Sie das?« Bayta sprang wütend auf. »Ist er verhaftet worden?« Toran wollte sie zurückhalten, aber Bayta riß sich los.

»Keineswegs«, antwortete der Mann von der Fundation ruhig. »Das alles weiß ich nur, weil die Untergrundbewegung überall Mitglieder hat. Ich bin Captain Han Pritcher vom Nachrichtendienst und selbst ein Sektionsführer – natürlich unter einem anderen Namen.«

Er wartete und fügte dann hinzu: »Nein, das brauchen Sie mir nicht glauben. Ich freue mich sogar, daß Sie mißtrauisch bleiben. Aber jetzt sprechen wir lieber von dem Zweck meines Besuchs.«

»Ja«, meinte Toran. »Das finde ich auch.«

»Darf ich mich setzen? Danke.« Captain Pritcher ließ sich in den nächsten Sessel sinken. »Zuerst muß ich Ihnen sagen, daß ich keine Ahnung habe, was Sie auf Kalgan wollen. Da Sie offenbar nicht Bürger der Fundation sind, müssen Sie von einem der unabhängigen Händlerplaneten kommen. Das stört mich allerdings ganz und gar nicht. Aber ich möchte aus reiner Neugier wissen, was Sie mit diesem Clown vorhaben, den Sie gerettet haben. Wissen Sie, daß Sie seinetwegen Ihr Leben aufs Spiel setzen?«

»Ich denke nicht daran, Ihnen zu erzählen, was wir mit dem Clown vorhaben«, antwortete Toran.

»Hmm. Na, das habe ich eigentlich auch nicht erwartet. Falls Sie jedoch annehmen, daß der Fuchs irgendwann in Begleitung seines Hofstaates bei Ihnen auftaucht, irren Sie sich gewaltig. Der Fuchs läßt sich nicht so einfach aus seinem Bau locken.«

»Wirklich nicht?« fragte Bayta enttäuscht.

»Nein, bestimmt nicht. Ich habe mir alle Mühe gegeben, selbst mit ihm Verbindung aufzunehmen, ohne dabei Erfolg zu haben, obwohl ich wirklich kein Amateur bin. Der Mann erscheint nie in der Öffentlichkeit, läßt sich nicht fotografieren und ist nur seinen engsten Mitarbeitern bekannt.«

»Soll das Ihr Interesse an uns erklären, Captain?« erkundigte Toran sich spöttisch.

»Nein, keineswegs. Ich bin wegen des Clowns hier – er gehört zu den wenigen Menschen, die den Fuchs mit eigenen Augen *gesehen* haben. Ich brauche ihn, weil er mir vielleicht den Beweis liefern kann, der erforderlich ist, um die Fundation endlich aufzurütteln. Und das hat sie wirklich nötig!«

»Tatsächlich?« warf Bayta heftig ein. »In welcher Rolle wollen Sie die Fundation aufrütteln – als rebellierender Demokrat oder als Geheimpolizist?«

Der Captain schüttelte langsam den Kopf. »Wenn die Fundation gefährdet ist, kann es weder Demokraten noch Tyrannen mehr geben. Wir müssen die Tyrannen vor einem noch größeren bewahren, um sie später stürzen zu können.«

»Und wer ist dieser größere Tyrann?« fragte Bayta.

»Der Fuchs! Ich weiß einiges über ihn – jedenfalls genug, um meinen Hals zu riskieren, falls er jemals davon erfährt. Schicken Sie den Clown hinaus, ich möchte mich privat mit Ihnen unterhalten.«

»Magnifico«, sagte Bayta mit einer kurzen Handbewegung. Der Hofnarr verschwand geräuschlos.

Der Captain sprach leise weiter, so daß Toran und Bayta näher rücken mußten, um zu verstehen, was er sagte.

»Der Fuchs ist hochintelligent«, stellte Pritcher einleitend fest, »deshalb ist er sich bestimmt darüber im klaren, daß jede Führerpersönlichkeit vor allem durch persönliche Ausstrahlung Einfluß gewinnt. Wenn er völlig darauf verzichtet, muß er einen wichtigen Grund haben. Dieser Grund ist die Tatsache, daß jeder persönliche Kontakt etwas offenbaren würde, das er unter allen Umständen geheimhalten will.«

Pritcher ging nicht auf die erstaunten Fragen seiner beiden Zuhörer ein, sondern fuhr rasch fort: »Ich bin sogar auf seinem Heimatplaneten gewesen und habe die Leute dort ausgefragt, die sich noch an ihn erinnern. Vermutlich haben sie nicht mehr allzulange zu leben, wenn der Fuchs ihre Spur aufnimmt. Einige sind schon auf mysteriöse Weise zu Tode gekommen. Jedenfalls habe ich alles zusammengetragen, was aus diesen Leuten herauszuholen war. Das Ergebnis ist eindeutig: *»Der Fuchs ist kein normaler Mensch!«*

Toran und Bayta zuckten unwillkürlich zusammen, obwohl sie nicht wissen konnten, was Pritcher damit hatte sagen wollen.

»Er ist ein Mutant«, erklärte der Captain ihnen, »und seiner bisherigen Karriere nach zu urteilen ein sehr erfolgreicher. Ich weiß nicht sicher, über welche Fähigkeiten er verfügt, aber sein kometenhafter Aufstieg beweist doch einiges. Sehen Sie jetzt ein, daß er eine Gefahr darstellt? Oder glauben Sie etwa, daß Seldon auch auf solche biologischen Zufälle vorbereitet war?«

»Nein, das kann ich nicht glauben«, antwortete Bayta langsam. »Das Ganze ist irgendein Trick. Warum hat der Fuchs uns nicht umbringen lassen, wenn er ein Supermann ist?«

»Ich habe Ihnen bereits gesagt, daß ich seine Fähigkeiten nicht beurteilen kann. Vielleicht ist er noch nicht zu einem Kampf gegen die Fundation bereit und will sich vorher auf keinen Fall provozieren lassen. Lassen Sie mich mit dem Clown sprechen.«

Toran nickte und rief ihn wieder herein. Magnifico warf Pritcher einen ängstlichen Blick zu; der Clown hatte offenbar kein Vertrauen zu ihm.

»Haben Sie den Fuchs mit eigenen Augen gesehen?« fragte Captain Pritcher langsam.

»Nur allzu gut, verehrter Herr. Auch seine Hand habe ich öfter als einmal zu spüren bekommen.«

»Daran zweifle ich nicht. Können Sie ihn beschreiben?«

»Ich erinnere mich nur ungern an ihn, verehrter Herr. Er ist gewaltig groß und stark; im Vergleich zu ihm wären selbst Sie ein hagerer Schwächling. Ja, er ist ein mächtiger Herrscher, der seine Macht grausam anwendet. Wegen seiner brandroten Haare wird er oft als roter Teufel bezeichnet — aber niemals laut oder in seiner Gegenwart, denn die Höflinge zittern vor ihm. Seine Augen habe ich nie gesehen, verehrter Herr.«

»Was? Warum nicht?«

»Er trägt eine eigenartige Brille, verehrter Herr, deren Gläser vollkommen undurchsichtig sind. Es wird behauptet, daß er nur mit Hilfe besonderer Fähigkeiten sieht, die alles menschliche Maß weit übersteigen.« Magnifico fuhr zusammen und sprach flüsternd weiter. »Ich habe gehört, daß jeder stirbt, der seine Augen gesehen hat, daß er mit seinen Augen tötet, verehrter Herr.« Der Clown sah von einem zum anderen. »Und das stimmt auch, sage ich Ihnen. Es ist die reine Wahrheit . . .«

Bayta holte tief Luft. »Offenbar haben Sie recht, Captain. Was sollen wir tun?«

»Das müssen wir gemeinsam überlegen. Haben Sie alle Gebühren im voraus bezahlt? Die Sperre oberhalb Ihres Schiffes ist nicht aktiviert?«

»Wir können jederzeit starten.«

»Dann tun Sie es lieber. Der Fuchs hat vielleicht nicht die Absicht, mit der Fundation in Streit zu geraten, aber wenn Magnifico entkommt, geht er ein großes Risiko ein. Vermutlich ist deshalb auch die ganze Aufregung entstanden. Ich würde mich nicht wundern, wenn dort oben bereits einige Schiffe warteten. Wer kann dafür verantwortlich gemacht werden, wenn Sie irgendwo einen bedauerlichen Unfall haben?«

»Richtig«, stimmte Toran zu.

»Andererseits haben Sie ein sehr schnelles Schiff zur Verfügung, das zudem mit einem Schutzschild ausgerüstet ist. Ich schlage vor, daß Sie nach dem Start zunächst nach Westen fliegen und erst dann plötzlich mit voller Kraft beschleunigen.«

»Alles schön und gut«, warf Bayta ein, »aber was wird aus uns, wenn wir auf Terminus gelandet sind, Captain?«

»Dann sind Sie einfach Bürger von Kalgan, die mit besten Absichten kommen. Ich kann schließlich auch nichts anderes behaupten.«

Bayta nickte zustimmend. Toran verließ die Kabine. Wenige Minuten später startete das Schiff.

Als Kalgan weit genug hinter ihnen zurückgeblieben war, bereitete Toran den Übergang in den Hyperraum vor. Captain Pritcher runzelte besorgt die Stirn, denn bisher hatte der Fuchs noch keinen Versuch gemacht, sie an der Flucht zu hindern.

»Offenbar hat er nichts dagegen einzuwenden, daß wir mit Magnifico verschwinden«, stellte Toran fest. »Das ist nicht gerade gut für unseren Bericht.«

»Es sei denn«, verbesserte Pritcher ihn, »daß er mit dieser Entführung einverstanden ist, weil sie seinen Plänen entspricht. Das ist nicht gerade gut für die Fundation.«

Als das Schiff sich nach dem letzten Sprung im Anflug auf

Terminus befand, drang die erste Nachrichtensendung aus dem Ultrawellenempfänger.

Eine Nachricht wurde nur am Rande erwähnt. Irgendein obskurer Herzog – der Sprecher nannte nicht einmal seinen Namen – hatte bei der Fundation gegen die gewaltsame Entführung eines seiner Höflinge Protest einlegen lassen. Mehr wurde nicht gesagt, denn anschließend folgten die Sportberichte.

»Also ist er uns doch einen Schritt voraus«, stellte Captain Pritcher nachdenklich fest. »Er ist auf die Auseinandersetzung mit der Fundation vorbereitet und benützt die Entführung als Vorwand. Dadurch wird unsere Lage noch schwieriger – wir müssen handeln, obwohl *unsere* Vorbereitungen noch nicht abgeschlossen sind.«

15

Im Grunde genommen war es keinesweg überraschend, daß die Wissenschaftler der Fundation im Vergleich zu allen anderen Staatsbürgern eine Vorrangstellung genossen, die ihnen ein verhältnismäßig freies und ungebundenes Leben garantierte. Zu einer Zeit, in der die Vorherrschaft – und sogar die Existenz – der Fundation trotz ihrer beträchtlichen militärischen Macht vor allem auf ihrer überlegenen Technologie beruhte, war der Wissenschaftler wichtiger als jeder andere. Er wurde gebraucht – und wußte es auch.

Der intelligenteste Vertreter dieser Spezies Mensch war Ebling Mis, der sich ein besonderes Vergnügen daraus machte, die mit seiner Stellung verbundene Immunität auszunützen. Auf einem Planeten, der von seinen Gelehrten abhängig war, verkörperte er geradezu den Prototyp des Wissenschaftlers. Er wurde mehr als jeder andere gebraucht – und wußte es auch.

Deshalb verzichtete er großzügig auf die Einhaltung bestimmter Formalitäten; wo andere demütig das Knie beugten, blieb Mis ungerührt stehen und verkündete laut, daß seine Vorfahren in früheren Zeiten nie vor einem Bürgermeister in die Knie gesunken seien. Damals sei der Bürgermeister gewählt und nach Belieben wieder hinausgeworfen worden, denn die einzigen Menschen, die sich auf ihr Geburtsrecht berufen könnten, seien schließlich nur die kongenitalen Idioten.

Angesichts dieser mehr als einmal geäußerten Prinzipien war es nicht weiter verwunderlich, daß Ebling Mis auf das übliche langwierige Verfahren verzichtete, nachdem er beschlossen hatte, daß Indbur III. ihm eine Audienz gewähren dürfe. Statt dessen zog er die weniger geflickte seiner beiden Jacken an, setzte einen alten Hut auf, zündete sich eine vorschriftswidrige Zigarre an und drang in diesem Aufzug in das Arbeitszimmer des Bürgermeisters von Terminus vor.

Indbur III. sah überrascht von der Arbeit auf, als Mis plötzlich hereinstürzte und dabei einen der livrierten Diener beiseite stieß. »Mir ist nicht bekannt, daß Sie um eine Audienz nachgesucht hätten«, sagte er mißmutig. »Jedenfalls steht fest, daß ich Sie nicht zu mir gebeten habe.«

Ebling Mis starrte ihn ungläubig an. »Hören Sie, Indbur, haben Sie meinen Brief gestern nicht bekommen? Ich habe ihn vorgestern einem Ihrer Vorzimmertrottel in die Hand gedrückt. Eigentlich wollte ich ihn selbst überbringen, aber ich weiß, daß bei Ihnen alles nach Protokoll gehen muß.«

»Protokoll!« wiederholte Indbur und verdrehte die Augen. »Was Sie als Protokoll bezeichnen, ist eine ausgezeichnet funktionierende Verwaltung! Merken Sie sich gefälligst in Zukunft, daß Audienzen nur dann gewährt werden, wenn ein formeller Antrag gestellt und begründet wird. Und dann erscheinen Sie angemessen gekleidet – angemessen gekleidet, haben Sie verstanden? Sie können gehen.«

»Was paßt Ihnen an meiner Jacke nicht?« wollte Mis sofort wissen. »Sie war noch recht schön, bevor Ihre Leute ihre Finger daran gehabt haben. Außerdem gehe ich erst, wenn ich mit Ihnen gesprochen habe. Leider handelt es sich um eine Seldon-Krise, sonst wäre ich längst nicht mehr hier.«

»Eine Seldon-Krise!« Indbur zeigte erstmals lebhaftes Interesse. Immerhin war Mis ein großartiger Psychologe – er war als Demokrat und Rebell bekannt, aber eben auch als Psychologe. In seiner Unsicherheit sah der Bürgermeister sogar darüber hinweg, daß Mis ihm eine dicke Wolke Tabakrauch ins Gesicht blies. »Fassen Sie sich so kurz wie möglich, damit die Audienz nicht allzulange dauert«, sagte er nur.

»Wissen Sie, woran ich in letzter Zeit arbeite?« erkundigte Mis sich ohne besondere Eile.

»Ich habe Ihre Berichte hier«, antwortete der Bürgermeister. »Soweit ich informiert bin, erforschen Sie die mathematischen Grundlagen von Seldons Psychohistorie, um später mit ihrer

Hilfe die zukünftige Entwicklung der Fundation voraussagen zu können.«

»Richtig«, stimmte Mis trocken zu. »Als Seldon damals die Fundation gründete, achtete er besonders darauf, keinen Psychologen nach Terminus zu schicken, damit die Fundation keine Möglichkeit hatte, die Zukunft zu . . .«

»Das weiß ich alles, Mis. Sie vergeuden nur meine kostbare Zeit, wenn Sie längst bekannte Tatsachen wiederholen.«

»Ich wiederhole gar nichts«, brüllte Mis. »Was ich Ihnen sagen will, steht nicht in meinen Berichten.«

»Was soll das heißen?« fragte Indbur III. völlig verblüfft. »Wie können Sie . . .«

»Lassen Sie mich doch endlich aussprechen, Sie widerlicher kleiner Trottel! Wenn Sie mich noch einmal unterbrechen, gehe ich wieder und lasse Sie vor der Bescherung sitzen. Denken Sie gefälligst daran, daß die Fundation auf jeden Fall siegreich bleibt; aber wenn ich jetzt gehe, sind *Sie* geliefert.«

»Doktor Mis«, begann der Bürgermeister mit schwacher Stimme, »ich muß . . .«

»Sie müssen nur den Mund halten und gut zuhören«, unterbrach Mis ihn. »Was Sie in meinen Berichten gelesen haben, ist völlig uninteressant, weil ich Ihnen eine vertrauliche Mitteilung zu machen habe. Sie ist so vertraulich, daß nicht einmal meine Mitarbeiter davon wissen, obwohl sie daran gearbeitet haben. Ist Ihnen die Bedeutung des Zeittresors klar?«

Indbur nickte, aber Mis sprach ungerührt weiter. »Ich erkläre sie Ihnen aber trotzdem noch einmal, damit wir uns richtig verstehen.« Er grinste. »Drücken Sie lieber nicht auf den Alarmknopf unter Ihrem Schreibtisch, sonst erfahren Sie nie, was Ihnen bevorsteht. Schön, dieser Zeittresor wurde also von Hari Seldon eingerichtet und sollte uns helfen, etwa auftauchende Schwierigkeiten zu bewältigen. Auf dem Höhepunkt jeder Krise erschien Seldon in einer dreidimensionalen Darstellung, um uns zu beraten — und uns zu helfen, indem er Erklärungen abgab. Bisher hat es vier Krisen gegeben, folglich ist er viermal erschienen. Jedesmal auf dem Höhepunkt der Krise, obwohl beim dritten und vierten Male kein Mensch anwesend war. Ich habe jedoch festgestellt — und *das* steht nicht in den Berichten —, daß er trotzdem pünktlich erschienen ist. Haben Sie das begriffen?«

Mis wartete die Antwort des Bürgermeisters nicht ab, sondern zündete sich eine neue Zigarre an, ließ sich auf dem

Schreibtisch nieder und sprach weiter. »Offiziell versuche ich die mathematischen Grundlagen der Psychohistorie zu erforschen. Aber *das* ist völlig ausgeschlossen, weil keiner von uns genial genug veranlagt ist. Trotzdem habe ich auf dem Gebiet einiges dazugelernt, weil ich mich vor allem auf den Zeittresor konzentriert habe – mit dem Ergebnis, daß ich ziemlich sicher vorhersagen kann, wann Seldon wiederauftauchen müßte. Mit anderen Worten kann ich Ihnen genau den Tag angeben, an dem die kommende Seldon-Krise ihren Höhepunkt erreicht.«

»Wann?« fragte Indbur.

Mis machte eine wegwerfende Handbewegung. »In vier Monaten«, antwortete er fröhlich. »In vier Monaten weniger zwei Tage.«

»Vier Monate!« wiederholte Indbur flüsternd. »Unmöglich!«

»Reden Sie keinen Unsinn!« fuhr Mis ihn an.

»In vier Monaten? Wissen Sie, was das bedeutet? Eine Krise, die in vier Monaten ihren Höhepunkt erreicht, müßte schon seit Jahren schwelen.«

»Und warum nicht? Wo steht denn, daß sie nur in aller Öffentlichkeit schwelen darf?«

»Aber vorläufig sind doch gar keine Anzeichen erkennbar«, widersprach der Bürgermeister heftig. Er schlug einen Aktenordner auf. »Hier – überzeugen Sie sich selbst; das ist eine Zusammenfassung der letzten außenpolitischen Entwicklungen. Handelsabkommen mit Mores, Besprechungen auf Lyonesse, Teilnahme an irgendwelchen Feierlichkeiten auf Bonde, Protest gegen die Verletzung des Handelsabkommens durch Asperta, Eingang einer Beschwerde aus Kalgan . . . und so weiter und so weiter.«

Der Bürgermeister legte den Ordner wieder an seinen Platz zurück. »Alles nur Routineangelegenheiten, Mis«, erklärte er dabei. »Ich verstehe einfach nicht, wie Sie solche Vermutungen . . .«

In diesem Augenblick stürzte ein Beamter herein und warf sich vor dem Bürgermeister auf die Knie. Indbur III. erhob sich langsam. Er hatte das Gefühl, an diesem Tag breche alles über ihm zusammen. Daß Mis einfach hereingeplatzt kam, mochte zur Not noch angehen – aber sein eigener Sekretär! Gab es denn niemand mehr, der die Regeln beachtete?

»Nun?« fragte Indbur scharf.

»Exzellenz, Captain Han Pritcher vom Nachrichtendienst ist von Kalgan zurückgekehrt, wo er sich befehlswidrig aufgehalten hat«, berichtete der Sekretär. »Er ist gemäß Ihrer Anweisung X20-513 verhaftet worden und wartet jetzt im Gefängnis auf seine Hinrichtung. Ein ausführlicher Bericht ist Ihnen vorgelegt worden, Exzellenz.«

»Richtig«, antwortete Indbur ungeduldig. »*Weiter!*«

»Exzellenz, Captain Pritcher hat bei seiner Vernehmung erwähnt, daß der neue Herrscher von Kalgan möglicherweise kriegerische Absichten verfolgt. Gemäß Ihrer Anweisung X20-651 ist er nicht offiziell verhört worden, aber seine Aussagen wurden schriftlich festgehalten. Ein ausführlicher Bericht ist Ihnen vorgelegt worden, Exzellenz.«

»Richtig«, kreischte Indbur. »*Weiter!*«

»Exzellenz, vor einer Viertelstunde ist eine Meldung aus Salinna eingegangen. Eine Flotte von Schiffen aus Kalgan ist in das Territorium der Fundation eingedrungen. Die Schiffe sind bewaffnet. Es ist bereits zu Kämpfen mit Sicherungsstreitkräften der Fundation gekommen.«

Der Sekretär verbeugte sich noch tiefer. Indbur blieb unbeweglich stehen. Ebling Mis schüttelte den Kopf, stapfte auf den Sekretär zu und stieß ihm den Zeigefinger in die Rippen.

»Hören Sie, dieser Captain Pritcher wird sofort entlassen und hierhergeschickt, verstanden? Los, machen Sie sich auf die Beine, Mann!«

Als der Sekretär den Raum verlassen hatte, wandte Mis sich an den Bürgermeister. »Wollen Sie nicht lieber etwas unternehmen, Indbur? Sie wissen ja — nur noch vier Monate!«

Indbur III. stand noch immer wie erstarrt. Aber seine Hände zitterten heftig.

16

Wenn siebenundzwanzig unabhängige Händlerplaneten, die nur durch das Mißtrauen gegen die Fundation geeint sind, die Abhaltung einer Konferenz beschließen, sind eine Unmenge kleiner und unwichtiger Details zu regeln, bis sämtliche Delegationen zufrieden sind. Nach langwierigen Vorbesprechungen, in denen so verschiedene Themen wie Sitzordnung beim Eröffnungsbankett und Stimmenzahl pro Planet erörtert wurden, einigte man sich schließlich darauf, die Konferenz auf Radole stattfinden zu lassen. Damit wurden allerdings nur die Vermutungen der Reporter bestätigt, die längst auf Radole getippt hatten, weil der Planet auf Grund seiner Mittellage ideal geeignet war.

Radole gehörte zu den eigenartigsten Planeten, die nur einen schmalen Streifen Land zwischen Hitze und Kälte aufweisen, der bewohnbar ist. Innerhalb der Galaxis gibt es viele Planeten dieser Art, aber die bewohnten bilden eine große Ausnahme. Und Radole City stellte ebenfalls eine dar, denn die Stadt lag genau auf der Linie, die Hitze und Kälte voneinander trennt. An dieser Stelle begünstigte die sonst so feindselige Natur die Entstehung eines zweiten Gartens Eden.

Die Besucher strömten von den übrigen sechsundzwanzig Händlerplaneten heran: Delegierte, Ehefrauen, Sekretärinnen, Journalisten, Fernsehreporter und Schiffsbesatzungen. Radoles Bevölkerung verdoppelte sich fast mit einem Schlag. Die Gäste aßen herzhaft, tranken nach Belieben und schliefen kaum. Und trotzdem waren sich nur wenige darüber im unklaren, daß die Galaxis von einem Krieg verzehrt wurde. Alle diese Menschen ließen sich in drei Klassen aufteilen. Zunächst gab es die vielen, die wenig wußten und sehr zuversichtlich waren . . .

Zum Beispiel auch der junge Raumpilot aus Haven, der auf einer Party vor einem Mädchen prahlte: »Auf dem Flug hierher haben wir absichtlich einen Umweg durch das Kriegsgebiet gemacht. Wir sind sogar mit normaler Geschwindigkeit an Horleggor vorbeigeflogen . . .«

»Horleggor?« warf der Gastgeber ein. »Dort hat der Fuchs doch letzte Woche eine Niederlage bezogen, nicht wahr?«

»Wo haben Sie das her?« erkundigte sich der Pilot neugierig.

»Aus einer Nachrichtensendung der Fundation.«

»Wirklich? Na, jedenfalls hat der Fuchs Horleggor erobert. Wir wären fast mit seiner Flotte zusammengestoßen, die von dort kam. Eine komische Niederlage, bei der die Besiegten bleiben, während die Sieger so rasch wie möglich fliehen, finden Sie nicht auch?«

»Unsinn«, murmelte einer der anderen Gäste. »Die Fundation kann einiges vertragen. Warten Sie nur, bis sie zurückschlägt. Und dann – peng!« Der Mann hatte offensichtlich einen Schwips.

»Jedenfalls haben wir seine Schiffe aus nächster Nähe gesehen«, fuhr der Pilot aus Haven nach einer kurzen Pause fort. »Sie sahen wirklich gut aus – sogar neu, wenn Sie mich fragen.«

»Neu?« wiederholte der Gastgeber nachdenklich. »Wollen Sie

etwa behaupten, daß der Fuchs die Fundation mit Schiffen Marke Eigenbau besiegt hat? Das ist doch ziemlich unwahrscheinlich.«

»Wir haben sie aber gesehen, Doc. Und ich kenne mich mit Schiffen aus, wissen Sie.«

»Ich weiß, was Sie denken«, antwortete der Gastgeber, »aber Sie irren sich gewaltig, junger Mann. Ein Krieg bricht nicht einfach aus, und unsere Leute sind nicht so dumm, daß sie nicht wissen, was sie tun.«

»Die Fundation kann viel vertragen«, beteuerte der Betrunkene nochmals lautstark. »Sie wartet nur den richtigen Augenblick ab, um zurückzuschlagen. Und dann—*peng!*« Er grinste das hübsche Mädchen neben sich an, das einen Schritt vor ihm zurückwich.

»Sie glauben wahrscheinlich, daß der Fuchs uns alle in der Hand hat«, sagte der Gastgeber zu dem jungen Piloten. »Das ist aber ein großer Irrtum, denn er steht in unseren Diensten und hat die Schiffe wahrscheinlich sogar von uns geliefert bekommen. Natürlich kann er den Krieg gegen die Fundation nie gewinnen — aber er kann sie knieweich machen. Und dann sind *wir* in einer idealen Lage.«

»Könnt ihr wirklich nur über den Krieg sprechen, Klev?« fragte das Mädchen. »Ich kann schon nichts mehr davon hören.«

»Kommen Sie, wir sprechen über etwas anderes«, sagte der junge Pilot sofort. Er nahm den Arm des Mädchens, nickte dem Gastgeber freundlich zu und verschwand mit seiner Partnerin in einem der Säle, in dem getanzt wurde.

Es gab aber auch andere Männer, die etwas mehr wußten und deshalb weniger zuversichtlich waren. Zu ihnen gehörte auch der einarmige Fran, der die Delegation aus Haven anführte. Er amüsierte sich hervorragend und schloß zahlreiche neue Freundschaften — zumeist mit Frauen.

Im Augenblick saß er mit einem seiner neuen Freunde männlichen Geschlechts in dessen Haus zusammen und langweilte ihn mit Geschichten aus der guten alten Zeit.

»Ja, ja, heutzutage ist eben alles anders«, stimmte Iwo zu und gähnte ungeniert. »Die Leute taugen eben nichts mehr — besonders die jungen nicht.«

»Das dürfen Sie nicht sagen«, widersprach Fran sofort hitzig. »Ich habe Ihnen doch von meinem Sohn erzählt, nicht wahr? *Er* ist noch vom guten alten Schlag, das können Sie mir glauben.

Er ist wirklich wie sein Alter — allerdings mit dem einen Unterschied, daß er geheiratet hat.«

»Ganz offiziell mit einem Vertrag?«

»Richtig. Ich weiß auch nicht, was in ihn gefahren ist. Die beiden haben ihre Flitterwochen auf Kalgan verbracht.«

»Kalgan? Wo ist das überhaupt?« Iwo schüttelte den Kopf. »Natürlich, jetzt erinnere ich mich wieder. Und wann waren sie dort?«

Fran grinste breit. »Wenige Tage, bevor der Fuchs der Fundation den Krieg erklärt hat.«

»Wirklich?«

Fran nickte und flüsterte geheimnisvoll: »Ich kann Ihnen etwas erzählen, wenn Sie mir versprechen, daß Sie den Mund halten. Mein Junge ist mit einem bestimmten Auftrag nach Kalgan geschickt worden. Sie können sich wahrscheinlich vorstellen, was er dort zu erledigen hatte. Jedenfalls war er genau der richtige Mann für diesen Auftrag.« Fran nickte gewichtig. »Wir Händler haben diesen Krieg gebraucht — und jetzt ist er da. Ich darf nicht sagen, wie es dazu gekommen ist, aber . . . mein Sohn ist auf Kalgan gewesen, und der Fuchs hat seine Schiffe angreifen lassen. Mein Sohn!«

Iwo war sichtlich beeindruckt. »Ausgezeichnet«, meinte er. »Ich habe gehört, daß wir fünfhundert Schiffe in Bereitschaft haben, mit denen wir im richtigen Augenblick eingreifen können.«

»Vielleicht sogar mehr«, antwortete Fran zufrieden. Dann runzelte er die Stirn und fuhr fort: »Aber der Fuchs ist wirklich nicht dumm. Ich mache mir Sorgen wegen der Schlacht bei Horleggor.«

»Er soll zehn Schiffe verloren haben.«

»Richtig, aber er hat immer noch über hundert übrig, und die Fundation mußte den Rückzug antreten. Natürlich wollen wir, daß sie geschlagen wird, aber das augenblickliche Tempo ist entschieden zu schnell für meinen Geschmack.«

»Ich frage mich nur, woher der Fuchs seine Schiffe hat. Einige meiner Freunde behaupten, daß wir sie für ihn bauen.«

»Wir? Die Händler? Haven hat die größten Werften der unabhängigen Planeten, aber wir bauen nur für den eigenen Bedarf. Glauben Sie wirklich, daß einer der anderen Planeten dem Fuchs eine ganze Flotte liefern würde, ohne uns davon zu verständigen? Das ist völlig ausgeschlossen!«

»Woher hat er sonst seine Schiffe?«

Fran zuckte mit den Schultern. »Wahrscheinlich baut er sie selbst, nehme ich an. Deswegen mache ich mir ebenfalls Sorgen.«

Schließlich gab es noch die wenigen Männer, die sehr viel wußten und deshalb gar nicht zuversichtlich waren.

Zu ihnen gehörte auch Randu, der am fünften Tag des Händlerkongresses die riesige Halle betrat und dort die beiden Männer vorfand, die er zu einer Besprechung hatte bitten lassen. Die übrigen fünfzehnhundert Sitze waren leer — und sollten auch leer bleiben.

Randu nickte den beiden anderen zu und sagte ohne weitere Einleitung: »Wir drei vertreten etwa die Hälfte des Militärpotentials der Unabhängigen Händlerplaneten.«

»Richtig«, stimmte Mangin von Iss zu. »Mein Kollege und ich haben uns bereits darüber unterhalten.«

»Ich möchte keine Zeit mit überflüssigen Floskeln verlieren«, fuhr Randu fort, »deshalb setze ich voraus, daß Sie sich ebenfalls Gedanken über unsere Lage gemacht haben. Unsere Position hat sich auffällig verschlechtert.«

»Weil . . .«, drängte Ovall Gri von Mnemon.

»Weil unsere ursprünglichen Absichten undurchführbar geworden sind. Zu Anfang hatten wir es nicht mit dem Fuchs, sondern mit verschiedenen anderen zu tun; vor allem mit dem Exherzog von Kalgan, den der Fuchs im ungeeignetsten Augenblick besiegt hat.«

»Ja, aber dieser Fuchs ist ein vollwertiger Ersatz für den Herzog«, warf Mangin ein. »Die Detailfragen brauchen uns nicht zu interessieren.«

»Vielleicht doch, wenn wir *alle* Details kennen.« Randu beugte sich nach vorn und legte beide Hände mit den Handflächen nach oben auf den Tisch. »Vor vier Wochen habe ich meinen Neffen und seine Frau nach Kalgan geschickt«, sagte er dann langsam.

»Ihren Neffen!« rief Ovall Gri überrascht aus. »Ich wußte gar nicht, daß der junge Mann Ihr Neffe ist.«

»Mit welchem Auftrag?« fragte Mangin. »Sollte er die Sache in Gang bringen?«

»Nein, falls Sie den Krieg zwischen dem Fuchs und der Fundation meinen. Der junge Mann wußte nichts — weder von unserer Organisation noch von unseren Absichten. Ich habe ihm nur erzählt, daß ich ein unbedeutendes Mitglied einer auf Haven verbreiteten patriotischen Gesellschaft bin. Er sollte einfach nach Kalgan fliegen, um dort Eindrücke zu sammeln.

Ich muß zugeben, daß ich selbst keine allzu klare Vorstellung von seiner Aufgabe hatte. Mich interessierte vor allem der Fuchs; er ist ein Phänomen — aber darüber haben wir uns schon lange genug unterhalten. Außerdem wollte ich den jungen Mann auf die Probe stellen, weil ich den Eindruck hatte, er könne uns in Zukunft wertvolle Dienste leisten. Sie wissen, daß ich . . .«

»Dann waren Sie also völlig überrascht, wie?« erkundigte Ovall sich grinsend. »Ein merkwürdiger Zufall, daß dieser junge Mann einen der Höflinge des Fuchses im Namen der Fundation entführt hat, wodurch er dem Fuchs einen *Casus belli* geliefert hat. Randu, Sie erzählen uns Märchen! Ich kann einfach nicht glauben, daß Sie diesen Zufall nicht beeinflußt haben sollen. Kommen Sie, das war ein ausgezeichnetes Stück Arbeit!«

Randu schüttelte den Kopf. »Nein, ich hatte nichts damit zu tun. Auch mein Neffe, der jetzt auf Terminus im Gefängnis sitzt, wollte keinen Krieg herbeiführen. Ich habe eben eine Nachricht von ihm erhalten, die fast einen Monat lang unterwegs gewesen ist.«

»Und?«

Randu senkte traurig den Kopf. »Ich fürchte, daß uns das Schicksal des Exherzogs von Kalgan bevorsteht. Der Fuchs ist ein Mutant!«

»Woher wissen Sie das?« fragte Mangin langsam.

»Mein Neffe behauptet es.«

»Was für ein Mutant ist der Fuchs? Schließlich gibt es verschiedene Arten.«

Randu beherrschte sich, weil er nicht ungeduldig mit der Faust auf den Tisch schlagen wollte. »Alle möglichen Arten, Mangin. Ja, alle möglichen Arten! Aber nur einen Fuchs! Stellen Sie sich einen Mutanten vor, der aus dem Nichts aufsteigt, einen Planeten, dann ein System und schließlich eine Region erobert — und die Fundation angreift und sie bei Horleggor *besiegt*. Und das alles in zwei oder drei Jahren!«

Ovall Gri zuckte mit den Schultern. »Sie glauben also, daß er Sieger über die Fundation bleibt?«

»Das kann ich nicht sicher behaupten. Und wenn er sie besiegt?«

»Tut mir leid, aber da kann ich Ihnen nicht mehr folgen. Die Fundation ist unschlagbar. Hören Sie, wir haben keinen einzigen

Beweis für Ihre Vermutungen, sondern nur den Bericht eines – äh – noch unreifen jungen Mannes. Lassen wir das Problem vorläufig beiseite. Bisher haben wir uns noch keine Sorgen über die Siege des Fuchses gemacht und brauchen uns auch keine zu machen, solange er nicht sehr viel weiter vordringt. Habe ich recht?«

Randu runzelte die Stirn und überlegte angestrengt. »Haben wir bereits Verbindung mit dem Fuchs aufgenommen?« fragte er dann.

»Nein«, antworteten die beiden anderen.

»Richtig, aber wir haben nichts unversucht gelassen, nicht wahr? Sind Sie nicht auch meiner Meinung, daß unser Treffen jeden Sinn verliert, wenn wir dieses Ziel nicht erreichen? Aber bisher haben wir nichts erreicht – weil der Fuchs keinen Wert darauf legt, mit uns in Verbindung zu treten.

Meine Herren, wir verfügen über fast tausend Schiffe, die im richtigen Augenblick eingesetzt werden sollen, um die Fundation für unsere Ziele gefügig zu machen. Ich bin dafür, daß wir unseren ursprünglichen Plan vorläufig zurückstellen. Ich bin der Auffassung, daß die tausend Schiffe jetzt eingesetzt werden müssen – *gegen den Fuchs.*«

»Also für den Tyrannen Indbur und die übrigen Blutsauger der Fundation?« wollte Mangin wissen.

Randu hob müde die Hand. »Ersparen Sie mir Ihre unsachlichen Einwände. Gegen den Fuchs, sage ich.«

Ovall Gri stand auf. »Randu, damit will ich nichts zu schaffen haben. Wenn Sie unbedingt politischen Selbstmord begehen wollen, können Sie ja Ihren Vorschlag heute abend in der Vollversammlung zur Diskussion stellen.«

Er verließ den Saal; Mangin folgte schweigend. Randu blieb allein zurück und dachte lange über Ovall Gris Feststellung nach.

Als die Vollversammlung wieder zu einer Sitzung zusammentrat, schwieg Randu, obwohl Mangin ihm einen erwartungsvollen Blick zuwarf.

Aber am nächsten Morgen stürmte Ovall Gri in sein Hotelzimmer; ein Ovall Gri, der sich noch nicht einmal gekämmt und rasiert hatte.

Randu saß noch immer beim Frühstück und hätte vor Erstaunen fast die Teetasse zu Boden fallen lassen, als er sah, wer um diese Zeit in sein Hotelzimmer eindrang.

»Mnemon ist heimtückisch überfallen worden!« rief Gri wütend aus.

Randu kniff die Augen zusammen. »Von der Fundation?«

»Der Fuchs!« brüllte Ovall unbeherrscht. »Der Fuchs!« Seine Stimme überschlug sich fast. »Der Angriff kam völlig überraschend. Unsere Flotte nimmt im Augenblick an den Manövern teil, die unsere Vereinigung beschlossen hat. Die wenigen Schiffe, die als Heimatschutz zurückgeblieben waren, wurden nacheinander vernichtet. Bisher ist noch keine Landung erfolgt; vielleicht kommt es auch gar nicht dazu, weil die Hälfte der feindlichen Flotte zerstört ist – aber trotzdem bedeutet das den Krieg zwischen uns und dem Fuchs. Ich muß wissen, wie Haven sich dazu stellt!«

»Haven erfüllt selbstverständlich alle Bündnisverpflichtungen, die es übernommen hat. Sehen Sie jetzt ein, daß ich recht gehabt habe? Er greift nicht nur die Fundation an.«

»Dieser Fuchs ist gemeingefährlich, sage ich Ihnen! Will er etwa das Universum erobern?« Gri schüttelte ungläubig den Kopf und sprach langsam weiter. »Die Überlebenden haben berichtet, daß der Feind über eine neue Waffe verfügt. Die gegnerischen Schiffe waren mit Atomfeld-Depressoren ausgerüstet.«

»Womit?«

»Die meisten unserer Schiffe sind vernichtet worden, weil die nuklearen Waffen versagt haben«, erklärte Gri. »Das kann kein Zufall sein. Sabotage scheidet ebenfalls sicher aus. Es muß eine neue Waffe gewesen sein. Sie hat allerdings nicht hundertprozentig sicher funktioniert; die Wirkung war ungleichmäßig und ließ sich in manchen Fällen neutralisieren . . . ich habe noch keine Einzelheiten erfahren. Aber Sie sehen doch ein, daß eine Waffe dieser Art die Kriegführung revolutionieren und vielleicht sogar unsere gesamte Flotte überflüssig machen kann?«

Randu kam sich plötzlich wie ein uralter Mann vor. »Ich fürchte, daß hier etwas heranwächst, das uns alle eines Tages verschlingen wird«, antwortete er trübselig. »Trotzdem müssen wir den Kampf dagegen aufnehmen.«

17

Bayta wunderte sich noch immer, weshalb sie plötzlich aus dem Gefängnis geholt und gemeinsam mit Magnifico in Ebling Mis' Haus am Rande der Stadt gebracht worden war. Wenn man von den ersten Tagen absah, war ihre Haftzeit durchaus nicht so schlimm gewesen, wie sie zu Anfang erwartet hatte. Wenigstens war sie mit Toran zusammen.

Aber jetzt wartete sie bereits seit einer halben Stunde auf das Erscheinen des berühmten Mannes. Beobachtete er sie etwa beide, ohne daß sie oder der Clown etwas davon bemerkten? Magnifico schien einen ähnlichen Verdacht zu haben, denn er runzelte sorgenvoll die Stirn und kauerte sich in seinem Sessel zusammen, als wolle er sich unsichtbar machen. Als Bayta ihm beruhigend dic Hand auf den Arm legte, zuckte er unwillkürlich zusammen, lächelte dann aber.

»Sie sehen selbst, Mylady, daß mein Körper noch immer anders als der Verstand reagiert, der ihm sagen müßte, daß nicht *jede* Hand schlägt.«

»Sie brauchen keine Angst zu haben, Magnifico. Ich lasse nicht zu, daß Ihnen irgend jemand etwas tut.«

Der Clown warf ihr einen raschen Blick zu und sah dann wieder zu Boden. »Aber die anderen haben mich von Ihnen und Ihrem Mann getrennt . . . und ich – vielleicht lachen Sie darüber – war einsam, weil ich nicht mit meinen Freunden sprechen durfte.«

»Warum sollte ich darüber lachen? Wir wären beide lieber mit Ihnen zusammen gewesen.«

Der Clown lächelte schüchtern und sah zu ihr auf. »Kennen Sie den Mann persönlich, der sich jetzt mit uns unterhalten will?« fragte er vorsichtig.

»Nein. Aber er ist sehr berühmt. Ich habe ihn im Fernsehen gesehen und schon viel über ihn gehört. Ich glaube, daß er ein guter Mann ist, Magnifico, der uns nichts antun will.«

»Wirklich?« Der Clown bewegte sich unruhig. »Das mag sein, Mylady, aber er hat mich bereits einige Male ausgefragt und war dabei so schroff und laut, daß ich vor ihm Angst bekommen habe. Ich verstehe oft nicht, was er fragt, weil er so gelehrte Ausdrücke gebraucht, die ich noch nie gehört habe. Und wenn ich dann nicht gleich antworte, wird er ungeduldig und böse.«

»Aber jetzt ist alles anders. Wir sind zu zweit und lassen uns einfach keine Angst einjagen, nicht wahr?«

»Nein, Mylady.«

Irgendwo knallte eine Tür ins Schloß, dann wurde eine laute Stimme hörbar. »Verschwindet gefälligst, bevor ich euch zum Teufel jage!« Sekunden später rannten die beiden Posten, die

Bayta und Magnifico zu bewachen hatten, aus dem Haus und blieben erst an der Gartentür stehen.

Dann kam Ebling Mis hereingestürzt, nickte seinen beiden Besuchern kurz zu und stellte den großen Kasten ab, den er bisher unter dem Arm getragen hatte.

»Wissen Sie, was das ist, junger Mann?« fragte er Magnifico, nachdem er die Verpackung entfernt hatte.

Der Clown sprang aus dem Sessel auf und beugte sich über das Instrument mit den zahlreichen Tasten. Er legte eine Hand darauf, lächelte strahlend und nickte Mis zu. »Ein Visi-Sonor – und ein ausgezeichnetes Instrument dazu«, antwortete er.

»Schön, junger Mann, Sie haben behauptet, daß Sie mit dem Instrument umgehen können – jetzt haben Sie eine Chance dazu. Wahrscheinlich muß es erst gestimmt werden; ich habe es aus dem Museum geholt.« Der Psychologe wandte sich leise an Bayta: »Bei uns gibt es keinen Menschen, der richtig darauf spielen kann.«

Mis beugte sich nach vorn und flüsterte: »Der Clown will ohne Sie nicht sprechen. Kann ich auf Ihre Hilfe zählen?«

Bayta nickte.

»Ausgezeichnet!« sagte Mis zufrieden. »Er hat offenbar schreckliche Angst vor mir, und ich bezweifle, daß er die Anwendung einer Psycho-Sonde überstehen würde. Bevor er überhaupt zu irgendwelchen Aussagen bereit ist, muß er sich völlig sicher fühlen. Verstehen Sie das?«

Bayta nickte wieder.

»Dieses Visi-Sonor ist der erste Schritt auf dem Weg dazu. Er behauptet, darauf spielen zu können; seine Reaktion zeigt deutlich, daß das Musizieren damit zu den wenigen Freuden seines Lebens gehört. Deshalb müssen Sie ihn auf jeden Fall loben, selbst wenn Sie nicht begeistert sind.« Er sah zu dem Clown hinüber, der völlig mit dem Instrument beschäftigt war. »Haben Sie schon einmal ein Visi-Sonor gehört?« erkundigte er sich dann.

»Erst einmal«, antwortete Bayta, »bei einer Vorführung seltener Instrumente. Ich war nicht sehr beeindruckt.«

»Das glaube ich, denn wahrscheinlich haben Sie nur einen Amateur gehört. Es gibt nur wenige Menschen, die ein Visi-Sonor richtig spielen können. Das liegt nicht einmal an der komplizierten Tastatur, sondern vor allem daran, daß dazu eine gewisse freizügige Geisteshaltung erforderlich ist.« Mis flüsterte nur noch. »Unser Freund dort drüben ist vielleicht besser, als wir glauben. Die wirklich guten Spieler sind nämlich fast alle geistig ein wenig beschränkt. Das ist eines der Phänomene, die mein Fachgebiet so interessant machen.«

Bayta schwieg und beobachtete Magnifico.

»Wissen Sie, wie das Ding funktioniert?« fragte der Psychologe weiter. »Ich habe selbst erst in einem Lexikon nachsehen müssen und weiß nur, daß die Ausstrahlungen das Gehirn direkt ohne den Umweg über die Sehnerven erreichen. Eigentlich ein bemerkenswertes Verfahren. Seltsam daran ist nur, daß die akustischen Eindrücke wie üblich übertragen werden. Ich . . . *Sch!* Er scheint fertig zu sein. Machen Sie bitte das Licht aus?«

Bayta betätigte den Lichtschalter und ließ sich in ihren Sessel zurücksinken. Zuerst sah sie kaum etwas; dann erkannte sie einige Farbflecken, die bewegungslos in der Luft zu stehen schienen. Die Flecken wurden zu bewegten Schleiern, Sternen, Bändern, Kreisen und Punkten, die noch ungeordnet durcheinanderwirbelten, bis sie allmählich ein bestimmtes Muster bildeten, das sich wie ein Kaleidoskop ständig veränderte. Die Farben wurden intensiver und leuchtender, während die Umrisse verschwanden, ineinander übergingen und stets neue Formen bildeten . . .

Der Raum war wieder dunkel wie zuvor.

Mis beugte sich nach vorn und schaltete das künstliche Tageslicht wieder ein. Bayta rieb sich die Augen und schüttelte verwirrt den Kopf. Magnifico stand von dem Instrument auf und näherte sich den beiden.

»Ein herrliches Instrument, Mylady«, sagte er atemlos. »Hat Ihnen meine Komposition gefallen?«

»War Sie wirklich von Ihnen?« fragte Bayta erstaunt.

Der Clown wurde rot vor Freude. »Ja, Mylady. Dem Fuchs hat sie nie gefallen, aber ich habe sie oft zu meinem Vergnügen gespielt. In meiner Jugend habe ich einen herrlichen Palast gesehen, in dem ein großes Fest stattfand, das so prächtig war, wie man es sich kaum vorstellen kann. Meine Komposition ist nur eine schwache Erinnerung daran, aber mein armer Verstand kann eben nicht mehr erfassen. Ich habe sie ›Erinnerung an das Paradies‹ genannt.«

Mis hatte sich unterdessen von seiner Überraschung erholt. »Hören Sie«, warf er jetzt ein, »möchten Sie nicht auch für andere spielen, Magnifico?«

Der Clown wich erschrocken einen Schritt zurück. »Für andere?« wiederholte er ängstlich.

»Für Tausende von Menschen auf allen Planeten der Fundation«, antwortete Mis. »Möchten Sie nicht Ihr eigener Herr sein; von allen geehrt, reich und . . . und . . .« Offenbar versagte seine Phantasie. »Und so weiter? Wie? Was sagen Sie dazu?«

»Aber wie könnte ich das, hoher Herr? Ich bin doch nur ein armer Clown, der das Gespött seiner Mitmenschen ist.«

Der Psychologe schüttelte ungeduldig den Kopf. »Aber Sie spielen wie ein junger Gott, Menschenskind! Sie können sich jeden Wunsch erfüllen, wenn Sie so für den Bürgermeister und unsere anderen einflußreichen Männer spielen. Würde Ihnen das nicht gefallen?«

Der Clown sah kurz zu Bayta hinüber. »Würde *sie* bei mir bleiben?«

Bayta lachte. »Natürlich«, beteuerte sie. »Glauben Sie etwa, daß ich Sie *jetzt* im Stich lasse, wo Sie vielleicht schon bald berühmt und reich werden?«

»Ich würde Ihnen alles zu Füßen legen«, antwortete der Clown ernsthaft. »Alle Reichtümer der Galaxis würden nicht ausreichen, um meine Schuld Ihnen gegenüber abzutragen.«

»Aber zunächst müssen Sie mir helfen«, warf Mis ein.

»Wodurch?«

»Ich habe eine kleine Sonde mitgebracht, die völlig harmlos ist«, erklärte der Psychologe ihm lächelnd.

Magnifico riß erschrocken die Augen auf. »Nein, nein, nur das nicht!« wimmerte er. »Ich weiß, was die Sonden anrichten; sie rauben einem den Verstand und lassen nur eine leere Hülle zurück. Der Fuchs hat oft Verräter damit verhört und sie nachher in diesem Zustand durch die Straßen irren lassen, bis sie schließlich aus Mitleid getötet wurden.« Er hob die Hände, um Mis fortzustoßen.

»Das war eine Psycho-Sonde«, erklärte Mis ihm geduldig. »Mein Gerät tastet nur die Gehirnoberfläche ab und ist selbst für Babys ungefährlich.«

»Er hat recht, Magnifico«, drängte Bayta. »Wenn Sie ihm jetzt helfen, brauchen Sie sich nie wieder vor dem Fuchs zu fürchten. Und dann sind Sie Ihr ganzes Leben lang reich und berühmt.«

Magnifico streckte den Arm aus. »Halten Sie meine Hand dabei, Mylady?«

Bayta nahm seine zitternde Hand in ihre. Der Clown beobachtete den Psychologen ängstlich, der ihm jetzt die Elektroden anlegte.

Ebling Mis lehnte sich in den Sessel zurück und zündete sich eine Zigarre an, obwohl er genau wußte, daß der Bürgermeister normalerweise nicht gestattete, daß Besucher in seiner Anwesenheit rauchten. Vor allem dann nicht, wenn er diese Besucher ausnahmsweise in seiner Privatvilla empfing.

»Ich habe übrigens einen Vorschlag für das nächste Konzert in der Mallow Hall, Indbur«, sagte er dann. »Lassen Sie den Unsinn mit den Elektronenorgeln und fragen Sie den Clown, ob er sein Visi-Sonor spielen will. Sie werden ein blaues Wunder erleben . . .«

»Hoffentlich wollen Sie mir nicht nur einen Vortrag über Musik halten«, warf Indbur III. irritiert ein. »Was haben Sie über den Fuchs erfahren? *Das* will ich hören! Wie steht es mit dem Fuchs?«

»Mit dem Fuchs? Schön, ich will es Ihnen erzählen. Ich habe eine normale Sonde verwendet, weil der Clown solche Angst vor einer Psycho-Sonde hat, daß er wahrscheinlich überschnappen würde, sowie er die Elektroden angelegt bekommt. Wenn Sie endlich nicht mehr mit den Fingern auf den Tisch trommeln, kann ich vielleicht weitererzählen . . .

Zunächst steht fest, daß der Fuchs keineswegs so übermenschlich stark ist, wie der Clown ihn geschildert hat. Er ist bestimmt nicht schwächlich, aber Magnifico hat wahrscheinlich aus Angst vor ihm übertrieben. Er trägt eine eigenartige Brille und kann Menschen mit einem einzigen Blick töten; offenbar verfügt er also über außergewöhnliche Fähigkeiten.«

»Das wußten wir schon immer«, stellte der Bürgermeister mißmutig fest.

»Aber meine Untersuchung bestätigt diese Vermutungen. Von jetzt ab können wir mathematisch vorgehen.«

»Wirklich? Und wie lange dauert das noch? Allmählich glaube ich fast, daß Sie nur *reden* können.«

»Ungefähr vier Wochen, schätze ich. Wahrscheinlich kann ich Ihnen dann ein Ergebnis vorlegen; vielleicht aber auch nicht. Aber was soll das alles? Wenn Seldon diese Möglichkeit nicht berücksichtigt hat, haben wir ohnehin keine Chance mehr.«

Indbur III. starrte den Psychologen wütend an. »Sind Sie auch unter die Verräter gegangen? Das ist eine Lüge! Sagen Sie, daß Sie nicht zu denen gehören, die meine Arbeit doppelt schwer machen, indem sie den Defätismus innerhalb der Fundation durch Gerüchte dieser Art fördern!«

»Ich?!« Mis wurde ebenfalls wütend.

»Die Fundation siegt bestimmt — die Fundation *muß* siegen«, fuhr Indbur überzeugt fort.

»Trotz der verlorenen Schlacht bei Horleggor?«

»Das war keine Niederlage. Glauben Sie wirklich an jede Lüge? Wir waren zahlenmäßig unterlegen und wurden verraten . . .«

»Von wem?« fragte Mis verächtlich.

»Von den verdammten Demokraten!« antwortete Indbur zornig. »Ich habe schon immer gewußt, daß unsere Flotte förmlich von Demokraten durchsetzt ist. Die meisten sind in der Zwischenzeit verhaftet worden, aber damals waren noch genügend übrig, unter deren Führung zwanzig Schiffe während des Gefechts kampflos kapituliert haben. Damit war die angebliche Niederlage perfekt.«

Der Bürgermeister warf Ebling Mis einen lauernden Blick zu. »Wie steht es übrigens mit Ihren Verbindungen zu demokratischen Kreisen?«

Der Psychologe zuckte nachlässig mit den Schultern. »Lassen Sie den Unsinn, Indbur«, antwortete er. »Wie erklären Sie sich den dauernden Rückzug und den Verlust von Siwenna? Sind daran etwa auch die Demokraten schuld?«

»Nein, nicht die Demokraten.« Indbur III. lächelte überlegen. »Wir ziehen uns freiwillig zurück — wie sich die Fundation immer zurückgezogen hat, bis die geschichtliche Notwendigkeit den Ereignissen eine andere Wendung gegeben hat. Dieser Wandel zeichnet sich bereits deutlich ab, denn die illegale Untergrundbewegung auf Terminus hat sich bereits zur Zusammenarbeit mit der Regierung bereit erklärt. Das kann natürlich auch ein Trick sein, aber die propagandistischen Auswirkungen bleiben trotzdem gleich. Noch besser ist allerdings, daß . . .«

»Noch besser, Indbur?«

»Urteilen Sie selbst. Vor zwei Tagen haben die sogenannten unabhängigen Händler dem Fuchs den Krieg erklärt, wodurch unsere Flotte um tausend Schiffe vergrößert wird. Der Fuchs wird bald erkennen, daß wir überlegen sind, weil wir uns gegen die gemeinsame Bedrohung zusammenschließen. Er *muß* verlieren. Das ist unvermeidbar — wie immer . . .«

Mis blieb skeptisch. »Sie behaupten also, daß Seldon sogar das Auftauchen eines Mutanten vorausgesehen hat?«

»Ein Mutant! Wer behauptet denn, daß er mehr als ein gewöhnlicher Mensch ist? Doch nur ein Captain, der wegen Meuterei im Gefängnis sitzt, ein blutjunges Ehepaar und ein nicht ganz zurechnungsfähiger Clown. Sie scheinen zu vergessen, daß Sie selbst den besten Beweis gegen diese Theorie geliefert haben.«

»Ich?« Mis war ehrlich erstaunt.

»Ja, Sie selbst«, wiederholte der Bürgermeister. »In neun Wochen öffnet sich der Zeittresor. Weshalb? Weil eine Krise bevorsteht. Wenn dieser Angriff durch den Fuchs *nicht* die Krise ist, weshalb öffnet sich dann der Zeittresor?«

Der Psychologe zuckte mit den Schultern. »Schon gut, wenn Sie mit dieser Erklärung zufrieden sind. Sie können mir aber einen Gefallen tun und mir eine Einladung zu der feierlichen Öffnung schicken.«

»Von mir aus. Aber jetzt verschwinden Sie gefälligst und lassen sich vor Ablauf der neun Wochen nicht wieder in meiner Nähe blicken.«

»Mit allergrößtem Vergnügen«, murmelte Ebling Mis vor sich hin, während er die Villa des Bürgermeisters verließ.

18

Indbur III. traf mit seinem Gefolge um elf Uhr dreißig in dem Saal ein, in dem der Glaskasten stand, zwischen dessen Wänden Hari Seldons Abbild eine halbe Stunde später erscheinen sollte. Der Bürgermeister nahm in dem für ihn bereitgestellten Sessel in der ersten Reihe Platz und sah sich neugierig um.

Ein Beamter blieb links neben ihm stehen. »Exzellenz, die Vorbereitungen für die Ansprache heute abend sind bereits getroffen.«

»Gut. In der Zwischenzeit werden die Sendungen fortgesetzt, die sich mit der Bedeutung des heutigen Tages für die Fundation befassen. Selbstverständlich werden darin keine Vermutungen oder Spekulationen über die zukünftige Entwicklung verbreitet. Ist die Reaktion der Öffentlichkeit weiterhin zufriedenstellend?«

»Sogar sehr, Exzellenz. Die Zahl der umlaufenden Gerüchte hat sich erheblich verringert. Das allgemeine Vertrauen steigt wieder.«

»Gut!« Indbur III. entließ den Mann mit einer kurzen Handbewegung.

Nur noch zwanzig Minuten . . .

Die ausgewählten Angehörigen der großen Handelsorganisationen, die über Terminus herrschten, trafen nacheinander ein. Jeder von ihnen umgab sich mit dem Prunk, der seinen finanziellen Verhältnissen und seiner Beliebtheit bei dem Bürgermeister entsprach. Die Männer näherten sich nacheinander dem Sessel in der ersten Reihe, wurden mit einem mehr oder weniger freundlichen Kopfnicken begrüßt und durften ihre Plätze einnehmen.

Von irgendwoher erschien plötzlich Randu aus Haven und drängte sich bis zu dem Bürgermeister vor.

»Exzellenz!« murmelte er und verbeugte sich.

Indbur III. runzelte die Stirn. »Ich kann mich nicht erinnern, Ihnen eine Audienz gewährt zu haben.«

»Exzellenz, ich habe bereits vor einer Woche um eine Aussprache nachgesucht.«

»Ich bedaure, daß mich wichtige Staatsgeschäfte davon abgehalten haben . . .«

»Exzellenz, ich muß Sie dringend bitten, Ihren Befehl zu widerrufen, daß die Schiffe der unabhängigen Händler auf die Einheiten der Fundationsflotte verteilt werden sollen.«

Indbur war rot angelaufen, als er unterbrochen wurde. »Für dergleichen Diskussionen habe ich jetzt keine Zeit«, antwortete er brüsk.

»Exzellenz, ich muß auf eine sofortige Entscheidung drängen«, flüsterte Randu. »Wir können uns mit diesem Befehl unmöglich einverstanden erklären.«

Indbur warf ihm einen kalten Blick zu. »Ist Ihnen klar, daß ich der Oberbefehlshaber der verbündeten Streitkräfte bin? Habe ich also das Recht, Befehle zu erteilen, oder habe ich es nicht?«

»Selbstverständlich, Exzellenz, aber dieser eine Befehl ist äußerst unglücklich.«

»Ich bin anderer Meinung. Die Flotte muß einheitlich geführt werden, damit in entscheidenden Augenblicken keine Verwirrung entstehen kann. Die Einigung umfaßt nicht nur das Gebiet der Politik, Herr Botschafter, sondern auch die militärische Führung.«

Randu ballte die Fäuste. »Weil Seldon jetzt bald erscheint, fühlen Sie sich so sicher, daß Sie gegen uns vorgehen. Noch vor einem Monat waren Sie wie Wachs in unseren Händen, als unsere Schiffe den Fuchs bei Terel besiegt hatten. Ich darf Sie daran erinnern, Sir, daß Ihre Flotte bisher fünf Niederlagen hinnehmen mußte, während unsere bei jeder Begegnung siegreich geblieben ist.«

Indbur III. runzelte die Stirn. »Unter diesen Umständen sind Sie auf Terminus nicht länger tragbar, Herr Botschafter. Ich werde noch heute Ihre Abberufung fordern. Außerdem werde ich feststellen lassen, welche Verbindungen Sie zu den demokratischen Kreisen auf Terminus aufgenommen haben.«

»Wenn ich gehe, folgen unsere Schiffe eine Stunde später«, antwortete Randu. »Ich weiß nichts von Ihren Demokraten, aber ich weiß, daß Ihre Schiffe sich ergeben haben, weil die höchsten Offiziere Verräter waren — nicht etwa die einfachen Soldaten. In der Schlacht bei Horleggor haben sich zwanzig unbeschädigte Schiffe auf Befehl des Vizeadmirals dem Fuchs ergeben. Das ist nicht der einzige Fall, der uns bekannt geworden ist. Unter diesen Umständen wäre es unverzeihlich, wenn wir unsere Schiffe und Besatzungen unter dem Befehl potentieller Verräter lassen würden.«

»Nach Beendigung der Zeremonie werden Sie zum Raumhafen begleitet«, sagte Indbur III.

Randu wandte sich ab und kümmerte sich nicht um die höhnischen Blicke, mit denen ihn die Umstehenden bedachten.

Nur noch zehn Minuten!

Bayta und Toran hatten in der vorletzten Reihe Sitze gefunden. Jetzt erhob Toran sich und winkte seinen Onkel zu sich heran, der achtlos vorübergehen wollte.

Randu lächelte erfreut. »Ihr seid also doch gekommen? Wie habt ihr das geschafft?«

»Magnifico hat ein gutes Wort für uns eingelegt«, antwortete Toran grinsend. »Indbur besteht darauf, daß er eine Komposition über den Zeittresor schreibt, in der er vermutlich selbst die Hauptrolle spielen möchte. Magnifico wollte nur kommen, wenn wir ebenfalls anwesend waren, und setzte schließlich seinen Willen durch. Ebling Mis ist auch hier. Er muß irgendwo in der Nähe sein.« Toran schien erst jetzt der besorgte Gesichtsausdruck Randus aufgefallen zu sein. »Was ist denn los, Onkel?« erkundigte er sich.

»Uns stehen schlechte Zeiten bevor, Toran«, antwortete Randu leise. »Wenn der Fuchs besiegt ist, sind wir an der Reihe, fürchte ich.«

Ein Offizier in weißer Ausgehuniform näherte sich ihnen und begrüßte sie mit einer steifen Verbeugung.

Bayta streckte lächelnd die Hand aus. »Captain Pritcher! Haben Sie wieder ein Frontkommando bekommen?«

»Nein, leider sitze ich noch immer untätig in der Etappe. Daß ich hierher eingeladen wurde, verdanke ich selbstverständlich nur Doktor Mis. Wieviel Zeit haben wir noch?«

Es war drei Minuten vor zwölf.

Magnifico saß zusammengekauert in seinem Sessel und sah ängstlich auf, als Bayta ihn ansprach. »Glauben Sie, daß alle diese hohen Herren mir zugehört haben, als ich das Visi-Sonor gespielt habe, Mylady?« fragte er.

»Ganz bestimmt«, versicherte Bayta. »Ich bin davon überzeugt, daß ihnen das Konzert ausgezeichnet gefallen hat. In ihren Augen sind Sie bestimmt ein großer Künstler, deshalb dürfen Sie sich nicht so in Ihrem Sessel verstecken.«

Der Clown lächelte zaghaft und richtete sich etwas weiter auf.

Zwölf Uhr . . . und der Glaskasten war plötzlich nicht mehr leer. Er enthielt jetzt die Gestalt eines alten Mannes in einem Rollstuhl. Der Alte sah auf und sagte mit klarer Stimme:

»Ich bin Hari Seldon!«

Die Zuhörer schwiegen ehrfürchtig.

»Ich weiß zwar nicht, ob ich im Augenblick zu jemandem spreche«, fuhr der Alte fort, »aber das ist für mich unwichtig. Ich mache mir noch immer wegen der Durchführung meines Planes Sorgen. Allerdings ist die Wahrscheinlichkeit sehr hoch, daß keine wesentlichen Abweichungen aufgetreten sind — sie beträgt etwa vierundneunzig Prozent.

Beschäftigen wir uns aber jetzt mit dem gegenwärtigen Problem. Zum erstenmal in ihrer Geschichte sieht sich die Fundation einem Bürgerkrieg gegenüber, der allerdings noch nicht beendet zu sein braucht. Sämtliche Angriffe von außen sind bisher erfolgreich abgeschlagen worden, was den Gesetzen der Psychohistorie entspricht. Aber der augenblickliche Angriff wird von einer übermäßig freiheitlich gesinnten Gruppe von Außenseitern innerhalb der Fundation gegen die übermäßig autokratisch regierende Zentralregierung vorgetragen. Dieser Vorgang ist unvermeidbar, während die Ergebnisse leicht vorauszusagen sind.«

Die Zuhörer murmelten aufgeregt. Indbur III. hatte sich halbwegs aus seinem Sessel erhoben.

Bayta runzelte besorgt die Stirn. Wovon sprach der große Seldon eigentlich? Sie hatte einige Worte nicht deutlich genug verstanden . . .

». . . der entstehende Kompromiß ist aus zwei Gründen erforderlich und notwendig. Die Revolution der Unabhängigen Händler zeigt der allzu selbstsicher gewordenen Regierung, daß sie keineswegs unfehlbar in ihren Entscheidungen ist. Daraus ergibt sich zwangsläufig, daß die demokratischen Kräfte wieder mehr Einfluß gewinnen und . . .«

»Warum spricht er nicht endlich von dem Fuchs?« fragte Bayta leise Toran. »Die Händler haben nie rebelliert.«

Toran zuckte mit den Schultern.

Seldon sprach weiter, obwohl seine Stimme in der allgemeinen Aufregung kaum noch zu hören war.

». . . diese Koalitionsregierung war das logische und nützliche Ergebnis des Bürgerkrieges, den die Fundation überstehen mußte, um weiterhin existieren zu können. Aber jetzt kann sie sich ganz auf die Auseinandersetzung mit den Überresten des Imperiums konzentrieren, von denen ihr allerdings in absehbarer Zeit noch keine ernsthafte Gefahr droht. Das nächste Problem besteht aus . . .«

Seldons Stimme wurde völlig übertönt, als die Zuhörer aufgeregt miteinander sprachen.

Ebling Mis wandte sich an Randu. »Seldon ist anscheinend übergeschnappt!« rief er. »Jedenfalls behandelt er die falsche Krise. Haben die Händler je einen Bürgerkrieg vorbereitet?«

»Ja«, antwortete Randu leise. »Aber als der Fuchs uns alle bedrohte, haben wir den Plan zunächst zurückgestellt.«

»Dann hat Seldon also doch nicht damit gerechnet, daß ein Mutant wie der Fuchs auftauchen könnte. He, was ist denn das?«

In dem großen Saal herrschte plötzlich betroffenes Schweigen. Der Glaskasten war wieder leer, die Beleuchtung funktionierte nicht mehr, und die Klimaanlage hatte ausgesetzt. Von draußen drang lautes Sirenengeheul in den Raum.

»Luftangriff!« flüsterte Randu betroffen.

Ebling Mis hielt seine Armbanduhr ans Ohr und rief überrascht: »Das verdammte Ding steht! Hat irgend jemand eine Uhr, die noch läuft?«

Die Umstehenden wiederholten seine Bewegungen und ließen erstaunt die Arme sinken.

»Dann steht auch die Radiumuhr in dem Zeittresor«, sagte Mis laut. »Und der Fuchs greift an!«

»Sitzenbleiben!« rief Indbur III. mit schriller Stimme. »Der Fuchs ist fünfzig Parsek von hier entfernt!«

»Vielleicht vor einer Woche«, rief Mis zurück. »Aber im Augenblick greift er Terminus an!«

Dann wurde die Tür aufgerissen, und ein Beamter stürzte herein. »Exzellenz«, sagte er, »sämtliche Kraftwerke der Stadt liegen still. Die Verbindungen nach außen sind unterbrochen. Soeben wurde gemeldet, daß die Zehnte Flotte eine Niederlage erlitten hat. Die Schiffe des Gegners sind bereits in die Atmosphäre von Terminus eingetreten. Der Generalstab . . .«

»Wir ergeben uns!« flüsterte Indbur und sank ohnmächtig zu Boden.

Bayta saß wie betäubt in ihrem Sessel, als Ebling Mis sie am Ärmel zog. »Kommen Sie, wir gehen«, sagte er. »Nehmen Sie Ihren Musiker mit.«

»Magnifico«, murmelte Bayta. Der Clown wich entsetzt vor ihr zurück. Seine Augen waren glasig.

»Der Fuchs!« kreischte er. »Der Fuchs verfolgt mich!«

Er schlug wild um sich. Toran beugte sich vor und versetzte ihm einen gutgezielten Kinnhaken. Dann warf er ihn sich wie einen Sack über die Schulter und trug ihn hinaus.

Am nächsten Tag landeten die schwarzen Schlachtschiffe des Fuchses überall auf Terminus. Der Oberbefehlshaber der Invasionsflotte fuhr durch die menschenleeren Straßen von Terminus City zum Rathaus, um dort die Kapitulation entgegenzunehmen.

Die Urkunde darüber wurde genau vierundzwanzig Stunden nach Hari Seldons Erscheinen von den ehemaligen Machthabern der Fundation unterzeichnet.

Jetzt hielten nur noch die Planeten der Unabhängigen Händler aus, die logischerweise das nächste Ziel des Eroberers der Fundation sein würden.

19

Der einsam gelegene Planet Haven — der einzige Planet einer winzigen Sonne am entferntesten Rand der Galaxis — wurde belagert.

Vom rein militärischen Standpunkt aus konnte man allerdings kaum von einer energisch durchgeführten Belagerung sprechen, obwohl keiner der gegnerischen Stützpunkte mehr als zwanzig Parsek weit entfernt war. Aber in den vergangenen vier Monaten seit der endgültigen Niederlage der Fundation hatte die feindliche Flotte nacheinander jede Verbindung zwischen Haven und anderen Planeten unterbrochen und abgeriegelt.

Daß Haven sich plötzlich in ein Heerlager verwandelt hatte, weil die gesamte Flotte von den Vorposten zurückgerufen worden war, zeigte deutlich, wie aussichtslos die Lage bereits geworden war. Aber selbst das wäre noch zu ertragen gewesen, wenn der Großteil der Bevölkerung nicht bereitwillig auf die Unzufriedenen gehört hätte, die von einem raschen Frieden sprachen, der theoretisch immerhin erreichbar schien, wenn man an das Beispiel der Fundation dachte.

Bayta arbeitete in einer Fabrik und hörte deshalb mehr als andere, wie unzufrieden und kriegsmüde die Bevölkerung bereits war, obwohl sie bisher noch nichts zu ertragen gehabt hatte. Als sie nach einem langen Arbeitstag nach Hause kam, empfing Toran sie mit einem Butterbrot in der Hand. »Wo bist du so lange gewesen?« wollte er wissen. »Ich habe schon versucht, ein Abendessen auf den Tisch zu bringen, aber viel ist nicht daraus geworden, fürchte ich.«

Aber Bayta antwortete nicht gleich. »Torie!« rief sie überrascht. »Wo hast du deine Uniform gelassen? Was tust du in Zivilkleidung?«

»Befehl ist Befehl, Bay. Randu steckt schon den ganzen Nachmittag mit Ebling Mis zusammen, aber ich weiß nicht, was die beiden vorhaben.«

»Darf ich mitkommen?« fragte sie sofort.

»Wahrscheinlich«, antwortete er lächelnd. »Vielleicht ist der Auftrag aber gefährlich.«

»Was ist heutzutage noch ungefährlich?«

»Da hast du wieder recht. Magnifico ist ebenfalls benachrichtigt worden. Offenbar soll er uns begleiten.«

»Das heißt also, daß das Konzert in der Motorenfabrik ausfällt?«

»Vermutlich.«

Bayta hatte sich unterdessen an den Tisch gesetzt und goß sich eine Tasse Tee ein. »Das ist wirklich schade. Die Mädchen in der Fabrik hatten sich so auf das Konzert gefreut. Magnifico übrigens auch. Manchmal wundere ich mich direkt über ihn.«

»Wahrscheinlich wieder dein verdrängter Mutterkomplex . . .«, begann Toran lachend, aber Bayta war schon wieder ernst.

»Torie«, sagte sie.

»Hmm?«

»Torie, ich war heute im Rathaus — im Produktionsamt. Deshalb bin ich erst so spät nach Hause gekommen.«

»Was wolltest du dort?«

»Ich . . .« Bayta zögerte. »Ach, das ist eigentlich eine lange Geschichte. Ich konnte es plötzlich nicht mehr in der Fabrik aushalten. Die Leute wollen einfach nicht mehr, Torie! Die Mädchen bekommen einen hysterischen Weinkrampf nach dem anderen, ohne wirklich Anlaß dazu zu haben. Und wer nicht krank ist, läuft den ganzen Tag mit einem mürrischen Gesicht herum und ist nicht mehr ansprechbar. In meiner Abteilung ist die Produktion bereits um sechzig Prozent zurückgegangen, weil die vorgesehene Zahl von Arbeitsstunden an keinem Tag erreicht wird.«

»Schon gut«, wehrte Toran ab. »Aber was hat das Produktionsamt damit zu tun? Weswegen warst du dort?«

»Ich wollte nur ein paar Fragen beantwortet haben. Dabei hat sich herausgestellt, daß die Lage auf ganz Haven ähnlich aussieht, Torie. Die Produktion sinkt, während Unzufriedenheit und Krankmeldungen steigen. Der Leiter des Amtes kann sich diese Erscheinungen nicht erklären. Ich glaube allerdings, daß er sich gar nicht um eine Erklärung bemüht.«

»Langsam, Bay«, mahnte Toran.

»Das stimmt aber wirklich«, antwortete sie aufgebracht. »Irgend etwas stimmt hier nicht. Ich habe das gleiche Gefühl wie damals in dem Zeittresor, als Seldon uns im Stich gelassen hat. Du hast es damals auch gespürt.«

»Ja, das stimmt.«

»Und jetzt spüre ich es wieder«, fuhr Bayta fort. »Auf diese Weise können wir dem Fuchs unmöglich Widerstand leisten. Selbst wenn wir genügend Schiffe zur Verfügung haben, fehlt uns einfach der Wille . . . Torie, der Kampf ist aussichtslos . . .«

Bayta hatte noch nie in Torans Gegenwart geweint; auch jetzt sah er keine Tränen in ihren Augen, wußte aber, daß sie am liebsten geweint hätte. »Ja, ich weiß, was du meinst«, sagte er und legte ihr beruhigend die Hand auf die Schulter. »Aber wir können doch nichts dagegen unternehmen . . . «

»Ja, wir können nichts dagegen tun! Das sagen alle — und deshalb warten wir einfach geduldig, bis das Henkersschwert niedersaust.«

Toran zuckte mit den Schultern und wandte sich ab. Manchmal verstand er wirklich nicht, was in letzter Zeit in seine Frau gefahren war.

Randu, der neuernannte Koordinator der Konföderation der Städte auf Haven hatte auf eigenen Wunsch ein Arbeitszimmer im vierten Stock eines Hauses bezogen, von dem aus er einen weiten Blick über die Bäume des naheliegenden Parks hatte. Jetzt stand er am Fenster und beobachtete, wie das Licht der künstlichen Sonne allmählich schwächer wurde, weil die Schlafperiode begonnen hatte. Randu dachte nicht gern über den Symbolgehalt dieser Szene nach.

Er wandte sich zu Ebling Mis um und wies aus dem Fenster. »Auf Haven sagen wir, daß die Gerechten und Fleißigen zur Ruhe gehen, wenn die Lichter dunkler werden.«

»Schlafen Sie in letzter Zeit viel?«

»Nein, bestimmt nicht. Tut mir leid, daß ich Sie so lange aufhalte, Mis. Aber in letzter Zeit arbeite ich lieber nachts. Ist das nicht eigenartig? Das ganze Leben der Bewohner unserer Stadt richtet sich nach dem Licht, aber ich allein . . .«

»Sie wollen sich verstecken«, unterbrach Mis ihn. »Untertags sind Sie von Menschen umgeben, die ihre ganze Hoffnung auf Sie setzen. Deshalb fühlen Sie sich in dieser Zeit beobachtet. Aber während der Schlafperiode sind Sie frei und ungebunden.«

»Sie spüren es also auch? Haben Sie ebenfalls das Gefühl, daß die Niederlage unabwendbar bevorsteht?«

Ebling Mis nickte langsam. »Die reinste Massenpsychose, Randu. Aber was kann man schon anderes erwarten? Zuerst bringt man den Leuten immer wieder bei, daß der wackere Held aus dem Glaskasten alle Schwierigkeiten vorausgesehen hat, bis die Menschen wirklich davon überzeugt sind, daß er sich persönlich um jede Kleinigkeit ihres täglichen Lebens kümmert. Die zwangsläufig auftretenden Gedankenverbindungen grenzen bereits an religiöse Verehrung — und Sie wissen ebensogut wie ich, was das bedeutet.«

»Nein, das weiß ich nicht.«

Mis war wie üblich wenig erfreut darüber, daß er Dinge erklären sollte, die seiner Ansicht nach für jeden Menschen ohne weiteres verständlich waren. »Typisch dafür sind starke Glaubensreaktionen«, sagte er deshalb nur kurz. »Die Überzeugung kann nur durch einen starken Schock beeinflußt werden, der allerdings eine Art Geistesverwirrung auslöst. Milde Fälle — Hysterie und Unsicherheit. Schwere Fälle — Wahnsinn und Selbstmord.«

Randu fuhr sich mit der Hand über die Augen. »Seldon war

bisher unsere Stütze und Stab – wenn er jetzt plötzlich verschwindet, können wir nicht allein stehen, weil unsere Muskeln im Lauf der Zeit verkümmert sind.«

»Richtig. Die Metapher ist nicht übermäßig geistreich, trifft aber den Kern der Sache.«

»Und wie steht es mit Ihren Muskeln, Ebling?«

»Ein bißchen steif, aber noch nicht verkümmert«, antwortete der Psychologe. »In meinem Beruf muß man von Zeit zu Zeit unabhängig denken.«

»Sehen Sie einen Ausweg?«

»Nein, aber es muß einen geben. Vielleicht hat Seldon nie mit dem Fuchs gerechnet; vielleicht hat er unseren Sieg nie garantieren wollen. Aber andererseits war auch nicht die Rede davon, daß wir sicher unterliegen. Wir müssen uns einfach darauf einstellen, daß wir in Zukunft ohne fremde Hilfe kämpfen. Auch der Fuchs ist nicht unbesiegbar.«

»Wodurch kann er besiegt werden?«

»Mit den üblichen Methoden – wir greifen dort an, wo er schwach ist. Hören Sie, Randu, dieser Fuchs ist kein Supermann, sondern nur eine unbekannte Größe, um die sich rasch Legenden aller Art bilden. Angeblich ist er ein Mutant. Schön, was folgt daraus? Nur Dummköpfe glauben, daß ›Mutant‹ ein Synonym für ›Supermann‹ ist.

Nach vorsichtigen Schätzungen werden täglich einige Millionen Mutanten in unserer Galaxis geboren, aber nur ein oder zwei Prozent gehören nicht zu denen, die bestenfalls mikroskopische Veränderungen aufweisen. Diese Mikromutanten, die deutlich von der Norm abweichen, sind zu achtundneunzig Prozent Mißgeburten, die ohnehin nicht lange zu leben haben. Die verbleibenden zwei Prozent sind harmlose Kuriositäten, die in einer Beziehung ungewöhnlich begabt sind, während ihre sonstigen Geistesgaben oft kaum den Durchschnitt erreichen. Ist Ihnen das klar, Randu?«

»Ja, aber zu welcher Kategorie gehört der Fuchs?«

»Wenn wir voraussetzen, daß der Fuchs ein Mutant ist, können wir annehmen, daß er in irgendeiner Beziehung besonders begabt ist. Aber er hat bestimmt auch seine schwachen Seiten, die wir feststellen müssen. Er würde vermutlich nicht so zurückgezogen leben, wenn er nichts zu verbergen hätte. *Falls* er überhaupt ein Mutant ist.«

»Besteht diese zweite Möglichkeit wirklich?«

»Vielleicht. Captain Pritcher behauptet zwar, daß der Fuchs ein Mutant ist, hat aber fast keine Beweise dafür. Er beruft sich auf die Erinnerungen einiger Leute, die sich ihrerseits an den Fuchs und seine früheste Kindheit kaum erinnern können. Pritcher mußte sich auf ihre Aussagen verlassen, die der Fuchs vielleicht selbst beeinflußt hat, weil er weiß, daß sein Ruf als Supermann ihm sehr genützt hat.«

»Das ist äußerst interessant. Wie lange befassen Sie sich schon mit dieser Möglichkeit?«

»Ich habe mich nie eingehend damit befaßt, sondern bin der Meinung, daß sie einfach eine Alternative darstellt, die berücksichtigt werden müßte.«

»Wie steht es mit Ihren Untersuchungen des Clowns?« fragte Randu weiter.

Ebling Mis zögerte erstmals. »Bisher sind die Ergebnisse noch nicht sehr ermutigend. Wenn ich mehr über die mathematischen Grundlagen der Psychohistorie wüßte, könnte ich den Fuchs allein nach den Aussagen seines Hofnarren analysieren. Dann hätten wir ihn in der Tasche. Dann wären auch die Rätsel gelöst, auf die ich in letzter Zeit gestoßen bin.«

»Welche Rätsel meinen Sie?«

»Überlegen Sie selbst, Randu. Der Fuchs hat die Flotte der Fundation fast nach Belieben besiegt, aber die viel schwächeren Streitkräfte der Unabhängigen Händler haben ihm bisher jedesmal erfolgreich Widerstand geleistet. Die Fundation hat schon beim ersten Großangriff kapituliert; die Unabhängigen Händler halten nach wie vor aus. Er hat sein Depressor-Feld zuerst gegen die Flotte von Mnemon angewendet und einen Überraschungseffekt erzielt. Diese eine Schlacht ging verloren, aber seitdem ist die Waffe gegen uns nie wieder mit Erfolg angewendet worden.

Aber gegen die Flotte der Fundation war sie jedesmal erfolgreich. Auch gegen Terminus hat sie ihm zum Sieg verholfen. Warum? Von unserem Standpunkt aus gesehen ist das alles unlogisch. Deshalb müssen Faktoren eine Rolle spielen, die wir noch nicht kennen.«

»Verrat?«

»Unsinn, Randu! Die Menschen auf Terminus waren völlig davon überzeugt, daß die Fundation schließlich doch siegen würde. Glauben Sie wirklich, daß jemand auf die Seite des angeblich sicheren Verlierers übergewechselt wäre?«

Randu stand wieder am Fenster und starrte in die Dunkelheit hinaus. »Aber wir verlieren sicher, Ebling«, flüsterte er. »Nach der Episode in dem Zeittresor sind wir ohne größere Schwierigkeiten entkommen. Andere hätten uns folgen können. Einige haben es getan, aber die meisten sind geblieben. Die Schiffe der Fundation hätten nach Haven oder zu irgendwelchen anderen Planeten fliegen können, um von dort aus den Kampf fortzusetzen. Aber nicht einmal ein Prozent der gesamten Flotte hat diese Gelegenheit ausgenützt. Der Rest ist zum Feind übergegangen.

Die Untergrundbewegung auf Terminus, mit der wir immer gerechnet hatten, hat bisher nichts unternommen. Der Fuchs ist schlau genug gewesen, den Handelsherren große Zugeständnisse zu machen; sie sind ohne Ausnahmen zu ihm übergelaufen.«

»Die Plutokraten sind schon immer gegen uns gewesen«, warf Ebling Mis ein.

»Aber sie haben auch die Macht in Händen. Hören Sie zu, Ebling. Ich weiß sicher, daß der Fuchs bereits mehrere Versuche unternommen hat, mit einflußreichen Männern innerhalb unseres Bündnisses Verbindung aufzunehmen. Zumindest zehn der siebenundzwanzig Unabhängigen Planeten sind bereits auf seiner Seite; zehn oder zwölf andere schwanken noch. Selbst auf Haven gibt es genügend Leute, die sich unter seiner Herrschaft durchaus wohl fühlen würden. Offenbar wird die Versuchung übermächtig, die gefährliche Politik anderen zu überlassen, wenn man selbst die Verantwortung für das Wirtschaftsleben behalten kann.«

»Sie bezweifeln also, daß Haven dem Fuchs widerstehen kann?«

»Ja«, antwortete Randu. »Ich glaube, daß Haven nur auf die Gelegenheit wartet, so rasch wie möglich kapitulieren zu können. Deswegen habe ich Sie zu mir bitten lassen. Sie müssen fort von hier.«

Ebling Mis warf ihm einen überraschten Blick zu. »Schon so bald?«

Randu nickte müde. »Ebling, Sie sind der beste Psychologe der Fundation. Die wahren Meister auf Ihrem Fachgebiet sind mit Seldon ausgestorben, aber Sie sind trotzdem unsere letzte Hoffnung. Nur Sie können uns den Sieg über den Fuchs ermöglichen — aber nicht von hier aus; dazu müssen Sie das Zentrum des alten Imperiums aufsuchen.«

»Trantor?«

»Ganz recht. Das Imperium ist zerfallen, aber auf Trantor läßt sich bestimmt noch einiges finden. Dort können Sie vielleicht genug über die mathematischen Grundlagen der Psychohistorie lernen, um die Aussagen des Clowns zu analysieren. Er begleitet Sie selbstverständlich.«

»Aber bestimmt nicht ohne Ihre Nichte«, warf Mis trocken ein.

»Das weiß ich. Toran und Bayta fliegen deshalb ebenfalls mit. Aber das ist nicht Ihre einzige Aufgabe, Ebling. Hari Seldon hat vor dreihundert Jahren *zwei* Fundationen an entgegengesetzten Enden der Galaxis gegründet. *Sie müssen die zweite Fundation finden!*«

20

Der Palast des Bürgermeisters — oder vielmehr das prunkvolle Gebäude, das früher seine Residenz gewesen war — ragte düster vor dem Nachthimmel auf. Terminus City lag wie ausgestorben, denn der neue militärische Oberbefehlshaber hatte eine strikte Ausgangssperre nach Einbruch der Dunkelheit angeordnet.

Die Fundation hatte drei Jahrhunderte gebraucht, um sich aus den bescheidenen Anfängen einer Wissenschaftlerkolonie zu einem weitverzweigten Handelsreich zu entwickeln, das die halbe Galaxis umspannte. Aber ein halbes Jahr hatte genügt, um dieses Reich zu zertrümmern und es in eine von vielen besetzten Provinzen zu verwandeln.

Captain Han Pritcher wollte sich nicht mit dieser Tatsache abfinden. Die schweigende Stadt und der düstere Palast, den die neuen Machthaber besetzt hielten, waren symbolisch genug. Aber Captain Pritcher, der in dem weitläufigen Park der Residenz stand und eine winzige Atombombe unter der Zunge trug, wollte nicht verstehen.

Eine dunkle Gestalt kam geräuschlos näher. Der Captain beugte den Kopf.

»Die Alarmanlage ist nicht verändert worden«, flüsterte eine Stimme. »Gehen Sie wie geplant weiter! Die Anlage spricht nicht an.«

Der Captain schlich durch den gepflegten Park, den

Indbur III. hatte anlegen lassen. Er bewegte sich an den leise plätschernden Brunnen vorüber, überquerte die kiesbestreuten Wege mit äußerster Vorsicht und blieb von Zeit zu Zeit horchend hinter Bäumen stehen, weil er Schritte zu hören glaubte.

Während er auf den richtigen Augenblick wartete, in dem er weiter vordringen konnte, dachte er an den Tag vor vier Monaten zurück, der dazu geführt hatte, daß er nach wochenlanger Suche endlich die Überreste der Untergrundbewegung ausfindig machte . . .

Pritcher hatte miterlebt, wie Seldon in dem Zeittresor erschienen war, und hatte sich in der allgemeinen Aufregung unauffällig entfernen können. Nachdem er sich Zivilkleider verschafft und sich einen Bart hatte stehen lassen, suchte er nach einer bestimmten Adresse in Newton, einem der Arbeitervororte von Terminus City.

Der Mann, der ihm die Tür geöffnet hatte, starrte ihn mißtrauisch an.

»Der Frühling hat begonnen«, murmelte Pritcher.

»Dieses Jahr ziemlich früh«, erwiderte der andere.

»Aber nicht früher als letztes Jahr«, antwortete der Captain.

Aber der Mann trat nicht beiseite. »Wer sind Sie?« fragte er.

»Sind Sie nicht der Wolf?«

»Stellen Sie immer Fragen, wenn Sie antworten sollen?«

Pritcher holte tief Luft und sagte ruhig: »Ich bin Captain Han Pritcher vom Nachrichtendienst und Mitglied der Demokratischen Untergrundpartei. Lassen Sie mich jetzt ein?«

Der Wolf trat in den Hausflur zurück. »Ich heiße eigentlich Orum Palley.«

Er streckte die Hand aus. Pritcher schüttelte sie.

Der kleine Raum war behaglich eingerichtet, aber nicht übermäßig luxuriös. In einer Ecke stand ein dekorativer Buchfilm-Projektor, der allerdings eher wie ein großer Strahler aussah, wenn man ihn mit den Augen eines Geheimdienstlers betrachtete. Das Projektionsobjektiv war auf die Tür gerichtet, konnte aber fernbedient werden.

Der Wolf hatte beobachtet, wohin sein bärtiger Gast sah, und lächelte jetzt grimmig. »Richtig geraten«, sagte er dabei. »Aber das Ding stammt noch aus der guten alten Zeit, als wir es nur mit Indbur und seinen Schergen zu tun hatten. Gegen den Fuchs würde es vermutlich nur wenig helfen. Vor ihm ist überhaupt niemand sicher, habe ich gehört.« Er lächelte nicht mehr. »Aber wenn Sie etwas sagen oder tun, das mir nicht gefällt, bleibt nur noch ein häßlicher Brandfleck von Ihnen zurück. Wissen Sie das?«

»Was wollen Sie noch?« fragte Pritcher wütend. »Ich habe die richtige Parole gewußt. Wenn Sie wollen, zeige ich Ihnen sogar meinen Ausweis.«

Der andere machte eine abwehrende Handbewegung. »Oh, ich bin davon überzeugt, daß Sie wirklich Pritcher sind. Aber heutzutage gibt es viele, die mit der richtigen Parole, gültigen Ausweisen und der richtigen *Identität* auftreten — und trotzdem in den Diensten des Fuchses stehen. Haben Sie schon einmal von Levvaw gehört?«

»Ja.«

»Er arbeitet für den Fuchs.«

»Was? Er . . .«

»Ja. Dabei war er der Mann, der angeblich lieber gestorben wäre, als sich vorzeitig zu ergeben.« Der Wolf lächelte grimmig. »Willig arbeitet ebenfalls für den Fuchs. Garre und Noth — desgleichen! Warum also nicht auch Pritcher? Wie soll ich das beurteilen?«

Der Captain schüttelte den Kopf.

»Aber das ist nicht weiter wichtig«, fuhr der Wolf fort. »Wenn Noth übergelaufen ist, hat er mich bestimmt erwähnt — deshalb sind Sie in größerer Gefahr als ich, wenn Sie noch auf unserer Seite stehen.«

»Wo finde ich Anschluß?« fragte der Captain. »Die Fundation hat sich zwar ergeben, aber ich bin noch lange nicht damit einverstanden.«

»Wirklich? Jedenfalls können Sie nicht ewig weiterwandern, Captain. Heutzutage muß jeder Zivilist einen gültigen Ausweis besitzen. Haben Sie einen? Außerdem müssen sich alle ehemaligen Offiziere im Hauptquartier der Besatzungsmacht melden. Dazu gehören Sie doch auch, was?«

»Richtig«, antwortete Pritcher. »Aber ich weiß auch, weshalb dieser Befehl erteilt worden ist. Die Offiziere sind zu gefährlich, weil sie potentielle Anführer einer Revolution sein könnten. Deshalb wurden zum Beispiel auf Kalgan sämtliche Offiziere verhaftet, das weiß ich aus eigener Erfahrung.«

Der andere nickte. »Das ist nur logisch. Der Fuchs will offenbar reinen Tisch machen.«

»Deshalb habe ich mir Zivilkleidung verschafft und mir den

Bart stehen lassen. Vielleicht sind andere auf die gleiche Idee gekommen.«

»Sind Sie verheiratet?«

»Meine Frau ist gestorben. Ich habe keine Kinder.«

»Wollen Sie meinen Rat annehmen?«

»Gern.«

»Ich weiß natürlich nicht, was der Fuchs in Zukunft vorhat, aber bisher werden Facharbeiter sehr gut behandelt. Die Löhne sind erhöht worden, um die Produktion nuklearer Waffen zu steigern.«

»Wirklich? Wahrscheinlich plant er eine weitere Offensive.«

»Das steht nicht unbedingt fest. Der Fuchs ist so gerissen, daß er die Arbeiter vielleicht nur deshalb besser bezahlt, um sie damit zum Schweigen zu bringen. Sie tragen Arbeitskleidung. Bedeutet das nicht etwas?«

»Ich bin kein Facharbeiter.«

»Aber Sie haben Ihre militärische Ausbildung.«

»Selbstverständlich.«

»Das reicht völlig. Ich zeige Ihnen den Weg zu der nächsten Munitionsfabrik. Sie brauchen nur in das Einstellungsbüro zu gehen und zu sagen, daß Sie arbeiten wollen. Dann bekommen Sie einen Ausweis und vielleicht sogar eine Unterkunft. Am besten machen Sie sich gleich auf den Weg.«

Auf diese Art und Weise verwandelte Captain Han Pritcher sich in den Arbeiter Lo Moro und sank gleichzeitig vom Geheimdienstagenten auf die Stufe des ›Verschwörers‹ herab. Er war ein Arbeiter wie jeder andere, nahm freitags seine Lohntüte in Empfang, verbrachte die Abende in Kneipen und sprach nie über Politik.

Zwei Monate lang traf er nicht mehr mit dem Wolf zusammen.

Aber nach Ablauf dieser Zeit ging ein anderer Arbeiter wie zufällig an seinem Platz vorbei und drückte ihm einen Zettel in die Hand, auf dem nur das Wort ›Wolf‹ stand. Am selben Abend fand Pritcher sich in Palleys Haus ein und nahm an einer Partie Poker teil. Die beiden anderen Spieler neben Palley kannte er nur dem Namen nach. Die Unterhaltung fand während des Spieles statt.

»Wir müssen endlich handeln«, begann Pritcher. »Seit achtzig Jahren beschränkt sich die Untergrundbewegung darauf, den richtigen historischen Augenblick abzuwarten. Wir alle haben zu sehr Seldons Theorie vertraut, daß einzelne Menschen keinen entscheidenden Einfluß auf den Gang der Geschichte haben können.« Er warf einen Blick auf seine Karten und fragte beiläufig: »Warum ermorden wir den Fuchs nicht einfach?«

»Und was hätten wir davon?« wollte der Mann neben ihm wissen.

»Das ist wieder einmal typisch«, antwortete der Captain, während er zwei Karten ablegte. »Was bedeutet schon ein Mann, wenn Billiarden andere weiterleben? Die Galaxis rotiert auch nach seinem Tod weiter. Aber der Fuchs ist kein einfacher Mann, er ist ein Mutant. Er hat Seldons Plan behindert und damit die Entwicklung der letzten dreihundert Jahre zunichte gemacht. Hätte er nie gelebt, wäre die Fundation nicht besiegt worden. Würde er ermordet, bliebe sie nicht mehr lange besiegt. Die Demokraten haben sich achtzig Jahre lang vergeblich mit friedlichen Mitteln gegen die Bürgermeister und Handelsherren zur Wehr gesetzt. Meiner Meinung nach ist es allmählich Zeit für handfestere Methoden — zum Beispiel für ein Attentat.«

»Wie?« fragte der Wolf sofort.

»Ich habe lange darüber nachgedacht, ohne eine Lösung zu finden«, antwortete Pritcher langsam. »Aber seit ich hier bin, ist mir eine Möglichkeit eingefallen.« Er sah zu dem Mann hinüber, der rechts von ihm saß. »Sie waren Kammerherr des letzten Bürgermeisters. Ich wußte gar nicht, daß Sie ebenfalls zu der Untergrundbewegung gehören.«

»Ich wußte auch nichts von Ihnen.«

»In Ihrer Eigenschaft als Kammerherr mußten Sie in regelmäßigen Zeitabständen die Alarmanlage des Palastes überprüfen.«

»Richtig.«

»Und der Fuchs bewohnt jetzt den gleichen Palast.«

»Das ist allgemein bekannt, obwohl er ein äußerst zurückhaltender Eroberer ist, der sich nie in der Öffentlichkeit zeigt.«

»Das ist für unsere Zwecke unwichtig. Wir brauchen nur einen Mann, der die Alarmanlage kennt.«

»Tut mir leid, Captain«, antwortete der ehemalige Kammerherr. »Ich habe die Anlage überprüft, aber das war nur Routinearbeit. Ich habe keine Ahnung, wie sie funktioniert.«

»Das habe ich erwartet — aber Ihr Unterbewußtsein enthält ein genaues Bild der gesamten Anlage. Wir brauchen nur eine Psycho-Sonde anzuwenden, um es an die Oberfläche zu bringen.«

Der andere wurde blaß. »Eine Psycho-Sonde?« wiederholte er tonlos.

»Sie brauchen keine Angst zu haben«, versicherte Pritcher ihm. »Ich weiß recht gut, wie man damit umgeht. Wenn sie vorsichtig angewendet wird, ist sie völlig ungefährlich. Außerdem ist das eben Ihr Risiko, das Sie in diesem Fall eingehen müssen.

Ich bin davon überzeugt, daß sich ein Fachmann unter uns befindet, der die Wellenlänge der Alarmanlage berechnen kann, wenn er weiß, wie sie aufgebaut ist. Andere können eine kleine Zeitbombe konstruieren, die für diesen Zweck geeignet ist — und ich bringe sie in den Palast.«

Der Captain lächelte und fuhr fort: »An einem bestimmten Abend kommt es in unmittelbarer Nähe des Palastes zu einem kleinen Aufruhr. Daraus braucht kein blutiger Kampf zu entstehen. Mir genügt es bereits, wenn die Palastwache für kurze Zeit abgelenkt ist . . .«

An diesem Abend begannen die Vorbereitungen, die fast einen Monat lang dauerten. Als sie endlich abgeschlossen waren, sank Captain Han Pritcher vom Verschwörer noch ein gutes Stück weiter auf die Stufe des ›Attentäters‹ herab.

Jetzt befand er sich bereits innerhalb des Palastes und konstatierte zufrieden, daß seine Psychologie sich als richtig erwiesen hatte. Ein gutarbeitendes Alarmsystem bedeutete, daß Wachposten fast überflüssig waren. Und in diesem Fall waren im Innern des Palastes tatsächlich keine stationiert.

Er hatte den Weg genau im Kopf, stieg geräuschlos die breite Treppe in den ersten Stock hinauf und schlich nach rechts den Korridor entlang, bis er die Tür eines bestimmten Raumes erreicht hatte. Die Zeitbombe würde in fünf Minuten explodieren. Der Fuchs hatte nur noch wenige Minuten zu leben — und Captain Pritcher ebenfalls . . .

Er trat plötzlich einige Schritte weiter vor. Der Plan war bereits geglückt, der Anschlag konnte nicht mehr vereitelt werden. Wenn die Bombe explodierte, lag der ganze Palast in Trümmern. Aber Pritcher wollte den Fuchs sehen, bevor er starb.

Deshalb schlug er jetzt mit der geballten Faust gegen die Tür . . .

Sie öffnete sich und gab den Blick auf einen hellerleuchteten Raum frei.

Captain Pritcher stolperte und wäre fast gefallen. Der Mann in der schwarzen Uniform hinter dem breiten Schreibtisch machte eine einladende Handbewegung. »Kommen Sie herein, Captain!« forderte er Pritcher auf.

Der Captain hatte das Gefühl, als schwelle die winzige Kugel unter seiner Zunge immer mehr an — was selbstverständlich ausgeschlossen war. Aber sie würde in zwei Minuten explodieren.

»Spucken Sie das dumme Ding lieber aus, damit Sie anständig sprechen können«, sagte der Uniformierte. »Es explodiert ganz bestimmt nicht.«

Pritcher wartete die letzte Minute ab. Dann senkte er den Kopf und ließ die Silberkugel in die Handfläche fallen. Als er sie wütend an die Wand warf, fiel sie zu Boden und rollte harmlos über den weichen Teppich davon.

Der Uniformierte zuckte mit den Schultern. »Das wäre also erledigt. Allerdings hätte es Ihnen ohnehin nichts genützt, Captain. Ich bin nicht der Fuchs. Leider müssen Sie mit seinem Vizekönig vorliebnehmen.«

»Woher haben Sie das alles gewußt?« fragte der Captain verblüfft.

»Unser Geheimdienst arbeitet sehr zuverlässig. Ich kann Ihnen genau sagen, wer an den Vorbereitungen beteiligt war, welche Rolle die einzelnen Männer dabei gespielt haben . . .«

»Und trotzdem haben Sie uns nicht schon früher verhaften lassen?«

»Warum denn? Zu meinen Aufgaben hier gehört es auch, Verbindung mit Leuten wie Ihnen aufzunehmen. Ich hätte Sie schon vor einigen Monaten verhaften lassen können, als Sie noch Fabrikarbeiter waren, aber so bin ich eher mit Ihnen zufrieden. Wären Sie nicht selbst auf die Idee mit dem Attentat gekommen, hätte einer meiner Leute Ihnen einen ähnlichen Vorschlag gemacht. Das Ergebnis wäre allerdings ähnlich humorvoll gewesen.«

Der Captain schüttelte heftig den Kopf. »Ich kann daran nichts humorvoll finden. Ist jetzt alles vorbei?«

»Ganz im Gegenteil, Captain. Kommen Sie, setzen Sie sich lieber. Lassen wir die heldenhaften Worte für die Einfaltspinsel, die dafür empfänglich sind. Sie sind ein fähiger Mann, Captain. Unseren Berichten nach waren Sie sogar der erste Geheimdienstagent, der erkannt hat, wie gefährlich der Fuchs der Fundation werden konnte. Seit damals haben Sie sich auf eigene Gefahr intensiv mit dem Vorleben dieses Mannes beschäftigt. Sie haben auch geholfen, als sein Clown entführt wurde, der übrigens noch immer nicht wiederaufgetaucht ist. Ihre Fähigkeiten werden durchaus anerkannt, und der Fuchs gehört nicht zu denen, die fähige Feinde fürchten, solange Aussicht besteht, daß sie sich in ebenso fähige Freunde verwandeln.«

»*Darauf* wollen Sie also hinaus? Nein, nein!«

»Doch! Nur deshalb habe ich zugelassen, daß Sie heute abend Ihre kleine Komödie aufführten. Sie sind ein intelligenter Mann, aber Ihre Verschwörungen gegen den Fuchs sind jedesmal fehlgeschlagen. Diesen letzten Versuch kann man allerdings kaum als eine regelrechte Verschwörung bezeichnen. Oder haben Sie etwa auf der Militärakademie gelernt, daß man Himmelfahrtsunternehmen organisiert, wenn noch andere Möglichkeiten bestehen?«

»Nein, aber diese anderen Möglichkeiten gibt es nicht.«

»Doch«, versicherte ihm der Vizekönig. »Der Fuchs hat die Fundation erobert und verwandelt sie jetzt in eine Basis für größere Unternehmungen, die seinem endgültigen Ziel dienen.«

»Wie sieht dieses Endziel aus?«

»Der Fuchs will die gesamte Galaxis beherrschen und die Trümmer des alten Imperiums zu einem neuen Reich zusammenfügen. Das bedeutet nichts anderes als die vorzeitige Erfüllung des Seldon-Planes, Sie verbohrter Patriot. Und bei dieser Aufgabe sollen Sie uns helfen.«

»Das könnte ich natürlich. Aber ich tue es bestimmt nicht.«

»Sie wissen vielleicht, daß nur noch vier Unabhängige Planeten nicht besetzt sind«, fuhr der Vizekönig fort. »Sie halten sich bestimmt nicht mehr sehr lange. Dann ist die gesamte Fundation in unseren Händen — und nur Sie wollen weiterhin Widerstand leisten?«

»Ja.«

»Aber nicht lange, das verspreche ich Ihnen. Freiwillige sind uns am liebsten, aber auch Männer, die wir zwingen müssen, können wertvolle Dienste leisten. Unglücklicherweise ist der Fuchs im Augenblick nicht auf Terminus. Er leitet den Feldzug gegen die letzten Händler. Aber er steht mit uns in ständiger Verbindung. Sie brauchen also nicht lange zu warten.«

»Worauf?«

»Auf Ihre Konversion.«

»Ich bezweifle sehr, daß der Fuchs dazu imstande ist«, antwortete Pritcher.

»Sie werden sehen, daß Ihre Zweifel ungerechtfertigt sind. *Ich* habe auch nicht widerstehen können. Sie erkennen mich nicht?

Kommen Sie, Captain, Sie waren auf Kalgan und haben mich dort gesehen. Damals trug ich eine pelzbesetzte Purpurrobe und . . .«

»Richtig, Sie sind der ehemalige Herzog von Kalgan«, rief Pritcher überrascht.

»Ja. Und jetzt bin ich der getreue Vizekönig des Fuchses. Sie sehen selbst, daß seine Überredungskraft beträchtlich sein muß.«

21

Die Blockade war erfolgreich überwunden. Selbst die riesige Flotte, die der Fuchs unter seinem Befehl versammelt hatte, konnte den Raum um Haven nicht völlig abriegeln. Ein einzelnes Schiff mit einem guten Piloten, der noch dazu etwas Glück hatte, fand genügend Lücken, durch die es hinausschlüpfen konnte.

Toran war ein ausgezeichneter Pilot. Er steuerte das Schiff durch die feindlichen Linien und hielt sich dabei immer in der Nähe anderer Planeten, weil dort die Ortungsgeräte der Gegner entweder falsch oder gar nicht anzeigten. Zum ersten Male seit über vier Monaten hatte er nicht mehr das Gefühl, eingesperrt und von allen anderen Menschen isoliert zu sein.

Ebling Mis betrat den Kontrollraum, wo Toran eben den nächsten Sprung berechnete. »Was gibt es?« erkundigte Toran sich ungeduldig.

»Keine Ahnung«, antwortete Mis. »Der Nachrichtensprecher hat eben eine neue Sondermeldung angekündigt. Ich dachte, daß sie dich vielleicht interessieren würde.«

»Danke, ich komme gleich«, gab Toran zurück und rechnete weiter.

Wenige Minuten später saß er neben Ebling vor dem Funkgerät. Die Sondermeldungen wurden immer nach dem gleichen Schema gesendet – zuerst Märsche, dann einige weniger wichtige Nachrichten und schließlich lautes Trompetengeschmetter, dem der eigentliche Höhepunkt folgte.

Auch diesmal verlief alles wie üblich. Der Nachrichtensprecher verlas mit monotoner Stimme einige Meldungen, in denen von heftigen Kämpfen in der Nähe von Iss und Mnemon die Rede war, wobei angedeutet wurde, daß diese beiden Planeten vermutlich nur noch wenige Tage aushalten würden.

Dann klangen Trompeten auf. Eine andere Stimme verkündete langsam:

»Auf Befehl unseres Souveräns wird bekanntgegeben, daß der Planet Haven, der sich bisher in kriegsähnlicher Opposition gegen Seinen Willen befunden hat, die Waffen gestreckt und seine Kapitulation angeboten hat. In diesem Augenblick wird der Planet von unseren Streitkräften besetzt, nachdem der zunächst noch auftretende Widerstand rasch gebrochen werden konnte.«

Nach der Meldung erklang fröhliche Tanzmusik, bis Ebling aufstand und das Gerät ausschaltete.

Toran erhob sich und verschwand wortlos wieder in dem Kontrollraum. Mis hielt ihn nicht zurück, sondern wandte sich an Bayta, die eben aus der Kombüse kam.

»Haven ist gefallen«, sagte er.

»Schon?« antwortete Bayta nur.

»Fast kampflos«, fügte Mis hinzu. »Diese . . .« Er beherrschte sich gerade noch rechtzeitig. »Am besten läßt du Toran ganz in Ruhe. Die Nachricht hat ihn schwer mitgenommen. Vielleicht essen wir heute allein.«

Bayta warf einen Blick auf die Tür des Kontrollraumes und wandte sich hoffnungslos wieder ab. »Wahrscheinlich hast du recht.«

Magnifico saß unbeachtet in einem Sessel. Er sprach kein Wort, sondern starrte nur angsterfüllt vor sich hin.

Ebling Mis schob den Teller zurück. »Das begreife ich einfach nicht«, meinte er. »Die beiden anderen Händlerplaneten kämpfen weiter. Sie haben große Verluste, aber trotzdem sterben sie lieber, als sich zu ergeben. Nur Haven . . . Genau wie die Fundation . . .«

»Aber warum? Warum nur?«

Der Psychologe schüttelte den Kopf. »Irgendwie gehört das alles zu dem Problem, über das wir schon oft genug gesprochen haben. Der Fuchs hat zunächst die Fundation fast kampflos erobert, während die Unabhängigen Planeten Widerstand leisteten. Das Depressor-Feld war keineswegs entscheidend — und hat sich vor allem nur auf die Schiffe der Fundation ausgewirkt.«

Mis runzelte die Stirn. »Randu hat mich einmal gefragt, ob der Fuchs nicht auch eine Möglichkeit entdeckt haben könne, den Kampfwillen seiner Gegner auszuschalten. Damals habe ich ihn fast ausgelacht, aber je länger ich darüber nachdenke, desto wahrscheinlicher wird seine Vermutung. Vielleicht ist Haven deshalb gefallen. Aber warum hat er dann Mnemon und Iss nicht auf gleiche Weise beeinflußt?«

»Zuerst die Fundation, dann Haven«, flüsterte Bayta. »Ich glaube wirklich fast, daß wir vom Unglück verfolgt werden, ohne daß es uns ganz erreicht. Wir entkommen immer gerade noch rechtzeitig. Wie lange das noch dauert?«

Aber Ebling Mis hatte gar nicht zugehört. »Außerdem haben wir noch ein anderes Problem zu lösen«, murmelte er vor sich hin. »Erinnerst du dich an die Nachricht, daß der Hofnarr des Fuchses vermutlich nach Haven entführt worden sei, weil er auf Terminus nicht zu finden war? Ich kann mir einfach nicht erklären, warum Magnifico so wichtig sein soll, Bayta. Wahrscheinlich weiß er etwas über den Fuchs, das er auf keinen Fall verraten darf. Ich bin allmählich fest davon überzeugt.«

Magnifico war leichenblaß geworden und stotterte jetzt: »Sire . . . edler Herr, ich schwöre Ihnen, daß ich nichts zurückgehalten habe. Sie haben mich doch selbst mit der Sonde untersucht und dabei Erinnerungen zutage gefördert, die mir längst nicht mehr bewußt waren.«

»Ich weiß, ich weiß«, wehrte Mis ungeduldig ab. »Aber trotzdem muß es sich um eine Kleinigkeit handeln, die ich bisher übersehen habe. Ich *muß* sie finden, denn Mnemon und Iss können sich bestimmt nicht mehr lange halten — und dann sind wir die letzten Überlebenden der ehemals unabhängigen Fundation.«

Zwei Wochen später schrak Toran von der Arbeit auf, als ein schrilles Alarmsignal ertönte. Er schob die Karten von sich fort, auf denen er den bisherigen Kurs des Schiffes eingetragen hatte, und warf einen erschrockenen Blick auf die rote Warnleuchte, die stetig blinkte. Der Bildschirm zeigte keine Veränderung, aber das Alarmsystem funktionierte auch über weitere Entfernungen einwandfrei, die außerhalb der Reichweite des Gerätes lagen.

Bayta kam hereingestürzt. »Was ist los, Torie?« fragte sie aufgeregt.

»Wir sind entdeckt worden«, antwortete Toran und machte ein trübseliges Gesicht.

»Entdeckt?« wiederholte Bayta entsetzt. »Von wem denn?«

»Das mag der Teufel wissen«, murmelte Toran vor sich hin. »Aber wahrscheinlich von einem Schiff, dessen Kanoniere nur noch auf den Feuerbefehl warten.« Er schaltete das Funkgerät ein und schickte die Kennziffer der *Bayta* in den Subäther hinaus.

Als Ebling Mis wenige Minuten später mit verschlafenem Gesicht im Kontrollraum erschien, berichtete Toran mit verzweifelter Gelassenheit: »Irgendwie haben wir die Grenzen eines der inneren Königreiche verletzt — genauer gesagt die Grenzen der Autarkie Filia.«

»Nie davon gehört«, sagte Mis.

»Ich auch nicht«, antwortete Toran, »aber die Filianer haben uns trotzdem aufgehalten. Ich habe keine Ahnung, was das zu bedeuten hat.«

Der Inspektor des Kriegsschiffs, das die *Bayta* angehalten hatte, kam mit einem sechsköpfigen Prisenkommando an Bord. Er war untersetzt gebaut, fast kahlköpfig und schmallippig. Nachdem er sich in dem bequemsten Sessel niedergelassen hatte, schlug er ein Notizbuch auf und räusperte sich gewichtig.

»Ihre Pässe und die Schiffspapiere, bitte«, verlangte er dann.

»Damit können wir leider nicht dienen«, erwiderte Toran.

»Keine Papiere, wie?« Er griff nach dem Mikrophon an seinem Gürtel und sprach rasch hinein. »Drei Männer und eine Frau. Keine ausreichende Legitimation.« Diese Tatsache wurde in dem Notizbuch vermerkt.

»Woher kommen Sie?« fragte er weiter.

»Von Siwenna«, antwortete Toran.

»Wo liegt das?«

»Einhundertviertausend Parsek von Trantor entfernt; dreiundachtzig Grad West, vierzehn Grad . . .«

»Schon gut, schon gut!« Toran sah, daß der Beamte bereits geschrieben hatte: »Heimatplanet — Peripherie.«

»Wohin wollen Sie?« fragte der Filianer.

»Nach Trantor«, gab Toran Auskunft.

»Zweck?«

»Vergnügungsreise.«

»Fracht an Bord?«

»Nein.«

»Hmm, das muß noch überprüft werden.« Er nickte zwei Soldaten zu, die sofort aufsprangen. Toran widersprach nicht.

»Was suchen Sie innerhalb unserer Grenzen?« Der Filianer machte ein unfreundliches Gesicht.

»Das war nur ein Versehen. Unsere Karten sind nicht zuverlässig genug.«

»Das kostet Sie hundert Credits extra — und natürlich sind auch die üblichen Gebühren für Zoll und so weiter zu entrichten.«

Der Inspektor sprach wieder in sein Mikrophon und hörte dann längere Zeit zu, nachdem er den Kopfhörer angelegt hatte, der bisher an seinem Gürtel gehangen hatte. Dann wandte er sich wieder an Toran. »Kennen Sie sich mit Atomtriebwerken aus?«

»Ein wenig«, antwortete Toran vorsichtig.

»Wirklich?« Der Filianer klappte sein Notizbuch zu und stand auf. »Bei Ihnen in der Peripherie weiß fast jeder ziemlich viel auf diesem Gebiet, habe ich mir sagen lassen. Ziehen Sie sich Ihren Schutzanzug an. Sie kommen mit mir.«

»Wohin?« fragte Toran aufgebracht.

»Unser Triebwerk funktioniert in letzter Zeit nicht mehr richtig — wahrscheinlich muß es neu justiert werden.« Der Inspektor deutete auf Magnifico, der sich zitternd in eine Ecke gedrückt hatte. »Der Mann dort drüben kommt ebenfalls mit.«

»Was hat er damit zu tun?« protestierte Toran.

Der Beamte warf ihm einen abschätzenden Blick zu. »In dieser Gegend sind Piratenüberfälle gemeldet worden. Die Beschreibung eines der Verbrecher paßt ungefähr auf Ihren Freund hier. Deshalb muß er an Bord unseres Schiffes überprüft werden — eine reine Routineangelegenheit.«

Toran zögerte unentschlossen, aber sechs bewaffnete Soldaten waren ein überzeugendes Argument. Er holte die Schutzanzüge aus dem Schrank.

Eine Stunde später stand er wütend auf und gab dem Meßgerät einen Tritt, obwohl er genau wuße, wie teuer solche Instrumente waren. »Das Triebwerk ist völlig in Ordnung!« sagte er dabei. »Welcher Trottel ist eigentlich dafür verantwortlich?«

»Ich«, antwortete der Chefingenieur ruhig.

»Bringen Sie mich zu dem Captain . . .«

Er wurde auf das Offiziersdeck geführt und mußte in einem Vorzimmer warten, in dem nur ein gelangweilter Gefreiter saß.

»Wo steckt der Mann, der mit mir an Bord gekommen ist?« wollte Toran wissen.

»Warten Sie, bitte«, sagte der Gefreite nur.

Erst fünfzehn Minuten später wurde Magnifico hereingebracht.

»Was haben sie mit dir angestellt?« fragte Toran leise.

»Nichts. Gar nichts.« Magnifico schüttelte nachdrücklich den Kopf.

Die Autarkie Filia war schließlich mit zweihundertfünfzig Credits zufrieden – fünfzig Credits kostete allein die sofortige Abfertigung –, dann waren sie wieder frei.

»Sind wir nicht einmal eine Eskorte wert?« fragte Bayta mit einem gezwungenen Lächeln. »Wollen Sie uns nicht bis an die Grenze begleiten?«

»Das war kein Schiff aus Filia – und wir fliegen nicht sofort weiter«, antwortete Toran nachdrücklich. »Kommt her.«

Die anderen versammelten sich neugierig um ihn.

»Das war ein Fundationsschiff«, stellte Toran fest. »An Bord waren die Leute des Fuchses.«

Ebling Mis bückte sich nach seiner Zigarre, die ihm aus der Hand gefallen war. »Hier?« fragte er ungläubig. »Wir sind doch dreißigtausend Parsek von der Fundation entfernt.«

»Aber *wir* sind hier. Und was sollte sie davon abhalten, den gleichen Flug zu unternehmen? Glaubst du wirklich, daß ich ein Schiff nicht von einem anderen unterscheiden kann, Ebling? Ich habe die Triebwerke gesehen – und das genügt mir völlig. Ich sage euch, das war ein Fundationsantrieb in einem Fundationsschiff!«

»Und wie sind sie hierhergekommen?« warf Bayta ein. »Wie groß ist die Wahrscheinlichkeit, daß zwei bestimmte Schiffe sich irgendwo im Raum treffen?«

»Was hat das wieder damit zu tun?« wollte Toran wissen. »Wir sind eben verfolgt worden.«

»Verfolgt?« wiederholte Bayta spöttisch. »Durch den Überraum?«

»Das ist durchaus möglich«, erklärte Ebling ihr, »wenn man ein gutes Schiff und einen ausgezeichneten Piloten zur Verfügung hat. Aber ich glaube trotzdem nicht recht daran.«

»Ich habe mir aber keine Mühe gegeben, unsere Spur zu verwischen«, gab Toran zu bedenken. »Selbst ein Blinder hätte unseren voraussichtlichen Kurs berechnen können.«

»Unsinn!« rief Bayta. »Unser ursprünglicher Kurs bedeutet gar nichts! Du weißt selbst, wie oft wir an unvorhergesehenen Stellen in den Normalraum zurückgekehrt sind.«

»Mit dem ganzen Geschwätz vergeuden wir nur Zeit«, wehrte Toran ab. »Ich weiß bestimmt, daß es ein Fundationsschiff war. Es hat uns aufgehalten. Es hat uns durchsucht. Der Captain hat Magnifico verhört – allein – und mich als Geisel an Bord genommen, damit wir in der Zwischenzeit nicht auf dumme Gedanken kommen. Aber jetzt schießen wir das Schiff ab!«

»Langsam, junger Freund«, mahnte Ebling und hielt ihn am Arm fest. »Willst du uns alle in Lebensgefahr bringen, nur weil du glaubst, daß es sich dabei um ein feindliches Schiff handelt? Bist du wirklich der Meinung, daß uns jemand auf einer unmöglichen Route durch die halbe Galaxis verfolgt, uns inspiziert und *wieder laufen läßt?«*

»Die anderen interessieren sich aber noch immer für unser Ziel.«

»Warum haben sie uns dann aufgehalten und uns dadurch gewarnt? Das ist doch geradezu widersinnig.«

»Ich tue, was ich für richtig halte. Laß mich los, Ebling, sonst schlage ich dich nieder.«

Magnifico hatte die Unterhaltung bisher schweigend verfolgt, aber jetzt mischte er sich plötzlich ein. »Ich bitte um Verzeihung, wenn ich Sie unterbreche«, sagte er, »aber mein armer Verstand wird plötzlich von einem merkwürdigen Gedanken geplagt.«

Bayta antwortete an Torans Stelle. »Sprechen Sie nur weiter, Magnifico. Wir hören alle gern zu.«

»Während ich mich auf dem fremden Schiff befand, war ich vor Angst und Schreck wie gelähmt«, fuhr der Clown fort. »Die Männer stellten viele Fragen, die ich nicht verstand, weil ich mich nie mit den Dingen befaßt habe, von denen sie sprachen. Aber bevor ich wieder entlassen wurde, erkannte ich das Gesicht eines Mannes, den ich nur flüchtig gesehen hatte. Und seitdem erinnere ich mich immer deutlicher.«

»Wen haben Sie gesehen?« fragte Toran.

»Den Captain, der damals bei Ihnen war, als Sie mich aus der Sklaverei errettet haben.« Magnifico lächelte stolz, als er sah, daß seine Antwort die erwartete Wirkung hatte.

»Captain . . . Han . . . Pritcher?« wiederholte Mis nachdrücklich. »Wissen Sie das sicher? Haben Sie sich bestimmt nicht getäuscht?«

»Ich schwöre es, Sir«, beteuerte der Clown und legte die Hand aufs Herz. »Selbst wenn jetzt der Fuchs in eigener Person vor mir stünde, könnte ich nichts anderes als die Wahrheit sagen.«

»Was hat das nur zu bedeuten?« meinte Bayta verwundert.

»Ich habe eine Theorie, Mylady«, antwortete Magnifico bereitwillig. »Sie ist mir plötzlich eingefallen, als ob der Galaktische Geist sie mir selbst eingeflüstert hätte.« Er sprach lauter, um

Torans wütenden Protest zu übertönen, und wandte sich ausschließlich an Bayta. »Mylady, ist es denn nicht vorstellbar, daß dieser Captain ebenfalls mit einem Schiff geflohen ist? Vielleicht ist er selbst in einer wichtigen Angelegenheit unterwegs und hat uns nur zufällig getroffen. Unter diesen Umständen ist es nicht weiter verwunderlich, daß er sich verfolgt und beobachtet fühlt, obwohl *wir* den gleichen Verdacht haben. Erklärt das nicht auch die ganze Komödie, durch die er sich Zutritt zu unserem Schiff verschafft hat?«

»Aber warum hat er uns an Bord *seines* Schiffes holen lassen?« wollte Toran wissen. »Das läßt sich nicht so einfach erklären.«

»Doch, doch«, widersprach der Clown. »Er hat einen Untergebenen geschickt, der uns nicht kannte und uns deshalb durch das Mikrophon beschreiben mußte. Der Captain ist wahrscheinlich auf mich aufmerksam geworden, denn in der gesamten Galaxis gibt es sicher nur wenige, die einer Vogelscheuche so ähnlich sehen wie ich. Er mußte sich also von meiner Identität überzeugen, um völlig sicher zu sein.«

»Und dann fliegt er einfach davon?«

»Was wissen wir über seinen Auftrag, Sir? Vielleicht ist er streng geheim? Der Captain kann damit zufrieden sein, daß wir keine Feinde sind, und wird sich hüten, die Durchführung seiner Aufgabe dadurch zu gefährden, daß er andere in seine Geheimnisse einweiht.«

»Sei doch nicht so eigensinnig, Torie!« mahnte Bayta. »Die Erklärung klingt wirklich logisch.«

»Das finde ich auch«, stimmte Ebling zu.

Toran zuckte hilflos mit den Schultern, als er sich diesem vereinten Widerstand gegenübersah. Irgendwie war ihm die flüssig vorgebrachte Erklärung des Clowns nicht ganz geheuer. Irgend etwas stimmte nicht daran. Aber Toran war unsicher geworden und gab schließlich widerstrebend nach.

»Dabei habe ich gehofft, wir könnten wenigstens *ein* feindliches Schiff vernichten«, flüsterte er. »Ich denke immer an Haven . . .«

Die anderen nickten verständnisvoll.

22

NEOTRANTOR . . . *der kleine Planet von Delicass wurde kurze Zeit nach der Großen Plünderung umbenannt und diente der letzten Dynastie des Ersten Imperiums fast ein Jahrhundert lang als Residenz. Unter den Herrschern Dagobert VIII. und . . .*

ENCYCLOPEDIA GALACTICA

Der Planet hieß Neotrantor! Das neue Trantor! Aber mit dieser Namensgleichheit waren bereits alle Punkte aufgezählt, die der winzige Planet mit dem ehemals mächtigen Trantor gemeinsam hatte. Zwei Parsek weit entfernt kreiste noch immer der Planet majestätisch um seine Sonne, der früher die Hauptstadt des Galaktischen Imperiums getragen hatte.

Trantor war noch immer bewohnt, aber wo einstmals vierzig Milliarden Menschen gelebt hatten, vegetierten jetzt kaum noch hundert Millionen. Die Plünderer hatten den Gebäuden aus Stahl und Plastik wenig anhaben können, aber die jetzigen Bewohner des Planeten rissen sie nieder, um die Erde freizulegen, die seit tausend Jahren von keinem Sonnenstrahl mehr getroffen worden war.

Überall ragten die Denkmäler einer vollautomatisierten Zivilisation auf, die den Menschen jede körperliche Arbeit abgenommen hatte – aber die hundert Millionen auf Trantor kehrten zur Landwirtschaft zurück; mußten zurückkehren, um leben zu können. Wo früher breite Straßen gewesen waren, erstreckten sich jetzt Kornfelder. Und im Schatten der riesigen Türme grasten Schafe.

Aber auch Neotrantor führte ein eigenes Leben. In früheren Zeiten hatte der Planet ein unbeachtetes Dasein im Schatten der mächtigen Hauptstadt geführt. Aber dann diente er der kaiserlichen Familie als Zufluchtsort vor den Horden, die plündernd, mordend und brandschatzend durch die Straßen zogen. Auf Neotrantor hatte die Dynastie den Ansturm der Rebellion überdauert – und jetzt regierte sie dort in verblaßtem Glanz die traurigen Überreste des Imperiums.

Das Galaktische Imperium bestand nur noch aus zwanzig Farmplaneten!

Dagobert IX., Herrscher über zwanzig Welten, auf denen aufsässige Landedelleute und grausam unterdrückte Leibeigene lebten, war Kaiser der Galaxis und Lord des Universums.

Dagobert IX. war fünfundzwanzig Jahre alt gewesen, als er in Begleitung seines Vaters vor der blutigen Revolution nach Neotrantor fliehen mußte. Er lebte noch immer in der alten Zeit, in der das Imperium mächtig und prunkvoll zugleich gewesen war. Aber sein Sohn, der ihm als Dagobert X. auf den Thron folgen würde, war auf Neotrantor geboren worden.

Er hatte nie mehr als zwanzig Farmplaneten gekannt.

Jord Commasons offener Aircar war das prächtigste Fahrzeug dieser Art auf ganz Neotrantor – und das völlig zu Recht, denn Commason war nicht nur der reichste Grundbesitzer des Planeten. Er war früher der Begleiter und Ratgeber des jungen Kronprinzen gewesen, der sich dem eisernen Regiment seines Vaters beugen mußte. Und jetzt war er der Begleiter und Ratgeber des gealterten Kronprinzen, der den senilen Kaiser haßte und beherrschte.

Jord Commason saß in seinem prächtigen Aircar mit den goldenen Verzierungen und betrachtete die Ländereien, die ihm gehörten, und die endlosen Weizenfelder, die ihm gehörten, und die riesigen Mähdrescher, die ihm gehörten, und die Landarbeiter und Maschinisten, die ebenfalls ihm gehörten – und dachte über seine eigenen Probleme nach.

Der alte weißhaarige Chauffeur neben ihm lenkte das Fahrzeug ruhig durch die Luft. Commason sprach ins Leere. »Erinnerst du dich noch an das, was ich dir erzählt habe, Inchney?«

»Ich erinnere mich, Sire, und habe darüber nachgedacht«, antwortete der andere.

»Und was hast du gedacht?« Die Frage klang ungeduldig.

Inchney erinnerte sich an seine lange zurückliegende Jugend auf Trantor, wo er noch luxuriös als Lord gelebt hatte. Inchney erinnerte sich aber auch daran, daß er auf Neotrantor als nutzloser Greis von der Gnade und Barmherzigkeit Jord Commasons lebte, wofür er sich von Zeit zu Zeit durch gute Ratschläge erkenntlich zeigen mußte. Er seufzte sehr leise.

»Besucher von der Fundation, Sire, sind vielleicht recht nützlich«, sagte er dann. »Besonders dann, Sire, wenn sie nur mit einem einzigen Schiff und einem einzigen kräftigen Mann kommen. Wie willkommen sind sie uns?«

»Willkommen?« wiederholte Commason langsam. »Vielleicht nicht. Aber die Männer sind Zauberer und bestimmt mächtig.«

»*Pah*«, murmelte Inchney, »die große Entfernung verzerrt vieles. Die Fundation ist nur ein Planet. Ihre Bürger sind nur Menschen. Schießt man auf sie, sterben sie wie jeder andere.«

Inchney hielt den Aircar auf Kurs. Unter ihnen glitt ein Fluß wie ein silbernes Band vorüber. »Gibt es nicht auch einen Mann, von dem in letzter Zeit viel gesprochen wird, weil er Unruhe in die Planeten der Peripherie gebracht haben soll?« flüsterte der Alte.

Commason starrte ihn mißtrauisch an. »Was weißt du davon?«

Der Chauffeur lächelte plötzlich nicht mehr. »Nichts, Sire«, beteuerte er. »Das war nur eine dumme Frage.«

»Ich kenne dich, Inchney«, antwortete sein Herr. »Wenn du weiter so dumme Fragen stellst, baumelst du eines Tages noch am Galgen. Aber ich will es dir trotzdem erzählen! Dieser Mann, von dem du sprichst, wird allgemein ›der Fuchs‹ genannt. Einer seiner Untertanen ist vor einigen Monaten in einer geschäftlichen Angelegenheit bei mir gewesen. Jetzt erwarte ich einen anderen, der den Vertrag perfekt machen soll.«

»Und diese vier Besucher sind nicht die Abgesandten, die Sie erwarten?«

»Sie können sich nicht richtig ausweisen.«

»Die Fundation soll erobert worden sein . . .«

»Das habe ich dir nicht erzählt.«

»Es ist aber allgemein bekannt«, gab Inchney zurück. »Falls das wirklich stimmt, könnte man die Besucher verhaften, damit der Abgesandte des Fuchses sieht, wie ehrlich wir uns um seine Freundschaft bemühen.«

»Meinst du?« fragte Commason unsicher.

»Da außerdem bekannt ist, daß die Freunde eines Eroberers früher oder später seine Opfer werden, wäre das nur eine Maßnahme zur Selbstverteidigung. Schließlich gibt es Psycho-Sonden – und hier haben wir vier Bürger der Fundation, die uns wertvolle Tatsachen mitteilen könnten. Und dann wäre die Freundschaft des Fuchses vielleicht ein wenig ungefährlicher.«

»Aber die Fundation ist bestimmt nicht erobert worden«, gab Commason zu bedenken. »Die Berichte sind vermutlich alle erlogen. Seldon hat vorausgesagt, daß sie unüberwindbar ist.«

»Heutzutage gelten Wahrsager nicht mehr allzuviel, Sire.«

»Aber der Kronprinz . . .«, murmelte Commason vor sich hin.

»Verhandelt er ebenfalls mit dem Fuchs, Sire?«

Commason lächelte selbstzufrieden. »Ja, aber nicht wie *ich*. Allerdings wird er in letzter Zeit immer unberechenbarer.

Manchmal scheint ihn geradezu der Teufel zu reiten. Wenn ich diese Leute verhaften lasse, nimmt er sie mir wahrscheinlich für seine eigenen Zwecke weg – er ist wirklich ein gerissener Kerl –, und ich bin noch nicht auf eine Auseinandersetzung mit ihm vorbereitet.« Er runzelte sorgenvoll die Stirn.

»Ich habe die Fremden gestern für kurze Zeit gesehen«, murmelte der Chauffeur vor sich hin. »Die Frau ist wirklich eine Schönheit – auf Neotrantor gibt es bestimmt kein Mädchen, das ebenso hübsch wäre . . .« Er lächelte verschlagen. »An Ihrer Stelle würde ich dem Kronprinzen ein Angebot machen, Sire. Sie nehmen die Männer und lassen ihm die Frau . . .«

Commason schlug ihm begeistert auf die Schulter. »Das ist eine Idee! Komm, Inchney, wir fliegen sofort zurück! Und wenn alles zu einem guten Ende kommt, unterhalten wir uns vielleicht auch über deine Freilassung.«

Als Commason seinen Palast betrat und sein Arbeitszimmer erreichte, pfiff er leise durch die Zähne, denn auf dem Schreibtisch lag eine verschlüsselte Nachricht. Der Kode war nur wenigen bekannt. Commason lächelte zufrieden. Der Abgesandte des Fuchses war unterwegs – und die Fundation war also wirklich gefallen.

Bayta fühlte eine vage Enttäuschung, weil der kaiserliche Palast nicht den Vorstellungen entsprach, die sie davon gehabt hatte. Der Raum war einfach ausgestattet – fast ärmlich, wenn man recht überlegte. Selbst die Residenz des Bürgermeisters auf Terminus war prächtiger gewesen, und Dagobert . . .

Bayta hatte bestimmte Vorstellungen davon, wie ein leibhaftiger Kaiser auszusehen hatte. Er durfte *nicht* wie der gute Großvater aus dem Märchenbuch wirken. Und er durfte nicht ein alter Mann sein, der eigenhändig Tee servierte und sich um das Wohl seiner Besucher besorgt zeigte.

Aber so war es eben.

Dagobert IX. kicherte, während er Bayta Tee einschenkte.

»Das ist wirklich ein großes Vergnügen für Uns, meine Liebe. Wir genießen diese Augenblicke, in denen Wir nicht auf das Protokoll zu achten brauchen. Allerdings haben Wir in den letzten Jahren keine Besucher mehr aus Unseren Provinzen empfangen. Unser Sohn nimmt sich dieser Details an, weil Wir allmählich die Bürde des Alters spüren. Haben Sie ihn bereits kennengelernt? Ein guter Junge. Vielleicht ein wenig eigensinnig. Aber schließlich ist er noch jung.«

Toran versuchte, den Kaiser zu unterbrechen. »Majestät . . .«

»Ja?«

»Majestät, wir wollen nicht stören . . .«

»Unsinn, junger Freund, Sie stören nicht! Heute abend findet der offizielle Empfang statt, aber bis dahin können Wir frei über Unsere Zeit verfügen. Woher kommen Sie, haben Sie vorher gesagt? Wenn wir Uns recht erinnern, haben Wir schon lange keinen derartigen Empfang mehr gegeben. Sie kommen aus der Provinz Anacreon?«

»Aus der Fundation, Majestät.«

»Richtig, aus der Fundation. Wir erinnern Uns wieder. Wir haben feststellen lassen, daß sie zu der Provinz Anacreon gehört. Wir sind nie dort gewesen, weil Unser Leibarzt längere Reisen untersagt hat. Wie stehen die Dinge dort?« schloß Dagobert IX. besorgt.

»Majestät«, murmelte Toran, »ich bringe keine Klagen.«

»Das ist erfreulich. Wir werden Unseren Vizekönig belobigen.«

Toran sah hilflos zu Ebling Mis hinüber, der jetzt das Wort ergriff. »Majestät, wir bitten um Erlaubnis, die Kaiserliche Universitätsbibliothek auf Trantor aufsuchen zu dürfen.«

»Trantor?« fragte der Kaiser verständnislos. »Haben Sie Trantor gesagt?« Dann verzog er das Gesicht zu einem schmerzhaften Lächeln. »Doch, Wir erinnern Uns wieder. Wir machen bereits Pläne für die Rückkehr nach Trantor. Sie werden Uns begleiten. Gemeinsam werden Wir den Rebellen Gilmer vernichten und das Imperium restaurieren!«

Sein gebeugter Rücken war wieder gerade. Seine Stimme klang fest, seine Augen blitzten. Aber dann senkte er den Kopf und sagte müde: »Gilmer ist tot. Wir erinnern Uns wieder . . . Ja. Ja! Gilmer ist tot! Trantor ist tot . . . Einen Augenblick lang haben Wir gehofft . . . Woher kommen Sie, haben Sie gesagt?«

»Ist das wirklich ein Kaiser?« flüsterte Magnifico Bayta zu. »Ich habe mir immer eingebildet, Kaiser müßten größer und weiser als gewöhnliche Menschen sein.«

Bayta brachte ihn mit einer ungeduldigen Handbewegung zum Schweigen, bevor sie sich an Dagobert IX. wandte. »Majestät, eine schriftlich erteilte Erlaubnis zum Besuch der Universität auf

Trantor würde das Ziel fördern, das wir alle zu erreichen trachten.«

»Sie wollen nach Trantor?« Der Kaiser schüttelte verständnislos den Kopf.

»Majestät, der Vizekönig von Anacreon, in dessen Namen wir sprechen, läßt melden, daß Gilmer noch immer lebt . . .«

»Er lebt! Er lebt!« brüllte Dagobert IX. »Wo hält er sich verborgen? Das bedeutet Krieg!«

»Majestät, dazu ist es noch zu früh. Sein Aufenthaltsort ist nicht mit Sicherheit bekannt, kann aber auf Trantor festgestellt werden. Und dann . . .«

»Ja, ja . . . Wir müssen ihn finden . . .« Der alte Kaiser kritzelte hastig einige Worte auf ein Blatt Papier und unterzeichnete mit einem schwungvollen Schnörkel. »Gilmer wird noch erfahren, wie mächtig sein Kaiser ist! Woher kommen Sie? Von Anacreon? Wie spricht das Volk dort von Uns?«

Bayta nahm ihm das Papier aus den kraftlosen Fingern. »Majestät, das Volk weiß, daß es geliebt wird, und erwidert diese Gefühle aus ganzem Herzen.«

»Wir müssen Anacreon besuchen, aber Unser Leibarzt sagt . . . Wir erinnern Uns nicht mehr daran, was er sagt, aber . . .« Er sah fragend auf. »Haben Sie vorhin Gilmer erwähnt?«

»Nein, Majestät.«

»Wir werden zu verhindern wissen, daß er weiter vordringt. Berichten Sie dem Volk nach Ihrer Rückkehr von diesem Beschluß. Trantor hält aus! Der Kaiser führt seine Flotte selbst an und wird die Rebellen um Gilmer zerschmettern!«

Dagobert IX. ließ sich schwer in einen Sessel fallen. »Wovon habe ich eben gesprochen?« flüsterte er fragend.

Toran erhob sich und verbeugte sich tief. »Majestät, die für die Audienz vorgesehene Zeit ist abgelaufen.«

Einen Augenblick lang wirkte Dagobert IX. tatsächlich wie ein Kaiser, als er seine Besucher mit einem gnädigen Kopfnicken entließ. Bayta und die drei Männer gingen langsam rückwärts aus der Tür . . .

Und wurden dort von zwanzig Bewaffneten umringt, mit Lähmpistolen betäubt und abtransportiert.

Als Bayta wieder aus ihrer Bewußtlosigkeit erwachte, nahm sie deutlich wahr, daß sich zwei Männer in ihrer Nähe unterhielten. Sie ließ die Augen geschlossen und hörte aufmerksam zu.

Die beiden Stimmen unterschieden sich deutlich voneinander. Die eine klang schmeichlerisch, die andere herrisch. Die eine gehörte offenbar einem Mann, der vorsichtig und überlegt abwog, was er sagte. Die andere ließ darauf schließen, daß ihr Besitzer launenhaft und brutal sein konnte.

Die zweite Stimme herrschte vor.

Bayta hörte ein heiseres Flüstern. »Der alte Narr will offenbar ewig leben. Dabei weiß er genau, daß ich mich darüber ärgere. Ich muß endlich etwas erreichen, Commason. Schließlich werde ich nicht jünger!«

»Hoheit, wir müssen uns zunächst mit diesen Leuten befassen. Vielleicht können sie uns bei der Verwirklichung unserer Pläne behilflich sein.«

Die nächsten Sätze waren unverständlich, aber dann hörte Bayta, wie der Schmeichler sagte: »Dagobert, Sie sind wirklich nicht alt! Wer sich noch so für Frauen interessiert, ist wahrhaft jung geblieben.«

Die beiden Männer lachten gemeinsam. Bayta spürte, daß ihr der kalte Schweiß ausbrach. Dagobert . . . Hoheit . . . Der alte Kaiser hatte von seinem eigensinnigen Sohn gesprochen, und Bayta erinnerte sich jetzt deutlich daran. Aber das war doch unmöglich . . .

Torans Stimme weckte sie aus diesen trübseligen Überlegungen.

»Lassen Sie uns sofort frei!« verlangte er wütend. »Ich werde mich bei dem Kaiser darüber beschweren, daß wir . . .«

Bayta fiel erst jetzt auf, daß sie an Händen und Füßen gefesselt war.

Der Mann mit der heiseren Stimme näherte sich Toran. Er war dicklich, hatte ein schwammiges Gesicht und trug die Haare sorgfältig gescheitelt, um einzelne Stellen zu verdecken. Seine Uniform war reich mit Goldborten besetzt.

»Der Kaiser soll Ihnen helfen, wie?« Er lachte höhnisch. »Der alte, verrückte Kaiser?«

»Ich habe einen Passierschein mit seiner Unterschrift. Kein Untertan darf uns behindern oder aufhalten.«

»Ich bin aber kein Untertan, sondern der Kronprinz und Regent, falls Sie das nicht wissen sollten. Mein alter Vater sieht gern Besucher bei sich, und ich schicke ihm welche, um ihm eine Freude zu machen. Aber die Tatsache allein hat sonst keine Bedeutung.«

Er wandte sich an Bayta, die ihn verächtlich anstarrte. »Ihre Augen passen gut zu den Haaren, Commason«, stellte der Kronprinz fest. »Sie ist wirklich hübsch – genau das Richtige für einen Kenner wie mich. Ich bin sehr mit Ihnen zufrieden, Commason.«

Toran bäumte sich vergeblich in seinen Fesseln auf; der Kronprinz sah nicht einmal zu ihm hinüber. Ebling Mis war anscheinend noch immer bewußtlos, aber Magnifico war eben aufgewacht.

Er stöhnte leise und starrte den Kronprinzen an. »Er hat mein Visi-Sonor«, flüsterte er dann Bayta zu.

Der Kronprinz drehte sich sofort nach ihm um, als er die neue Stimme hinter sich hörte. »Gehört das dir, Ungeheuer?« fragte er und wies dabei auf das Instrument, das auf dem Tisch stand. Er schlug die Tasten an und wollte einen Akkord hervorbringen, hatte aber keinen Erfolg damit. »Kannst du darauf spielen, Ungeheuer?«

Magnifico nickte schweigend.

»Sie haben ein Fundationsschiff geplündert«, warf Toran plötzlich ein. »Wenn der Kaiser dafür nicht Rache nimmt, tut es die Fundation.«

Commason antwortete langsam: »*Welche* Fundation? Oder ist der Fuchs nicht mehr?«

Toran schwieg betroffen. Der Kronprinz lächelte und zeigte dabei schlechte Zähne. Der Clown wurde losgebunden und mußte sich an das Visi-Sonor setzen.

»Jetzt kannst du für uns spielen, Ungeheuer«, sagte der Kronprinz. »Eine Serenade für unsere zauberhaft schöne Unbekannte. Sag ihr, daß unsere Gefängnisse schrecklich sind, aber daß sie in einem Palast leben kann, wo sie von einem Prinzen geliebt wird. Singe ihr von der Liebe eines Prinzen vor, Ungeheuer.«

»Meine Finger sind steif und . . .«, versuchte Magnifico einzuwenden.

»Gehorche, Ungeheuer!« brüllte der Kronprinz. Er gab Commason einen Wink; der andere löschte die künstliche Beleuchtung.

Bayta versuchte die verschiedenfarbigen Lichter zu deuten, die Magnifico dem Gerät entlockte, hatte aber keinen Erfolg damit. Sie glaubte vor einem gähnenden Abgrund zu stehen, aus dem ein schrecklicher Drache sein Schuppenhaupt emporreckte, um alles zu verschlingen. Und die Musik begleitete jede seiner Bewegungen mit furchterregenden Dissonanzen. Bayta lief es abwechselnd heiß und kalt über den Rücken.

Die Musik war verklungen. Sie mußte fast eine Viertelstunde lang gedauert haben. Bayta seufzte erleichtert auf, als Magnifico plötzlich das Licht einschaltete und sich über sie beugte. Seine Augen schienen unnatürlich geweitet.

»Mylady«, keuchte er, »wie fühlen Sie sich?«

»Wieder besser«, flüsterte Bayta. »Aber warum haben Sie so gespielt?«

Sie sah zu den anderen hinüber. Toran und Ebling schienen wieder aus ihrer Betäubung erwacht zu sein. Aber der Kronprinz lag am Boden und schien ohnmächtig zu sein. Commason murmelte irgend etwas vor sich hin; er schrie auf und wich erschrokken zurück, als Magnifico sich ihm näherte.

Magnifico wandte sich ab und befreite Toran und Ebling von ihren Fesseln.

Toran sprang mit einem Satz auf und hielt Commason mit eisernem Griff fest. »Sie begleiten uns. Wir brauchen Sie noch — damit wir unser Schiff sicher erreichen.«

Zwei Stunden später servierte Bayta an Bord des Schiffes einen riesigen selbstgebackenen Kuchen. Magnifico fiel sofort darüber her und feierte die Rückkehr in den Raum, indem er sämtliche Tischsitten unbeachtet ließ.

»Gut, Magnifico?« fragte Bayta.

»Hmm!« Er nickte.

»Magnifico?«

»Ja, Mylady?«

»Was hast du vorher gespielt?«

Der Clown schüttelte den Kopf. »Das möchte ich Ihnen lieber nicht genau erzählen. Ich habe es früher einmal gelernt — das Visi-Sonor kann eigenartige Auswirkungen auf das menschliche Nervensystem haben. Aber das ist nichts für ein so unschuldiges Wesen wie Sie, Mylady.«

»Sehr schmeichelhaft, Magnifico, aber ich möchte trotzdem mehr wissen. Habe ich gesehen, was *sie* gesehen haben?«

»Hoffentlich nicht. Ich habe nur für die beiden Männer gespielt. Was Sie gesehen haben, war nur ein unwesentlicher Bestandteil — aus weiter Ferne.«

»Und das war schon genug. Haben Sie gemerkt, daß der Kronprinz bewußtlos geworden war?«

Magnifico senkte den Kopf. »Ich habe ihn *getötet*, Mylady«, antwortete er.

»Was?« Bayta schluckte trocken.

»Als das Stück zu Ende war, war er tot, sonst hätte ich weitergespielt. Commason war mir gleichgültig; er war nur brutal und boshaft. Aber der Kronprinz hat Sie mit lüsternen Augen betrachtet, Mylady, und ...« Magnifico wurde rot und schwieg.

»Sie sind wirklich ritterlich, Magnifico«, sagte Bayta.

»Oh, Mylady ...«, wehrte der Clown ab. Er wandte sich wieder dem Kuchen zu, aß aber nicht weiter.

Ebling Mis stand zur gleichen Zeit im Kontrollraum und starrte aus dem Bullauge. Trantor war deutlich zu erkennen – der metallene Schimmer hob sich von dem dunkleren Hintergrund ab. Toran saß hinter ihm.

»Wir haben uns vergebens bemüht, Ebling«, sagte er jetzt. »Der Fuchs ist uns überall voraus.«

Ebling Mis runzelte nachdenklich die Stirn, schwieg aber.

»Die Leute wußten bereits, daß die Fundation erobert worden ist«, sprach Toran weiter. »Sie wußten auch, daß . . .«

»Was?« Ebling machte ein verblüfftes Gesicht. Dann fuhr er fort, ohne auf Toran einzugehen. »Toran, ich habe mir eben Trantor angesehen. Seit wir auf Neotrantor waren, habe ich deutlich das Gefühl, daß ich mein Ziel – unser Ziel – erreichen werde. Toran, ich kann es; ich weiß, daß ich es kann. Plötzlich ist mir alles so klar wie nie zuvor.«

Toran zuckte mit den Schultern. Er sah keinen Grund für diese Zuversicht. »Mis?« sagte er.

»Ja?«

»Hast du ein Schiff auf Neotrantor landen sehen, während wir starteten?«

Der Psychologe überlegte kurz. »Nein.«

»Aber ich habe eines gesehen und bilde mir ein, daß es das Schiff aus Filia war.«

»Mit Captain Pritcher an Bord?«

»Der Teufel mag wissen, wer an Bord ist. Magnifico hat sich vielleicht geirrt . . . Es verfolgt uns, Ebling.«

Mis schwieg.

»Hast du irgend etwas?« fragte Toran erstaunt. »Was ist mit dir los – fühlst du dich nicht wohl?«

Mis starrte weiter aus dem Bullauge. Er gab keine Antwort.

23

Die Fremden betraten die ehemalige Kaiserliche Universität von Trantor, ohne von den wenigen Farmern in der Umgebung aufgehalten zu werden. Einige Männer hatten sich zwar versammelt, als das eigenartig gebaute Schiff vom Himmel herabsank, aber die ursprüngliche Neugier hatte sich rasch wieder gelegt. Die Farmer waren damit zufrieden, daß die Fremden ihnen nicht schaden wollten, und gingen wieder an ihre Arbeit zurück. Allerdings nicht ohne den Kopf darüber zu schütteln, daß die drei Männer sich offen in Gesellschaft einer Frau zeigten, die noch dazu eine bevorrechtigte Stellung einzunehmen schien.

In gewisser Beziehung kamen die vier sich wie unerwünschte Eindringlinge vor, denn die düstere Leere der Gebäude schien sie zurückzuweisen. Die Bibliothek wirkte winzig, war aber zehn Stockwerke tief unterkellert und barg über vierzig Millionen Buchfilme, die der allgemeinen Zerstörung und Verwüstung wie durch ein Wunder entgangen waren.

Ebling Mis stand vor dem Katalograum. »Ich brauche vor allem Ruhe, Toran«, sagte er. »Bist du so freundlich und bringst mir meine Mahlzeiten hier herunter?«

»Natürlich, Ebling. Wir wollen dir alle helfen. Sollen wir unter deiner Anleitung . . .«

»Nein. Ich muß allein sein.«

»Glaubst du, daß du alles findest, was du suchst?«

»Ich bin davon überzeugt!« antwortete Mis.

Toran und Bayta führten zum ersten Male in ihrer Ehe einen eigenen Haushalt, denn bisher hatten sie nie Zeit und Gelegenheit gehabt. Trotzdem war es ein merkwürdiger Haushalt, denn sie lebten inmitten der verblichenen Pracht recht einfach und bezogen ihre Nahrungsmittel von der nächsten Farm. Sie bezahlten dafür mit nuklearen Geräten aller Art, die jedes Handelsschiff mit sich führt.

Magnifico lernte, wie man Buchprojektoren bediente, und verbrachte die meiste Zeit in einem der Leseräume, wo er sich Abenteuerromane und Liebesgeschichten ansah, über denen er fast Essen und Schlafen vergaß.

Ebling Mis hatte sich mit aller Energie auf seine Arbeit gestürzt. Er aß in der Bibliothek, schlief in einer Hängematte in dem gleichen Raum und zerrüttete dadurch seine Gesundheit immer mehr. Er schien auch an Gedächtnisschwund zu leiden, weil er weder Toran noch Bayta wiedererkannte, wenn sie ihn aufsuchten.

Wenige Tage nach ihrer Ankunft auf Trantor erhielten sie unerwarteten Besuch.

Magnifico stürzte herein, als Toran und Bayta über ihre weiteren Pläne sprachen. »Mylady . . .«, keuchte er aufgeregt.

»Ja? Was ist los?« fragte Bayta stirnrunzelnd. »Was haben Sie plötzlich . . .«

Ihre Stimme versagte, als eine wohlbekannte Gestalt in der Tür erschien.

»Pritcher!« rief Toran.

Bayta sprang auf. »Captain! Wie haben Sie uns gefunden?«

Han Pritcher trat einen Schritt zurück und sagte mit klarer Stimme: »Ich bin jetzt Oberst – in der Flotte des Fuchses.«

»Sie sind auf seine Seite übergelaufen . . .« wiederholte Toran langsam.

Magnifico versuchte, sich so gut wie möglich hinter Torans breitem Rücken zu verstecken.

»Wollen Sie uns jetzt verhaften?« fragte Bayta mit überraschend fester Stimme. »Sind Sie wirklich übergelaufen?«

»Nein, ich will Sie keineswegs verhaften«, antwortete der Oberst rasch. »In meinem Auftrag werden Sie nicht einmal erwähnt. Ihnen gegenüber bin ich ein freier Mensch, deshalb wollte ich Sie an unsere alte Freundschaft erinnern, wenn Sie nichts dagegen einzuwenden haben.«

Toran machte ein wütendes Gesicht. »Wie haben Sie uns überhaupt gefunden?« wollte er wissen. »Waren Sie wirklich an Bord des Schiffes, das uns aufgehalten hat? Haben Sie uns verfolgt?«

»Richtig, ich war auf dem Schiff«, antwortete Pritcher lächelnd. »Unser erstes Zusammentreffen ist allerdings einem . . . Zufall zuzuschreiben.«

»Dieser Zufall ist mathematisch unmöglich.«

»Nein, nur sehr unwahrscheinlich, deshalb müssen Sie glauben, was ich sage. Jedenfalls haben Sie den Filianern gegenüber zugegeben – die Autarkie Filia ist selbstverständlich nur eine Fiktion -, daß Sie nach Trantor wollten. Da der Fuchs bereits seine Leute auf Neotrantor hat, konnte er Sie ohne große Schwierigkeiten festhalten lassen. Leider waren Sie bereits geflohen, bevor ich auf Neotrantor landen konnte. Aber Ihr Ziel war bekannt . . .«

Toran ballte die Fäuste. »Worauf warten Sie eigentlich noch – *Oberst*? Was soll uns Ihre Freundschaft nützen? Was haben Sie mit uns vor, wenn wir schon nicht verhaftet werden sollen? Vielleicht nur eine Schutzhaft? Rufen Sie Ihre Leute herein und geben Sie Ihre Befehle.«

Pritcher schüttelte geduldig den Kopf. »Nein, ich bin nur gekommen, um Sie davon zu überzeugen, daß Ihre Bemühungen sinnlos sind. Wenn mir das nicht gelingt, fliege ich wieder ab. Das ist alles.«

»Wirklich? Schön, halten Sie Ihre Ansprache und verschwinden Sie wieder, damit wir weiterarbeiten können.«

Pritcher nahm dankend eine Tasse Tee entgegen, die Bayta ihm anbot. Er trank und sah Toran dabei nachdenklich über den Rand der Tasse hinweg an. »Der Fuchs ist *wirklich* ein Mutant«, stellte er dann fest. »Seine Parafähigkeit macht ihn unschlagbar . . .«

»Warum? Woraus besteht sie?« erkundigte Toran sich mit einem spöttischen Grinsen. »Aber das dürfen Sie uns wahrscheinlich nicht erzählen, wie?«

»Doch, doch«, antwortete Pritcher gelassen, »denn der Fuchs erleidet dadurch keinen Schaden. Er besitzt die Fähigkeit, die Gefühle anderer Menschen nach Belieben zu beeinflussen.«

»Die Gefühle?« warf Bayta fragend ein. »Können Sie das nicht näher erklären? Das verstehe ich nicht ganz.«

»Diese Fähigkeit bedeutet, daß der Fuchs zum Beispiel einem fähigen General suggerieren kann, er sei seinem Herrn aus eigenem Antrieb treu ergeben. Alle seine Generäle werden auf diese Weise kontrolliert. Sie können ihn nicht verraten; sie werden nicht schwankend – und die Kontrolle bleibt stets erhalten. Aus den erbitterten Feinden werden getreue Untergebene. Der Herzog von Kalgan hat sich ergeben und ist jetzt Vizekönig auf Terminus.«

»Und Sie verrieten uns und wurden als Botschafter nach Neotrantor geschickt«, fügte Bayta hinzu.

»Ich habe noch nicht zu Ende gesprochen. Die vorher erwähnte Fähigkeit läßt sich auch auf andere Weise anwenden. Verzweiflung ist ebenfalls ein Gefühl! Im entscheidenden Augenblick verzweifelten die Machthaber der Fundation – und die wichtigen

Männer auf Haven. Ihre Planeten fielen dem Fuchs wie reife Früchte in den Schoß.«

»Das soll also heißen, daß der Fuchs mich beeinflußt hat, als ich damals im Zeittresor entmutigt war?« fragte Bayta gespannt.

»Richtig. Jeder hat ähnliches empfunden. Wie war es kurz vor dem Ende auf Haven?«

Bayta wandte sich wortlos ab.

»Wo ganze Planeten unterliegen, können einzelne Menschen nicht widerstehen«, fuhr Pritcher fort. »Ich habe diese Erfahrung selbst gemacht und bin . . .«

»Woher wissen Sie, daß das die Wahrheit ist?« unterbrach Toran ihn.

»Wie läßt sich der Fall der Fundation und die Eroberung sonst erklären? Welchen anderen Grund können Sie für meine Konversion angeben? Denken Sie doch nach, Mann! Was haben Sie — oder ich — oder die gesamte Galaxis gegen den Fuchs ausrichten können? Nichts, gar nichts!«

»Aber ich bin noch nicht am Ende!« rief Toran wütend. »Sie behaupten, daß der Fuchs uns auf Neotrantor festhalten lassen wollte? Das ist ihm nicht geglückt, denn seine beiden Vertrauensleute sind unschädlich gemacht. Sie sehen also, daß wir dem Fuchs einen Strich durch die Rechnung gemacht haben!«

»Nein, keineswegs«, antwortete Pritcher gelassen. »Der Kronprinz war nur ein haltloser Säufer; Commason war nie intelligent, obwohl er reich und einflußreich geworden war. Jedenfalls hatten wir nie etwas mit ihnen zu tun, sondern benützten sie eigentlich nur als Strohmänner . . .«

»Aber *sie* haben uns zurückzuhalten versucht!«

»Sie irren sich«, widersprach Pritcher. »Commason hatte einen Sklaven — einen Mann namens Inchney. *Er* ist unser Mann, obwohl er alt und gebrechlich wirkt. Ihn hätten Sie wahrscheinlich kaum getötet, nehme ich an.«

Bayta hatte sich wieder umgedreht. »Sie haben selbst zugegeben, daß der Fuchs Ihre Gefühle kontrolliert — Sie glauben *blindlings* an ihn. Welchen Sinn soll also eine Unterhaltung mit Ihnen haben? Sie können schließlich gar nicht mehr objektiv denken.«

»Nein, das stimmt nicht.« Der Oberst schüttelte nachdrücklich den Kopf. »Meine Gefühle werden zwar kontrolliert, aber mein Verstand ist keineswegs beeinträchtigt. Vielleicht ist er seit der Konversion in eine bestimmte Richtung gelenkt worden, aber von *Zwang* kann nicht die Rede sein. Ich sehe im Gegenteil einige Dinge klarer als zuvor.

Ich sehe zum Beispiel, daß der Fuchs einen sinnvollen Plan verfolgt, weil ich jetzt seine bisherige Karriere kenne. Vor sieben Jahren begann er seinen Aufstieg, indem er einen Kondottiere und seine Bande auf seine Seite brachte. Mit diesen Leuten – und seiner Fähigkeit – eroberte er einen Planeten. Danach vergrößerte er seinen Machtbereich ständig, bis er schließlich den Herzog von Kalgan angreifen konnte. Ein Schritt folgt logisch auf den anderen. Als er Kalgan besetzt hatte, verfügte er über eine erstklassige Flotte. Damit – und mit seiner Fähigkeit – griff er die Fundation an.

Die Fundation ist der Schlüssel zu seinem Plan, weil sie das größte Industriegebiet der Galaxis darstellt. Wer Terminus beherrscht, regiert von dort aus das Universum. Daraus ergibt sich fast zwangsläufig, daß er eines Tages die letzten Überreste des alten Imperiums für sich gewinnen wird, so daß er sich zum Kaiser krönen lassen kann. Und welcher Planet sollte ihm dann noch Widerstand leisten, wenn er seine Fähigkeit, seine Macht und den neugewonnenen Titel in die Waagschale wirft?

In den vergangenen sieben Jahren hat er ein gewaltiges Reich gegründet. In diesen sieben Jahren hat er verwirklicht, wofür Seldon weitere sieben Jahrhunderte angesetzt hatte – und kein Mensch kann ihn daran hindern, der Galaxis eine neue Ordnung zu geben, die uns allen Frieden und Wohlstand sichert. Auch Sie sind nicht dazu imstande, das versichere ich Ihnen aus voller Überzeugung.«

Bayta brach das Schweigen zuerst. »Aber *wir* sind keineswegs davon überzeugt. Wenn der Fuchs darauf Wert legt, muß er selbst kommen und unsere Konversion vollziehen. Sie haben bis zum letzten Augenblick Widerstand geleistet, nehme ich an?«

»Ja«, antwortete Oberst Pritcher einfach.

»Dann haben Sie hoffentlich nichts dagegen einzuwenden, wenn wir Ihrem Beispiel folgen.«

Pritcher erhob sich rasch. »Unter diesen Umständen habe ich hier nichts mehr verloren. Sie werden sich daran erinnern, daß ich gesagt habe, daß meine gegenwärtige Aufgabe Sie in keiner Weise berührt. Aus diesem Grund werde ich auch darauf verzichten, Ihre Anwesenheit auf Trantor in meinem Bericht zu erwähnen. Das ist keine allzu große Gefälligkeit. Wenn der Fuchs Sie an der Arbeit hindern will, hat er andere Männer damit beauftragt, die seine Befehle prompt ausführen. Aber ich halte mich in diesem Fall strikt an meinen Auftrag – vielleicht ist Ihnen damit ein wenig geholfen.«

»Vielen Dank«, sagte Bayta leise.

»Was Magnifico betrifft . . . Wo steckt er überhaupt? Kommen Sie heraus, Magnifico, ich tue Ihnen nichts!«

»Was haben Sie mit ihm vor?« wollte Bayta sofort wissen.

»Nichts. In meinen Befehlen wird er ebenfalls nicht erwähnt. Ich habe gehört, daß er gesucht wird, aber der Fuchs findet ihn, wenn er es für richtig hält. Ich verrate ihn nicht. Wollen Sie mir die Hand zum Abschied geben?«

Bayta schüttelte langsam den Kopf. Toran warf Pritcher einen wütenden Blick zu.

Der Oberst zuckte unmerklich mit den Schultern und ging auf die Tür zu. »Noch etwas«, sagte er dann. »Sie brauchen sich nicht einzubilden, daß ich nicht weiß, weshalb Sie so eigensinnig sind. Der Fuchs ist darüber informiert, daß Sie nach der zweiten Fundation suchen, und wird rechtzeitig geeignete Maßnahmen ergreifen. Davor kann Sie nichts und niemand bewahren – aber ich habe zumindest einen letzten Versuch unternommen, Sie alle vor der Gefahr zu warnen, weil wir einmal befreundet waren. Leben Sie wohl.«

Er salutierte und verschwand.

Bayta wandte sich flüsternd an Toran: »Der Fuchs weiß sogar, daß es eine zweite Fundation gibt.«

Toran nickte wie betäubt mit dem Kopf.

Ebling Mis wußte nichts von diesem unerwarteten Besuch. Er hockte tief unten in der Bibliothek über seiner Arbeit und murmelte triumphierend vor sich hin.

24

Ebling Mis hatte nur noch zwei Wochen zu leben. Während dieser vierzehn Tage suchte Bayta ihn dreimal auf. Zum ersten Male an dem Abend nach Pritchers Besuch, dann eine Woche später und schließlich ein letztes Mal wieder eine Woche später – an dem Tag, an dem Mis starb.

Zuerst kam der Abend nach Oberst Pritchers Besuch, an dem Bayta und Toran sich fast zwei Stunden lang über ihre Zukunftspläne unterhielten, ohne sich darüber einig werden zu können.

»Torie, wir müssen Ebling davon erzählen«, sagte Bayta schließlich.

»Glaubst du, daß er uns helfen kann?« fragte Toran zweifelnd.

»Wir sind nur zu zweit und müssen die Last auf mehrere Schultern verteilen, sonst brechen wir darunter zusammen. Vielleicht kann er uns doch helfen.«

»Er hat sich in letzter Zeit auffällig verändert«, meinte Toran nachdenklich. »Manchmal erinnert er mich an eine Kerze, die sich selbst verzehrt. Und manchmal zweifle ich daran, daß er uns jemals helfen wird. Vielleicht kann uns niemand helfen . . .«

»Nein!« antwortete Bayta bestimmt. »Du sollst nicht so traurig und verzweifelt sprechen, Torie! Sonst glaube ich noch, daß der Fuchs uns bereits in seiner Gewalt hat. Komm, wir gehen zu Ebling, jetzt!«

Ebling Mis hob den Kopf von seiner Arbeit und starrte sie müde an, als sie den Raum betraten. Sein Gesicht war unnatürlich bleich und verquollen.

»Wer ist da?« fragte er. »Will mich jemand sprechen?«

»Stören wir?« fragte Bayta leise. »Sollen wir wieder gehen?«

»Gehen? Wer ist da? Bayta? Nein, nein, bleibt nur! Sind hier nicht irgendwo Stühle? Ich habe welche gesehen . . .« Er deutete in eine Ecke des Raumes.

Toran holte zwei Stühle heran. Bayta setzte sich und sah dem Psychologen ins Gesicht. »Hast du einen Augenblick Zeit für uns?« fragte sie langsam.

»Ist irgend etwas nicht in Ordnung?« Der Gesichtsausdruck des anderen veränderte sich; die Augen zeigten wieder den alten Glanz. »Was ist los?«

»Captain Pritcher ist hier gewesen«, antwortete Bayta. »Nein, *ich* spreche, Torie. Erinnerst du dich an Captain Pritcher, Ebling?«

»Ja . . . ja . . .« Er runzelte nachdenklich die Stirn. »Groß und stattlich. Ein Demokrat.«

»Genau der. Er weiß, wie sich die Mutation des Fuchses auswirkt. Er war hier und hat uns alles erzählt.«

»Aber das ist doch nichts Neues. Das Problem dieser Mutation ist längst gelöst.« Ebling starrte die beiden ehrlich überrascht an. »Habe ich euch das nicht erzählt? Habe ich es vergessen?«

»Was hast du vergessen?« fragte Toran sofort.

»Ich wollte euch erzählen, wie sich die Mutation des Fuchses auswirkt. Er kontrolliert die Gefühle anderer Menschen. Habe ich nichts davon gesagt? Warum habe ich das nur vergessen?« Ebling fuhr sich mit der Hand über die Augen.

Dann sprach er lebhaft weiter, als sei er endlich bei einem Thema angelangt, das ihn sehr beschäftigte. »Alles ist ganz einfach zu erklären, wenn man die mathematischen Grundlagen der Psychohistorie beherrscht. Aber ich kann euch das Problem auch mit einfachen Worten beschreiben . . . Fragt euch selbst – was kann Hari Seldons Berechnungen und Vorhersagen umstoßen?« Er runzelte die Stirn und sah von Bayta zu Toran und wieder zurück.

»Von welchen Annahmen ist Seldon ursprünglich ausgegangen? Die erste Voraussetzung war doch, daß die menschliche Gesellschaft innerhalb der nächsten tausend Jahre keinen wesentlichen Veränderungen ausgesetzt sein würde.

Nehmen wir einmal an, der Stand der Technik hätte sich während dieser Zeit durch wichtige Entdeckungen entscheidend verändert. Daraus würden sich vermutlich auch soziale Verschiebungen ergeben, die Seldons Berechnungen hinfällig machen können. Aber dazu ist es bisher nicht gekommen, das wissen wir alle.

Andererseits ist es auch vorstellbar, daß irgend jemand außerhalb der Fundation eine neue Waffe entwickelt hätte, die ihn übermächtig macht. *Das* könnte zu einer Abweichung führen, obwohl die Wahrscheinlichkeit in diesem Fall wesentlich geringer wäre. Außerdem ist es bisher nicht dazu gekommen. Der Fuchs hat zwar eine neue Waffe gebraucht – den Feld-Depressor, der sich als keineswegs unfehlbar erwies –, aber die Veränderung hat nicht eingesetzt.

Aber Seldon ist gleichzeitig von einer zweiten Annahme ausgegangen, die weniger deutlich erkennbar ist. Er hat vorausgesagt, daß die menschliche Reaktion auf Stimuli unverändert bleiben würde. Wenn die erste Annahme nach wie vor zutrifft, *muß die zweite versagt haben!* Irgendein Faktor muß die gefühlsmäßigen Reaktionen der Menschen verzerren, denn sonst hätte Seldon sich nicht geirrt und die Fundation wäre nicht gefallen. Und dieser Faktor kann nur der Fuchs sein! Habe ich recht? Oder ist die Beweisführung irgendwo unlogisch?«

»Nein, nein«, versicherte Bayta ihm.

Ebling lächelte zufrieden. »Das ist mir alles in den letzten Tagen eingefallen. Früher war so vieles unklar und verschwommen, aber jetzt lösen die Probleme sich fast von allein. Und meine Theorien scheinen eigenartigerweise immer zu stimmen. Irgend etwas treibt mich weiter . . . immer weiter . . . ich kann nicht aufhören . . . und ich will weder schlafen noch essen . . . weiter . . . weiter . . . immer weiter . . .«

Seine Stimme war zu einem heiseren Flüstern herabgesunken. Aber dann richtete er sich plötzlich wieder auf und fragte ruhig: »Ich habe euch also nie von meinen Entdeckungen erzählt? Aber . . . wie seid ihr zu dem gleichen Ergebnis gekommen?«

»Captain Pritcher war hier, Ebling«, antwortete Bayta. »Erinnerst du dich noch?«

»Er hat euch alles gesagt?« Seine Stimme klang fast wütend. »Wie hat er das entdeckt?«

»Der Fuchs hat ihn auf seine Seite gebracht, ihn zum Oberst befördert und einen treuen Diener aus ihm gemacht. Pritcher hat uns besucht, um uns davon zu überzeugen, daß jeder weitere Widerstand gegen den Fuchs sinnlos sei — und dabei hat er uns erzählt, was wir eben von dir erfahren haben.«

»Dann weiß der Fuchs also, daß wir hier sind? Ich muß mich beeilen . . . Wo steckt Magnifico? Ist er nicht bei euch?«

»Magnifico schläft schon lange«, antwortete Toran ungeduldig. »Schließlich ist es schon nach Mitternacht, falls du das nicht wissen solltest.«

»Wirklich? Aber vielleicht kann er morgen wieder zu mir kommen . . .« Seine Stimme sank zu einem vertraulichen Flüstern herab. »Ihr wollt wissen, wo die zweite Fundation zu finden ist, nicht wahr?«

»Was kannst du uns darüber sagen, Ebling?« fragte Toran gespannt.

Der Psychologe verschränkte die Arme. »Die beiden Fundationen sind auf einem großen Psychologenkongreß gegründet worden, der unter Hari Seldons Leitung stand. Ich habe die Sitzungsprotokolle gefunden, Toran — insgesamt fünfundzwanzig lange Buchfilme. Bisher habe ich mich nur mit den zusammenfassenden Beschlüssen beschäftigen können.«

»Und?«

»Dabei habe ich festgestellt, daß die erste Fundation verhältnismäßig häufig erwähnt wird. Allerdings muß man die mathematischen Grundlagen der Psychohistorie beherrschen, um die

Formelsprache zu verstehen. Aber von der zweiten Fundation ist nie die Rede, Toran. Bisher habe ich nicht den kleinsten Hinweis auf ihre Existenz gefunden.«

Toran runzelte die Stirn. »Dann gibt es also keine zweite Fundation?«

»Natürlich gibt es eine!« rief Mis wütend. »Wer hat denn das Gegenteil behauptet? Sie wird eben nur nicht erwähnt. Alle Tatsachen, die auf ihre Existenz schließen lassen, sind sorgfältigst vertuscht worden. Weißt du, was das bedeutet? Die zweite Fundation ist *wichtiger! Nur sie zählt wirklich!* Und ich habe die Sitzungsberichte, die nur noch ausgewertet werden müssen. Der Fuchs hat noch lange nicht gewonnen . . .«

Bayta stand auf. »Wir wollen nicht länger stören, Ebling«, murmelte sie.

Toran und Bayta kehrten schweigend in ihr Zimmer zurück. Beide hingen ihren eigenen Gedanken nach.

Eine Woche später schickte Bayta Toran zu der nächsten Farm, weil sie wieder Lebensmittel brauchten. Toran beherrschte die Kunst des Feilschens am besten und war deshalb der richtige Mann für diese Aufgabe.

»Hast du alles aufgeschrieben, was ich brauche, Torie?« fragte Bayta.

»Natürlich!« antwortete Toran fast beleidigt.

»Gut. Hoffentlich läßt du dir diesmal nicht wieder uraltes Gemüse aufschwatzen. Weißt du eigentlich, wo Magnifico steckt?«

»Seit dem Frühstück habe ich ihn nicht mehr zu Gesicht bekommen. Wahrscheinlich ist er wieder bei Ebling und sieht sich die alten Buchfilme an.«

»Ja, wahrscheinlich . . .«, meinte Bayta und machte sich wieder an ihre Arbeit.

Toran winkte ihr lächelnd zu und ging hinaus.

Wenige Minuten später stand Bayta in den unterirdischen Gängen der Bibliothek und beobachtete zwei Gestalten in einem abgedunkelten Raum. Ebling Mis saß über einen Projektor gebeugt und konzentrierte sich völlig auf den Buchfilm, den er eben ablaufen ließ. Magnifico saß neben ihm in einem Sessel und beobachtete ihn aufmerksam.

»Magnifico . . .«, sagte Bayta leise.

Der Clown sprang sofort auf. »Mylady?« flüsterte er eifrig.

»Magnifico«, sprach Bayta weiter, »Toran ist eben zu der Farm gegangen und hat etwas vergessen. Würden Sie so freundlich sein und ihm einen Zettel bringen, auf dem ich aufgeschrieben habe, was ich noch brauche?«

»Selbstverständlich, Mylady. Ich freue mich immer, wenn ich Ihnen behilflich sein darf.«

Bayta war mit Ebling Mis allein, der sich nicht bewegt hatte. Sie legte ihm die Hand auf die Schulter. »Ebling . . .«

Der Psychologe fuhr zusammen. »Was gibt es?« fragte er erschrocken. »Was tust du hier, Bayta? Wo ist Magnifico?«

»Ich habe ihn fortgeschickt, weil ich mit dir allein sein wollte.« Bayta sprach langsam und deutlich. »Ich muß mit dir sprechen, Ebling.«

Der Psychologe wollte sich wieder über seinen Projektor beugen, aber die Hand auf seiner Schulter hinderte ihn daran. Bayta spürte deutlich die Knochen unter dem dünnen Stoff der Jacke. Ebling hatte seit seiner Ankunft auf Trantor sehr an Gewicht verloren. Sein Gesicht war unnatürlich blaß, sein Rücken war gekrümmt.

»Stört Magnifico dich nicht, Ebling?« fragte Bayta. »Er scheint Tag und Nacht hier unten zu sitzen.«

»Nein, nein! Ganz und gar nicht. Ich habe nichts dagegen einzuwenden. Er verhält sich ruhig und stört mich nie. Manchmal hilft er mir sogar; er weiß immer gleich, was ich brauche. Du machst dir nur unnötige Sorgen.«

»Ausgezeichnet – aber fällt dir nichts an ihm auf, Ebling? Hast du gehört, Ebling? Fällt dir nichts an ihm auf?«

Bayta ließ sich auf dem Stuhl neben ihm nieder und starrte ihm in die Augen, als wolle sie die Antwort mit Gewalt in ihnen finden.

Ebling Mis schüttelte den Kopf. »Nein. Was soll mir an ihm auffallen?«

»Du bist dir mit Oberst Pritcher darüber einig, daß der Fuchs die Gefühle anderer Menschen verändern kann. Aber weißt du das ganz bestimmt? Ist Magnifico nicht eine Ausnahme von dieser Regel?«

Schweigen.

Bayta mußte sich mühsam beherrschen, um den Psychologen nicht energisch zu schütteln. »Was ist plötzlich mit dir los, Ebling? Magnifico war der Hofnarr des Fuchses. Warum ist er nicht konvertiert worden, damit er seinem Herrn gegenüber Liebe und Treue empfindet? Warum ist er die einzige Ausnahme unter allen denen, die in ständigem Kontakt mit dem Fuchs stehen? Weshalb handelt und fühlt er nicht wie die anderen Getreuen? Weshalb haßt er allein den Fuchs, der doch von allen anderen geliebt wird?«

»Aber . . . aber er *ist* konvertiert worden. Ganz bestimmt, Bayta!« Ebling schien sicherer zu werden, während er sprach. »Glaubst du wirklich, daß der Fuchs seinen Clown wie seine Generale behandelt? Soldaten müssen unbeirrbar treu sein, aber der Hofnarr braucht nur Angst zu empfinden. Ist dir noch nie aufgefallen, daß Magnificos ständiger Angstzustand geradezu pathologisch ist? Kannst du dir etwa vorstellen, daß ein Mensch auf natürliche Weise dauernd in Angst und Schrecken lebt, wie es bei Magnifico der Fall ist? Eine so sinnlose Angst wirkt fast komisch. Vermutlich hat der Fuchs sie so empfunden — und vielleicht hat er auch erkannt, daß Magnifico auf diese Weise nie zu einem Verrat an ihm imstande ist.«

»Soll das heißen, daß Magnifico uns nicht die Wahrheit über den Fuchs erzählt hat?« fragte Bayta.

»Seine Aussagen waren irreführend, weil sein pathologischer Angstzustand die Wirklichkeit verzerrt hat. Der Fuchs ist keineswegs so riesig und gewaltig, wie Magnifico ihn geschildert hat. Wenn man von seinen besonderen Fähigkeiten absieht ist er vermutlich ein ganz gewöhnlicher Mensch. Aber er hat sich eben einen Spaß daraus gemacht, dem armen Magnifico gegenüber als Supermann aufzutreten . . .« Der Psychologe zuckte mit den Schultern. »Jedenfalls sind Magnificos Aussagen nicht mehr entscheidend.«

»Was sonst?«

Mis riß sich los und wandte sich wieder seinem Projektor zu.

»Was sonst?« wiederholte Bayta. »Vielleicht die zweite Fundation?«

Der Psychologe starrte sie überrascht an. »Habe ich dir davon erzählt? Ich kann mich nicht daran erinnern. Meine Arbeit ist noch nicht abgeschlossen. Was habe ich dir erzählt?«

»Nichts«, antwortete Bayta nachdrücklich. »Gar nichts! Ich wünschte mir nur, du würdest mir etwas erzählen. Wie lange müssen wir noch warten?«

Ebling Mis zuckte bedauernd mit den Schultern. »Ich wollte dich wirklich nicht kränken, Bayta«, versicherte er ihr. »Aber ich weiß manchmal nicht mehr, wem ich vertrauen kann. Manchmal glaube ich, daß ich mit keinem Menschen darüber sprechen darf. Alles muß geheim bleiben — aber vor dem Fuchs, nicht vor dir.« Er versuchte freundlich zu lächeln.

»Was weißt du über die zweite Fundation?«

Der Psychologe antwortete flüsternd: »Du kannst dir nicht vorstellen, wie sorgfältig Seldon alle Spuren verwischt hat. Wenn ich nicht vor einem Monat diese seltsame Einsicht gewonnen hätte, könnte ich mit den Sitzungsberichten kaum etwas anfangen. Aber selbst jetzt ist die Arbeit noch immer mühsam und langwierig. Die schriftlichen Aufzeichnungen sind oft so verworren und unzusammenhängend, daß ich mich gelegentlich gefragte habe, ob die Kongreßteilnehmer wirklich gewußt haben, was Seldon vorhatte. Manchmal glaube ich fast, daß er den Kongreß nur als Versammlung von Strohmännern geplant hat, um selbst in aller Ruhe arbeiten zu können.«

»Um die Fundationen zu errichten?« warf Bayta ein.

»Um die zweite Fundation zu gründen! Unsere Fundation war leicht zu verwirklichen. Aber die zweite Fundation war nur ein Name. Sie wurde gelegentlich erwähnt, aber alle Hinweise sind in langen mathematischen Abhandlungen versteckt. Ich verstehe noch lange nicht alles, aber in den letzten sieben oder acht Tagen zeichnet sich allmählich ein verschwommenes Bild ab.

Die erste Fundation war eine Welt der Naturwissenschaftler. Sie stellte eine Konzentration der allmählich zerfallenden Wissenschaften des Galaktischen Imperiums dar, die auf Terminus wieder einen Aufschwung nehmen sollten. Unter den Wissenschaftlern befand sich aber kein einziger Psychologe. Diese auffällige Tatsache muß einen bestimmten Zweck erfüllt haben. Die übliche Erklärung dafür lautete, daß Seldons Psychohistorie nur dort zuverlässige Ergebnisse bringen könne, wo die Menschen normal reagierten, ohne die zukünftige Entwicklung zu kennen. Verstehst du das, Bayta?«

»Ja, Ebling.«

»Gut, dann hör weiter zu. Die zweite Fundation ist die Welt der Geisteswissenschaftler und damit das Spiegelbild unserer Fundation. Während bei uns die Physiker den Ton angaben, sind es dort die Psychologen.« Ebling lächelte triumphierend. »Siehst du?«

»Nein.«

»Du brauchst nur deinen Kopf ein bißchen anzustrengen, Bayta. Hari Seldon wußte genau, daß seine Psychohistorie nur

Wahrscheinlichkeiten, nicht aber bestimmte Tatsachen voraussagen konnte. Gewisse Fehler lassen sich nie ganz ausschließen und verstärken ihre Auswirkungen im Laufe der Zeit immer mehr. Seldon wollte sich natürlich so gut wie möglich dagegen absichern. Unsere Fundation war wissenschaftlich gesehen stark und mächtig. Sie konnte jedem gewaltsamen Angriff mit gleichen Mitteln entgegentreten. Aber wie stand es mit einem Angriff, der mit geistigen Waffen geführt wurde? Was hatte sie dem Fuchs entgegenzusetzen?«

»Dafür waren also die Psychologen der zweiten Fundation zuständig!« warf Bayta aufgeregt ein.

»Ganz recht!«

»Aber bisher haben sie noch nichts unternommen, um diesen Angriff zurückzuschlagen.«

»Woher willst du wissen, daß sie nichts getan haben?«

Bayta überlegte. »Du hast recht, das können wir nicht beurteilen. Oder hast du einen Beweis dafür, daß die zweite Fundation bereits zu unseren Gunsten in den Kampf eingegriffen hat?«

»Nein. Darüber kann ich nichts sagen, weil ich noch nicht alle Faktoren kenne, die dabei eine Rolle spielen. Auch die zweite Fundation hat sich erst langsam aus kleinen Anfängen entwikkeln müssen. Wir sind allmählich mächtiger und einflußreicher geworden; sie vermutlich ebenfalls. Aber wie sollen wir beurteilen, wie stark die zweite Fundation im Augenblick ist? Stark genug, um es mit dem Fuchs aufzunehmen? Oder ahnt sie vielleicht gar nichts von dieser Gefahr? Sind ihre Führer fähige Leute?«

»Aber wenn sie Seldons Plan durchführen, *muß* der Fuchs früher oder später von der zweiten Fundation besiegt werden.«

»Schon wieder das gleiche Thema?« Mis runzelte sorgenvoll das Gesicht. »Aber die zweite Fundation ist wesentlich komplizierter als die erste — und deshalb auch viel anfälliger für Fehler und Irrtümer. Und wenn die zweite Fundation nicht über den Fuchs siegreich bleibt, ist vielleicht alles zu Ende. Dann hat die menschliche Rasse ihre letzte Chance verspielt.«

»Wie kommst du darauf?«

»Ganz einfach. Wenn die Nachkommen des Fuchses seine Fähigkeiten erben . . . Siehst du, was ich damit sagen will? *Homo sapiens* wäre hoffnungslos unterlegen und könnte nicht mehr konkurrieren. Dann entstünde eine neue Herrenrasse, während die gewöhnlichen Menschen nur noch Sklaven wären. Habe ich nicht recht, Bayta?«

»Ja, leider.«

»Und selbst wenn der Fuchs keine Dynastie gründen wollte oder könnte, würde er doch ein neues Imperium schaffen, das einzig und allein auf seinen Schultern ruht. Es würde nach seinem Tod zerfallen; die Galaxis stünde wieder vor einem neuen Anfang — aber dann gäbe es keine Fundationen mehr, um die herum das neue Imperium entstehen könnte. Das würde bedeuten, daß der ungeordnete Zustand noch Jahrtausende andauert. Dann wäre das Ende noch längst nicht in Sicht.«

»Was können wir dagegen unternehmen? Können wir die zweite Fundation warnen?«

»Das müssen wir sogar, weil wir sonst riskieren, daß sie untergeht. Aber wir können sie nicht warnen.«

»Warum nicht?«

»Ich weiß nicht, wo sie gegründet worden ist. Sie liegt irgendwo ›am anderen Ende der Galaxis‹, mehr ist nicht bekannt. Und dort gibt es Millionen von Planeten, die in Frage kommen.«

Bayta wies auf die Buchfilme, die auf dem Tisch gestapelt lagen. »Ist darin kein Hinweis zu finden, Ebling?« fragte sie enttäuscht.

»Nein, leider nicht. Jedenfalls nicht so offen, daß ich etwas entdeckt hätte. Aber diese Geheimhaltung muß etwas zu bedeuten haben. Es muß einen Grund dafür geben . . .« Der Psychologe zuckte verlegen mit den Schultern. »Mir wäre es lieber, wenn du mich jetzt wieder allein lassen würdest, Bayta«, meinte er entschuldigend. »Ich muß weiterarbeiten.«

Er runzelte die Stirn und wandte sich wieder seinem Projektor zu.

Magnifico betrat leise den Raum. »Ihr Gatte ist wieder zurück, Mylady.«

Ebling Mis achtete nicht weiter auf den Clown. Er war völlig in seine Arbeit vertieft.

Am gleichen Abend sagte Toran, nachdem er sich längere Zeit mit Bayta unterhalten hatte: »Du glaubst also, daß er recht hat, Bay? Ist dir nicht aufgefallen, daß er . . .« Er zögerte.

»Er hat recht, Torie. Natürlich weiß ich, daß er krank ist. Er hat sich völlig verändert, hat Gewicht verloren und spricht eigenartig — er ist krank. Aber du müßtest ihn hören, wenn er von der zweiten Fundation oder dem Fuchs redet. Dann drückt er sich plötzlich wieder so klar und verständlich wie früher aus. Er überlegt sich genau, was er sagt — und ich glaube ihm.«

»Dann besteht also noch Hoffnung.«

»Ich . . . ich bin mir noch nicht darüber im klaren. Vielleicht! Vielleicht auch nicht! Jedenfalls trage ich von jetzt ab einen Strahler bei mir.« Sie zeigte auf die glänzende Waffe in ihrem Gürtel. »Für alle Fälle, Torie, für alle Fälle.«

»Für alle Fälle?«

Bayta lächelte grimmig. »Das brauchst du nicht zu wissen. Vielleicht bin ich auch schon ein bißchen übergeschnappt — wie Ebling.«

Als dieses Gespräch stattfand, hatte Ebling Mis nur noch sieben Tage zu leben.

Aber der Psychologe ahnte nichts davon; er vergrub sich immer tiefer in die Arbeit und weigerte sich sogar, Toran oder Bayta zu empfangen. Der einzige Beweis für seine Existenz in den unterirdischen Räumen der Bibliothek waren die leeren Teller, die Magnifico nach jeder Mahlzeit zurückbrachte. Der Clown hatte sich offenbar von Mis anstecken lassen, denn er war noch ernster, schweigender und zurückhaltender geworden als in den ersten Wochen, die er in Gesellschaft des Psychologen verbracht hatte.

Bayta hatte sich ebenfalls verändert, bis sie nur noch wie eine Karikatur ihrer selbst wirkte. Die Lebhaftigkeit war erloschen, das Selbstvertrauen völlig geschwunden. Toran hatte sie einmal dabei überrascht, als sie geistesabwesend mit dem Strahler spielte, den sie jetzt ständig bei sich trug. Sie hatte ihn rasch fortgesteckt und dabei gezwungen gelächelt.

»Was tust du mit dem Strahler, Bay?« fragte Toran erschrokken.

»Ich halte ihn in der Hand. Ist das etwa ein Verbrechen?«

»Du schießt dir noch den Kopf ab.«

»Und wenn schon! Das wäre kein großer Verlust!«

Toran war lange genug verheiratet, um zu wissen, daß Bayta in dieser Stimmung unansprechbar war. Er zuckte mit den Schultern und verließ wortlos den Raum.

Am letzten Tag stürzte Magnifico atemlos während des Mittagessens herein. »Der gelehrte Doktor läßt Sie zu sich bitten. Er fühlt sich nicht wohl.«

Das stimmte. Ebling Mis lag auf einem Feldbett, das der Clown statt der unbequemen Hängematte für ihn aufgestellt hatte. Seine Augen waren unnatürlich geweitet und glänzten fieberhaft. Er war kaum noch zu erkennen.

»Ebling!« rief Bayta erschrocken.

»Laßt mich sprechen«, keuchte der Psychologe und richtete sich mühsam auf. »Laßt mich sprechen . . . Mit mir geht es zu Ende; ihr müßt die Arbeit ohne mich fortführen. Ich habe keine Notizen gemacht; die Zettel mit den Berechnungen habe ich bereits vernichtet. Niemand darf davon erfahren. Ihr müßt euch alles merken und dürft keine schriftlichen Aufzeichnungen machen.«

»Magnifico«, sagte Bayta plötzlich. »Gehen Sie nach oben!«

Der Clown stand widerwillig auf und ging zur Tür. Seine traurigen braunen Augen waren auf Mis gerichtet.

Der Psychologe machte eine schwache Handbewegung. »Er ist nicht weiter wichtig, deshalb kann er ruhig bleiben. Bleib hier, Magnifico.«

Der Clown nahm rasch seinen vorherigen Platz ein. Bayta sah nachdenklich zu Boden. Sie runzelte die Stirn und biß auf die Unterlippe.

Mis sprach heiser flüsternd weiter. »Ich bin zu der Überzeugung gelangt, daß die zweite Fundation siegen *muß* — wenn der Fuchs sie nicht vorzeitig überfällt und außer Gefecht setzt. Bisher hat sie sich im verborgenen gehalten; dieses Geheimnis muß bewahrt werden, denn es erfüllt einen Zweck. Ihr müßt sie aufsuchen; eure Informationen sind wichtig . . . vielleicht sogar entscheidend. Habt ihr das verstanden?«

»Ja, ja!« antwortete Toran ungeduldig. »Wir tun alles, was du sagst, Ebling! Aber du mußt uns den Weg beschreiben. Wo ist sie zu finden?«

»Ich kann es euch sagen«, murmelte der Psychologe.

Er kam nie dazu.

Denn in diesem Augenblick hob Bayta mit kreidebleichem Gesicht ihren Strahler und betätigte den Abzug. An der Stelle, wo vorher das Feldbett mit dem Todkranken gestanden hatte, gähnte jetzt ein Loch im Fußboden. Bayta ließ den Strahler fallen und schlug die Hände vor das Gesicht.

25

Die anderen standen wie erstarrt. Das Echo des Schusses dröhnte in den Gang hinaus und verlor sich dort allmählich zu einem dumpfen Grollen. Aber bevor es völlig erstarb, dämpfte es noch das metallische Klirren, mit dem Baytas Strahler auf den Boden schlug, erstickte Magnificos gellenden Schreckensschrei und machte Torans Aufstöhnen fast unhörbar.

Dann herrschte wieder Schweigen.

Toran hatte das Gefühl, als verkrampften sich seine Kiefer gegen seinen Willen, als könne er nie wieder den Mund öffnen. Magnificos Gesicht war zu einer leblosen Maske des Schreckens erstarrt. Bayta beugte den Kopf. Aus ihren Augen quollen Tränen.

Toran fand als erster seine Stimme wieder. »Du bist also auch zum Fuchs übergelaufen!« warf er Bayta heftig vor. »Er hat dich auf seine Seite gebracht!«

Bayta sah auf und verzog den Mund zu einem schmerzlichen Lächeln. »*Ich* soll auf seiner Seite stehen? Das ist wirklich lächerlich!«

Ihre Stimme versagte ihr fast den Dienst, aber sie beherrschte sich mit einer geradezu übermenschlichen Anstrengung und sprach weiter. »Jetzt ist alles vorbei, Toran; jetzt kann ich endlich sprechen. Ob ich den Schock überlebe, weiß ich noch nicht. Aber ich kann darüber sprechen . . .«

Toran schüttelte langsam den Kopf. »Worüber willst du sprechen, Bay?« fragte er tonlos. »Was gibt es noch zu erklären?«

»Ich will über das Unheil sprechen, das uns so hartnäckig verfolgt hat. Wir haben uns schon einmal darüber unterhalten, Torie. Erinnerst du dich nicht? Wir haben darüber gesprochen, daß das Unglück uns immer auf den Fersen gewesen ist, ohne uns jemals ganz zu erreichen. Wir waren auf Terminus, als die Fundation zusammenbrach, während die Unabhängigen Händler weiterkämpften — aber *wir* konnten rechtzeitig fliehen und erreichten Haven. Wir waren auf Haven, als die Allianz der Händler zusammenbrach, während einzelne Planeten den Kampf fortsetzten — und wieder konnten wir rechtzeitig fliehen. Wir sind auf Neotrantor gewesen, das unterdessen bestimmt ebenfalls vom Fuchs beherrscht wird.«

Toran hatte aufmerksam zugehört. Jetzt schüttelte er den Kopf. »Das verstehe ich nicht«, sagte er langsam.

»Torie, solche Zufälle ereignen sich normalerweise nicht. Wir sind beide reichlich unbedeutende Leute; Menschen unserer Art stehen nicht über ein Jahr lang ständig im Mittelpunkt politischer Machtkämpfe – es sei denn, dieser Mittelpunkt befindet sich in unserer Begleitung. *Das ist nur möglich, wenn sich der Infektionsherd in unserer Mitte befindet!* Siehst du jetzt endlich klar?«

Toran runzelte die Stirn. Er starrte das Loch im Fußboden an, dann wandte er sich rasch ab.

»Komm, gehen wir, Bay. Ich muß an die frische Luft.«

Der Himmel über ihnen war wolkenverhangen. Die Windstöße wirbelten Baytas Haare durcheinander. Magnifico war ihnen leise gefolgt und hielt sich noch immer in ihrer Nähe auf.

Toran sprach weiter. »Du hast Ebling Mis also erschossen, weil du der Meinung warst, *er* sei der Infektionsherd?« Baytas Gesichtsausdruck machte ihn unsicher. Er flüsterte: »War er wirklich der Fuchs oder ...?«

Dann stieß er plötzlich einen Schrei aus und drehte sich nach dem Clown um, der offensichtlich gar nicht begriffen hatte, was Bayta eben gesagt hatte.

»Doch nicht etwa Magnifico?« flüsterte Toran fragend.

»Hör zu!« sagte Bayta eindringlich. »Erinnerst du dich noch an die Ereignisse auf Neotrantor? Du mußt endlich selbst nachdenken, Torie ...«

Aber er schüttelte verständnislos den Kopf und murmelte irgend etwas vor sich hin.

»Auf Neotrantor ist ein Mensch gestorben, ohne daß ihn jemand auch nur berührt hätte«, sprach Bayta weiter. »Habe ich nicht recht? Magnifico hat sein Visi-Sonor gespielt, und als er damit zu Ende war, lag der Kronprinz tot vor uns. Ist das nicht eigenartig? Ist es nicht äußerst merkwürdig, daß ein so furchtsames und ängstliches Wesen nach Belieben andere Menschen töten kann?«

»Die Töne und die Lichteffekte«, warf Toran ein, »wirken intensiv auf das Gefühl ...«

»Ganz richtig – auf das *Gefühl*. Die Wirkung kann sogar tödlich sein, wie das Beispiel beweist. Zufällig ist die Beeinflussung menschlicher Gefühle aber auch die Spezialität des Fuchses. Das läßt sich vielleicht noch als Zufall erklären. Daß ein Wesen, das diese Gabe besitzt, selbst so ängstlich veranlagt ist, beruht vielleicht auf der Beeinflussung durch den Fuchs.

Aber ich habe ein wenig von der Komposition gehört und gesehen, die den Kronprinzen getötet hat, Toran. Nur ein wenig — aber es reichte aus, um mich die gleiche Verzweiflung empfinden zu lassen, die ich zuvor in dem Zeittresor und auf Haven empfunden habe. Das Gefühl war unverkennbar, Toran.«

Sie schwieg erschöpft.

»Unmöglich«, widersprach Toran heftig. »Sieh dir doch den komischen Kerl an! *Er* soll der Fuchs sein? Dabei hat er nicht einmal verstanden, was du eben gesagt hast.«

Aber als er sich nach dem Clown umdrehte, stand Magnifico aufrecht hinter ihm. Seine Augen blitzten und sahen ihn durchdringend an. Seine Stimme klang nicht mehr weinerlich. »Ich höre recht gut, mein Freund«, sagte Magnifico. »Aber ich habe hier gesessen und darüber nachgedacht, daß ich trotz aller Mühe einen schweren Fehler gemacht habe, durch den ich alles verloren habe.«

Toran wich einen Schritt zurück, als fürchte er, daß der Clown ihn berühren wolle.

Magnifico nickte und beantwortete die unausgesprochene Frage. »Ich bin der Fuchs.«

Er wirkte nicht mehr lächerlich; selbst seine hagere Gestalt und die riesige Nase reizten nicht mehr wie früher zum Lachen. Er benahm sich nicht mehr ängstlich, sondern beherrschte die Situation mit der Gelassenheit eines befehlsgewohnten Mannes.

»Vielleicht setzen Sie sich lieber«, schlug er gelassen vor. »Das Spiel ist aus, und ich möchte Ihnen eine Geschichte erzählen. Das ist eine meiner kleinen Schwächen — ich lege großen Wert darauf, nicht mißverstanden zu werden.«

Als er Bayta ansah, erkannte sie, daß der Ausdruck seiner Augen sich nicht verändert hatte — sie waren die weichen braunen Augen eines Clowns geblieben.

»Ich bin nicht wie andere Kinder aufgewachsen. Meine Mutter starb bei meiner Geburt; meinen Vater habe ich nie gekannt. Ich wurde in einem Heim groß, ohne mich jemals mit den übrigen Kindern anzufreunden, die mich nur mit Hohn und Spott überhäuften. Alle gingen mir aus dem Weg; die meisten aus Abneigung, einige aus Angst. Gelegentlich kam es zu seltsamen Vorfällen, die . . . nun, das spielt hier keine Rolle. Jedenfalls schloß Captain Pritcher später daraus, daß ich ein Mutant sein müsse, was *mir* erst im Alter von zweiundzwanzig Jahren klar wurde.«

Toran und Bayta hörten aufmerksam zu. Sie saßen nebeneinander im Gras und beobachteten den Clown — oder den Fuchs —, der mit verschränkten Armen vor ihnen stand.

»Damals begann ich meine ungewöhnliche Begabung allmählich zu entdecken und konnte zunächst selbst nicht recht daran glauben. Für mich ist der menschliche Geist nur ein Meßgerät, dessen Zeiger auf ein bestimmtes Gefühl weist. Das ist ein schlechter Vergleich, aber ich kann es nicht anders ausdrücken. Im Lauf der Zeit lernte ich, wie ich diesen Zeiger bewegen konnte, bis er eine andere Stellung einnahm. Und schließlich wurde mir auch klar, was ich tun mußte, um diesen Zustand für unbegrenzte Dauer zu erzeugen. Aber selbst dann brauchte ich einige Zeit, bis ich erkannte, daß andere diese Fähigkeit *nicht* besaßen.

Als ich mir bewußt war, welche Macht ich dadurch in den Händen hatte, wollte ich mich vor allem an denen rächen, die mir das Leben bisher schwergemacht hatten. Vielleicht haben Sie Verständnis dafür. Vielleicht können Sie wenigstens versuchen, mich zu verstehen. Man lebt nicht leicht, wenn man als Mißgeburt auf die Welt gekommen ist — vor allem dann nicht, wenn man gleichzeitig über einen scharfen Verstand verfügt. Das Gelächter und die Grausamkeiten der anderen! Immer nur als Außenseiter leben zu müssen!

Sie können sich nicht vorstellen, was das bedeutet!«

Er machte eine Pause und warf Bayta einen raschen Blick zu. »Aber ich hatte eine schwache Stelle, denn ich konnte selbst nichts erreichen. Um Macht zu gewinnen, mußte ich mich anderer Menschen bedienen. An dem Erfolg waren immer andere beteiligt! Pritcher hat das ganz richtig erkannt. Durch einen Kondottiere verschaffte ich mir einen Asteroiden, der als Stützpunkt für weitere Operationen diente. Durch einen Industriellen faßte ich erstmals auf einem Planeten Fuß. Durch verschiedene andere und den Herzog von Kalgan eroberte ich Kalgan und besaß damit eine Flotte. Danach wandte ich mich gegen die Fundation — und dann kamen Sie ins Spiel.

In der Rolle meines eigenen Hofnarren suchte ich nach Agenten der Fundation, die ohne Zweifel nach Kalgan geschickt worden waren, um Informationen über mich einzuholen. Heute weiß ich, daß ich damals nach Han Pritcher hätte Ausschau halten müssen. Durch einen Zufall fand ich statt dessen — Sie. Ich *bin* zwar auch ein Telepath, aber meine Fähigkeiten auf diesem Gebiet sind beschränkt — und Sie, Mylady, stammen von der Fundation. Ich ließ mich dadurch irreführen. Das war nicht weiter wichtig, denn

Pritcher stieß später doch zu uns, aber damals begann ein Irrtum, der sich entscheidend auswirken sollte.«

Toran unterbrach ihn wütend: »Soll das heißen, daß Sie mich beeinflußt haben, als ich Sie aus den Händen der Geheimpolizisten befreit habe, obwohl ich nur mit einer Lähmpistole bewaffnet war?« Er ballte unwillkürlich die Fäuste. »Sie behaupten also, daß Sie uns von Anfang an dirigiert haben?«

Der Fuchs lächelte leise, aber seine Augen blieben ernst. »Warum auch nicht? Finden Sie das wirklich unglaublich? Überlegen Sie doch selbst – hätten Sie Ihr Leben für eine so groteske Gestalt riskiert, die Sie noch nie gesehen hatten, wenn Sie bei vollem Bewußtsein gewesen wären? Ich kann mir vorstellen, daß Sie später selbst darüber erstaunt gewesen sind.«

»Ja«, sagte Bayta leise, »er hat sich auch gewundert. Ich glaube Ihnen.«

»Keine Angst«, fuhr der Fuchs fort, »Toran befand sich keinen Augenblick lang in Gefahr. Der Offizier hatte strikten Befehl, uns auf jeden Fall unbehelligt gehen zu lassen. Wir drei flogen also mit Pritcher nach Terminus zurück – und mein Feldzug gegen die Fundation begann sofort. Als Pritcher vor das Kriegsgericht gestellt wurde, saßen wir im Zeugenstand. Ich benützte die Gelegenheit und beeinflußte die Richter. Als sie später ihre Geschwader kommandierten, ergaben sie sich sehr bald – und meine Flotte siegte in der Schlacht bei Horleggor.

Aber Ebling Mis war meine wichtigste Entdeckung. Er hätte es jedenfalls sein können . . .« Magnifico lächelte traurig und sprach dann rasch weiter. »Die Beeinflussung menschlicher Gefühle erstreckt sich auch auf andere Gebiete. Selbst die sogenannte Intuition läßt sich kontrollieren, denn sie gleicht eigentlich einem Gefühl. Ich kann sie jedenfalls so behandeln. Das ist unverständlich, nicht wahr?«

Er wartete nicht auf eine Antwort. »Der menschliche Verstand arbeitet sehr unrationell, denn das vorhandene Potential wird bestenfalls zu zwanzig Prozent ausgenützt. Kommt es gelegentlich zu größeren Leistungen, werden sie als Intuition bezeichnet. Ich kann diese höhere Leistung induzieren. Der Vorgang ist für den Betroffenen tödlich, aber sehr nützlich . . . Auch der Feld-Depressor, der mir im Krieg gegen die Fundation gute Dienste geleistet hat, war das Ergebnis dieser Beeinflussung eines begabten Physikers auf Kalgan.

Aber Ebling Mis war wichtiger als alle anderen. Sein Potential war ungewöhnlich hoch, und ich brauchte ihn. Noch bevor der Krieg gegen die Fundation begonnen hatte, waren Verhandlungen mit dem Imperium im Gange. Schon damals suchte ich nach der zweiten Fundation, ohne sie zu finden. Ich wußte, daß ich sie finden mußte — und Ebling Mis konnte mir dazu verhelfen. Bei richtiger Beeinflussung konnte er Hari Seldons Berechnungen wiederholen.

Das gelang ihm zumindest teilweise. Ich trieb ihn bis zur Grenze des Möglichen an. Er lag schließlich im Sterben, lebte aber lange genug . . .« Wieder schwieg er einen Augenblick lang. »Er *hätte* lange genug gelebt. Wir drei hätten gemeinsam nach der zweiten Fundation suchen können; wir hätten sie auch gefunden. Der Kampf wäre zu Ende gewesen — wenn ich nicht einen Fehler gemacht hätte.«

»Warum erzählen Sie uns das alles?« unterbrach Toran ihn. »Kommen Sie endlich zur Sache — woraus besteht dieser Fehler?«

»Ihre Frau war dieser Fehler. Ihre Frau ist ein ungewöhnlicher Mensch, wie ich noch nie einen kennengelernt hatte. Ich . . . ich . . .« Magnifico zögerte und sprach dann entschlossen weiter. »Sie hatte mich gern, ohne daß ich ihre Gefühle beeinflussen mußte. Sie lachte mich nicht aus, fand mich nicht abstoßend, sondern hatte Mitleid mit mir. Sie hatte mich gern!

Verstehen Sie das? Können Sie sich vorstellen, was das für mich bedeutete? Noch nie zuvor hatte jemand mich . . . Ich war so begeistert davon, daß ich alle Vorsicht vergaß. Meine eigenen Gefühle betrogen mich, obwohl ich die anderer Menschen beherrsche. Ich habe ihre nie kontrolliert, wissen Sie, weil mir das *natürliche* Gefühl zu wertvoll war. Das war mein Fehler — der erste.

Auf Neotrantor haben meine Gefühle mir wieder einen üblen Streich gespielt. Bayta stand nicht unter meiner Kontrolle, aber selbst sie hätte mich vielleicht nie verdächtigt, wenn ich anders mit dem Kronprinzen umgegangen wäre. Seine Absichten . . . widerten mich an. Deshalb brachte ich ihn um. Das war ausgesprochen dumm und ungeschickt. Ich hätte es zu einem unverdächtigen Kampf kommen lassen sollen.

Und trotzdem wäre Ihr Verdacht nie zur Gewißheit geworden, wenn ich Pritcher trotz seiner guten Absichten eher zum Schweigen gebracht hätte. Oder wenn ich weniger auf Mis und dafür mehr auf Sie geachtet hätte . . .« Er zuckte mit den Schultern.

»Ist das alles?« fragte Bayta.

»Das ist alles.«

»Was nun?«

»Ich verfolge meinen Plan weiter. Allerdings habe ich einige Zweifel daran, daß mir ein zweites Mal ein so hochintelligenter Mensch wie Ebling Mis über den Weg läuft. Dann muß ich die Suche nach der zweiten Fundation eben auf andere Weise fortsetzen. In gewisser Beziehung haben Sie mir eine Niederlage beigebracht.«

Bayta sprang auf und lächelte triumphierend. »In gewisser Beziehung? Nur in gewisser Beziehung? Wir haben Sie *völlig* besiegt! Alle Ihre Siege außerhalb der Fundation zählen nicht, denn in der Galaxis herrscht im Augenblick ein völliges Vakuum. Auch der Sieg über die Fundation ist fast bedeutungslos, denn sie ist nicht gegründet worden, um *Sie* aufzuhalten. Die zweite Fundation ist Ihr eigentlicher Gegner — und die zweite Fundation wird Sie eines Tages besiegen.«

Bayta sprach atemlos weiter. »Und wir haben Sie besiegt — Toran und ich. Jetzt können wir zufrieden sterben.«

Aber der Fuchs warf ihr nur einen mitleidigen Blick zu, der sie wieder an den Clown Magnifico erinnerte. »Ich habe nicht die Absicht, Sie oder Ihren Mann zu töten. Sie können mir beide nicht weiter schaden — und Ihr Tod macht Ebling Mis nicht wieder lebendig. Ich weiß selbst, daß nur ich allein für meine Fehler verantwortlich zu machen bin. Sie können beide Trantor verlassen, wann immer Sie wollen. Ich wünsche Ihnen alles Gute.«

Dann fügte er stolz hinzu: »Aber ich bin trotzdem noch immer der Fuchs und der mächtigste Herrscher der Galaxis. Und ich werde die zweite Fundation *doch* besiegen!«

Bayta schüttelte energisch den Kopf. »Nein, das gelingt Ihnen nie!« erwiderte sie zuversichtlich. »Ich vertraue noch immer auf Hari Seldons Weisheit. Sie bleiben der erste *und* letzte Herrscher Ihrer Dynastie.«

Der Fuchs starrte ihnen mit gerunzelter Stirn nach, als sie nebeneinander davongingen.